결혼 전에는
미처 몰랐던 것들

이 책을 소중한

_____님에게 선물합니다.

_____ 드림

행복한 결혼생활을 꿈꾸는 남녀를 위한 평생연애법

결혼 전에는
미처 몰랐던 것들

염소연 지음

시너지북

결혼은 결국 행복이다

미혼이라면 누구나 평생 한 번뿐인 결혼에 대해 생각하고, 그려본 적이 있을 것이다. 그러나 사회가 원하는 스펙을 위한 다양한 자격증 취득에는 오랜 시간 고군분투하면서도 인생에서 커다란 관문 중 하나인 결혼에 대해서는 준비하지 않는다. 예쁜 웨딩드레스를 입고 아름다운 결혼식을 치를 준비만이 결혼의 전부인 것처럼 생각한다.

공들여 준비하는 결혼식은 하루뿐이지만 결혼식이 끝나고 나면 새로운 가정에서의 여러 가지 역할과 책임감이 주어진다. 난생처음 아내와 며느리가 되고 머지않아 엄마도 된다. 각각의 역할에 맞는 대본이라도 주어진다면 좋겠지만 그런 일은 없다.

나 역시도 준비되지 않은 채 결혼이라는 관문을 거쳤다. 마치 결혼을 하면 내 인생의 모든 문제들이 한순간에 해결될 것만 같았다. 둘만의 신혼집에서 남편과 알콩달콩 살기만 하면 되는 줄 알았던 것이다. 하지만 그런 수동적이고 단편적인 생각은 나에게 행복한 결혼생활을 보장해주지 못했다.

모래성이 조그만 미풍에도 흔들리고 잔잔한 파도에 쓰러질 수밖에 없듯이 나의 결혼생활은 모래성 같았다. 남편과의 성격 차이, 육아에 대한 부담으로 나는 결혼생활에 대한 갈피를 잡지 못하고 겉돌았다. 어느새 나는 '결혼하지 않았더라면 더 행복했을까?'라는 질문을 스스로에게 던지고 있었다.

그러나 문제는 내 안에 있었다. 내가 사랑한 남자와의 결혼이었는데도 나는 끊임없이 안 좋은 부분에만 초점을 맞춰 불만만 늘었다. 남편과 성격이 안 맞아 힘들고, 육아는 해본 적도 없으니 감당하기 힘든 나날이 반복되면서 결혼생활이 불행하다는 생각에서 벗어날 수 없었다.

남편과 행복한 결혼생활을 해나가기 위해서는 가장 먼저 나 자신을 사랑할 줄 알아야 한다. 내가 먼저 행복해야 남편과도 진정으로 행복한 관계를 만들 수가 있다. 그리고 행복한 부부 사이에서 자란 아이는 행복할 수밖에 없다.

나 자신은 행복하지 않으면서 아이가 행복한 사람이 되기를 바라는 건 욕심이다. 또, 학창시절에 수학이 어려워 수학을 포기했으면서도 아이에게는 수학을 잘하라고 강요해서도 안 된다. 나 자신의 모습은 아이에게는 거울이다. 꿈이 있는 아이를 키우고 싶다면 엄마인 내가 꿈을 꾸고, 꿈을 위해 정진해야 한다.

짧다면 짧고, 길다면 긴 결혼생활 9년 동안 우여곡절이 많았다. 남편과는 사소한 말 한마디를 시작으로 다투기 일쑤였고, 아토피로 고생했던 아이들을 돌보며 수없이 많은 눈물을 흘렸다. 결국 나는 모든 상황을 남편 탓, 아이 탓, 세상 탓으로 돌리며 한탄을 하곤 했다.

그러나 가정을 이루고, 아이들과 함께해온 시간들이 결혼 전에 꿈꿨던 시간들이었으며 지금의 나의 모습도 내가 바라던 모습이었음을 깨달았다.

이 모든 것은 그 누가 아닌 내가 만든 나의 인생이다. 이제는 다시 행복하고 기분 좋은 인생의 각본을 써나가야 할 때이다.

결혼은 결국 행복이다. 하나에서 둘이 되어 행복이고, 둘이서 힘을 합쳐 더 나은 것을 창조할 수 있기에 행복이다. 나는 이 책에 남편과의 갈등을 극복하며 소통하는 부부가 된 과정과 육아를 하며 더 많이 성장하게 된 나의 생각을 담았다. 그리고 나약했던 내가 사람답게 살 수 있게 한 꿈에 관한 이야기를 했다.

외롭지 않으려고 결혼을 했는데 오히려 행복하지 않고 더 외로워졌다면 나의 이야기로 위로를 얻기를 바란다. 방황하며 지냈던 20대를 지나, 꿈을 가진 아내 그리고 엄마가 된 평범한 주부의 성장 이야기에 당신을 초대한다.

작가가 된 기쁨을 누리게 해주신 〈한국 책쓰기 성공학 코칭협회(이하 한책협)〉의 김태광 대표님과 열렬한 응원을 아끼지 않았던 꿈친구들에게 감사의 말을 전하고 싶다. 그리고 나의 영원한 장난감 병정과도 같은 친구들인 소진, 혜민, 우청 그리고 평생을 갚아도 갚지 못할 많은 빚을 진 내 분신인 딸 예나, 아들 준혁에게 사랑한다는 말을 전한다.

마지막으로 화성에서 온 단짝친구를 내게 주신 시어머니와 암을 극복하고 멋진 인생 2막을 준비중이신 아주버님께도 감사의 말씀을 드리며 사랑하는 남편 최익수와 나의 소명을 알도록 묵묵히 뒤에서 지켜봐주신 부모님께 이 책을 바친다.

2016년 3월
염소연

Chapter 3

결혼 전에는 미처 몰랐던 것들

Chapter 4

결혼, 아는 것이 힘이다

Chapter 5 　　　　결혼 후 여자의 진짜 인생이 시작된다

Chapter
1

결혼은
현실이다

결혼 전에는 미처 몰랐던 것들

01
이상형은 있어도
완벽한 남자는 없다

남의 취향에 맞는 배우자가 아니라,
자신의 취향에 맞는 배우자를 구하라.

— 루소

사람은 누구나 바라는 것이 있다. 맛있는 것을 먹고 싶을 때는 맛있는 것을 먹고, 예쁜 옷을 입고 싶을 때는 예쁜 옷을 입는다. 반대로 지금 늘어지고 평퍼짐한 옷을 입고 있다면 그 옷을 원했던 것이고, 대하기 불편한 사람인데도 인간관계를 유지하고 있다면 그럴만한 이유가 있는 것이다. 하지만 어떤 사람은 자신의 현재 삶을 원한 적이 없으니 말도 안 되는 소리라고 할 수도 있다. 가난한 사람들은 사실 가난에서 벗어나고자 하는 의지가 없다. 그저 "나는 돈이 없어서 아무것도 할 수가 없어."라고 말하고 있지 않은가.

배우자로 인해 고통받는 사람들을 보면 "내가 저 인간 때문에 못 살아."라는 말을 자주 한다. 물론 현실이 너무 힘들고 자신이 통제할 수 없는 상황에서 그런 말이라도 내뱉으며 신세 한탄이라도 해야 살 수 있다는 것을 안다. 자신이 이런 상황을 만든 것인지, 아니면 현실이 힘든 것인지 생각해볼 필요가 있다.

닭이 먼저냐 달걀이 먼저냐고 생각할 수 있다. 하지만 누구도 그에 대한 해답은 얻지 못한다. 그 선후 관계가 어쨌든 이런 문제를 생각하는 건 힘이 들고 고통스러울 뿐이다.

나는 결혼해서 한동안 "이혼할 거야."라는 말을 달고 살았다. 그만큼 매일매일 똑같이 돌아가는 현실과 변하지 않는 남편을 보며 어찌할 도리가 없다고 생각했다.

"나는 당신과 성격이 너무 안 맞아서 못 살겠어. 내가 왜 당신 같은 남자랑 결혼해서 이 고생을 하는 거지? 덕분에 내 성격도 이상해지고 있어."

그럴수록 남편은 나와 점점 더 성격이 맞지 않는 사람으로 변해갔고, 결국 우리 둘 사이를 멀어지게 했다. 해결책의 언어가 아닌 푸념들만 늘어가는 현실 속으로 더더욱 서로를 몰아넣을 뿐이었다.

나는 결혼 전에 경제적으로 능력 있고, 무슨 일이든 똑 부러지게 하는 남자를 원했다. 이상형이라는 기준이 모호하지만 그런 남자가 이상형이라면 이상형이었다. 어릴 때부터 부모님은 타인에 대한 배려와 겸손이 중요하다고 교육하셨다. 그 덕에 이해관계가 없는 사람들과의 관계는 원만했지만 나 자신을 보호하고 내 이익을 생각해야 하는 상황에서는 지나치게 다른 사람을 배려한 나머지 결국엔 손해를 보고 후회를 했던 적이 많았다. 그런 이유로 나의 무의식에서는 이런 점을 채워 줄 배우자를 만나야 한다는 생각이 깊게 자리 잡게 되었다.

그런 나에게 지금의 남편은 안성맞춤이었다. 어떤 상황에서도 굴하지 않고 자신의 의견을 분명히 표명하는 그에게 본능적으로 끌렸던 것이다. 본인의 생각이 강해서 조금 고집스러운 면이 있다는 것을 빼고는 남편감으로 제격이었다. 내게 필요한 부분이 채워지면 나머지는 내가 채워줄 수 있다는 확신이 들었다.

그런데 막상 결혼을 하고 보니 현실에서 부딪치는 소소한 불화나 문제들로 인해 내가 원했던 부분을 잊게 됐다. 그러면서 나는 너무 똑똑한 남편을 탓하기에 급급했다. 가끔은 조금 어리숙한 남자들을 보면 부럽기까지 했다.

"이 세상에 똑똑한 사람이 당신밖에 없는 줄 알아? 진짜 똑똑한 건 그런 게 아니야. 와이프 마음 하나 헤아리지 못하는 남자가 밖에서 무슨 일을 해."

학창시절부터 외모 콤플렉스에 시달리고 있는 한 친구가 있다. 그 친구는 키가 크고 잘생긴 사람과 데이트하는 것이 소원이라고 말하곤 했다. 신기하게도 그녀가 사귀는 남자친구를 보면 정말 훤칠한 외모의 소유자들이었다. 그런 남자친구와 길을 걸으면서 보란 듯이 뽐내는 그녀를 보며 참 신기하다는 생각했다.

그 친구는 아니나 다를까 키 크고 잘생긴 남자와 결혼해서 살고 있다. 그런데 키 크고 잘생긴 남편은 밖에서도 인기가 많아 친구의 마음이 늘 불안하다고 한다. 그런데 재미있는 것은 남편이 친구의 생각만큼 밖에서 그리 인기가 많지 않을 뿐더러 친구의 눈에만 그렇게 보이는 것이다. 남편이 회식이라도 하면 그 회식 자리에 가봐야 하고, 행여나 다른 여성들의 환심을 사게 될까 싶어 일부러 멋진 옷도 사주질 않는다. 잘생긴 남자가 이상형이라던 친구는 그 이상형의 남편 때문에 남들이 상상하지 못하는 불안 속에서 살고 있는 것이다.

그녀의 외모 콤플렉스는 결과적으로 잘생긴 남편을 배우자로 얻게 했다. 그리고 본인의 콤플렉스로 인해 생긴 상처들을 잘생긴 남편을 통해 치유하고자 했다. 멋진 남자와 길을 걸으며 주목받고 싶었던 그녀는 지금은 주목받는 것을 부담스러워하며 그것을 막으려 하고 있다. 결국 그런 현실을 만들어낸 것도 또 그것을 부정하는 것도 그녀다. 내가 그런 이상형을 바랐다면 그 사람과 어떻게 서로를 치유해주며 살아야 할 것인지를 생각해야 한다. 잘생긴 남편 때문에 불안에 고통받고 살 것이라면 결혼하지 않는 게 낫지 않을까?

결혼해서 살다 보니 남편이 내 이상형이었다는 것을 잊고 살았던 것 같다. 이상형이라고 좋아할 땐 언제고 이제는 맘에 안 드는 점들을 입으로 늘어놓고 있다. 그렇게 바라던 남자와 결혼해놓고 감사하지 않고 지내왔다니……. 내가 하지 못하는 일들을 척척 해결해주는 남편을 보며 일을 너무 잘 처리한다고 불평했다.

유아교육의 열풍이 불면서 나도 거기에 한몫 끼어 아이들의 비싼 교구들을 사들였었다. 하지만 도무지 관리가 어려워 반품하고 싶었다. 까다로운 절차와 여러 가지 이유들로 반품이 어려워지자 해결사 남편에게 도움을 요청했다.

반품할 수 있는 사용기간이 지나서 결국 반품은 할 수 없었다. 하지만 아무리 바쁜 일이 있어도 나의 부탁은 언제나 일 순위가 되는 남편에게 참 고마웠다. 내가 그토록 바라던 사람과 살면서 나 혼자 속을 썩고 있는 것은 아닌지 반성했다.

모두가 바라는 남자를 남편으로 갖게 된들 그 남자가 나에게 완벽한 남자가 될까? 반대로 모두가 꺼려하는 남자도 나에게는 대통령보다 더 멋진 남자가 될 수가 있다. 결국 우리의 현실은 우리가 만들어가는 것이다.

바라는 이상형과 결혼하고 난 뒤 무슨 꿈을 꾸어야 할까? 내 옆에 있는 사람만을 탓하며 살고 있는 것은 아닌지 돌아봐야 한다. "생각대로 살지 않으면 사는 대로 생각한다."라는 말이 있다. 남편과의 삶에 대해 진지하게 고민하지 않고 꿈꾸지 않으면 우리는 현실의 소용돌이 속에서 그것에 끌려 다니며 살 수밖에 없다.

"다른 사람이랑 결혼할 걸 정말 후회된다. 오빠 같은 성격 정말 맞추기 힘들어."
"그건 나도 마찬가지거든? 내가 전생에 큰 죄를 지었나 보다."
"그럼 헤어져."
"원한다면 언제든지……."
"어떻게 그럴 수가 있어? 남자가 책임감도 없이!"
"먼저 헤어지자고 한건 너잖아. 나 싫다는 여자를 내가 어떻게 해?
"진짜 나쁘다, 나빠."

바람 부는 날이면 아이들은 연날리기를 한다. 조금씩 실을 풀어가면서 자신의 연이 가장 높이 날기를 소망한다. 그런데 다른 연이 다가와 연의 목을 감는다. 잘 조준해서 풀어내면 그만이다.

그러지 않으면 어느 순간 풀 수 없을 만큼 심하게 엉켜버린다.

지금까지 결혼하고 싶은 남자를 꿈꿨다면 이제는 그 남자와 어떻게 살 것인지를 꿈꿔야 한다. 이상형은 있다. 하지만 그 남자와 이상적인 삶을 꿈꾸지 않는다면 이상형과의 이상적인 삶은 없다. 어느 날 내가 남편에게 물었다.

"오빠는 이렇게 불평불만만 하는 나랑 사는 게 힘들지도 않아?"

"어쩔 수 없지. 내가 이상형의 여자랑 결혼하게 해달라고 기도했고 이루어졌으니까."

남편의 대답이다. 참 고마운 마음에 남편에게 말했다.

"나도 이상적인 아내가 되도록 노력할게."

맛있는 딸기 아이스크림을 먹고 싶다고 바라던 내가 막상 그 아이스크림이 내 손에 쥐어지자, 딸기향이 너무 강하다고 불평한다. 이상형을 바라다가 너무 이상형이라고 불평한다.

우리는 지금 그런 모습으로 살고 있는 것은 아닐까?

02
결혼으로
인생의 반전을 꿈꾼다면?

결혼에서의 성공이란 단순히 올바른 상대를 찾음으로써
오는 게 아니라 올바른 상대가 됨으로써 온다.

– 바네트 브리크너

"여자 팔자 뒤웅박 팔자."라는 말이 있다. 부잣집에서는 뒤웅박에 쌀을 담고, 가난한 집에서는 여물을 담기 때문에 여자가 어떤 남자를 만나 어떤 집에 시집가느냐에 따라 인생이 결정된다는 뜻이다. 이 말이 딸을 둔 친정어머니들의 고정 멘트였던 시절이 있었다. 옛말이긴 하지만 아직도 남편의 능력으로 자신의 현 위치를 역전시키고자 하는 여자들을 심심찮게 본 수 있다.

여자들의 동창회에 가면 그 모습이 가관이다. 학창시절의 성적이나 외모, 성격, 상관없이 현재 남편의 직장이나 연봉이 서열을 결정한다. 특히나 학교 다닐 때 공부 못했던 친구들이 남편 잘 만나 으스댄다면 괜히 기가 죽는 것은 어쩔 수가 없다.

"요즘 사귀는 남자친구랑은 잘 돼가니? 별로 능력도 없어 보이던데 그냥 이참에 헤어지는 게 어때? 내가 결혼해서 살아보니까 남자는 능력이야……."

콧대가 높아진 친구는 남편이 올 시간이 됐다면서 본인의 커피 값을 내고 자리에서 일어났다. 찬바람이 쌩 불듯 바람처럼 사라지는 시집 잘 간 친구다.

교복 입고 떡볶이 하나에 즐거웠던 우정은 묘한 서열관계로 바뀌어버린 지 오래다. 이제는 옷도, 차도, 분위기도 많이 달라진 그녀는 남편의 부부동반 모임에서 만난 여자들이 더 편하다고 했다. 친구들 앞에서 으스대는 건지 그런 생활이 너무 자연스러운 건지 예전의 모습은 찾아볼 수가 없다. 그런 그녀의 외향적 변화만큼 행복할지 궁금해졌다.

심리학자 알프레드 아들러는 이렇게 말했다.

"자기가 타인에 대해서 우월한 것처럼 행동하는 배후에는 열등감이 숨겨져 있다. 내면에 충실하고 자존감이 높은 사람들은 사람들 앞에서 함부로 나의 이야기를 하며 자랑하지 않는다. 요즘

시대가 자기 PR 시대라고는 하나 장소와 시간을 불문하고 내 자랑을 늘어놓는 것과는 다르다. 자기 PR은 상대에게 나의 가치를 알리기 위해 적당히 포장을 하여 이야기하는 형식이다. 반면, 아무 때나 상대의 불쾌감을 자아내는 이야기 방식은 허풍과 허세이기나 내면의 열등감을 표현하는 것밖에 되지 않는다."

나는 얼마 전까지 일산에 새로 지어진 고급 아파트에 살았었다. 조경이 잘 갖춰져 있어 멀리 나가지 않아도 아이들이 맘껏 뛰놀기 좋은 환경이었다. 아이들과 걷기를 좋아하는 나는 그 환경이 무척 맘에 들었다. 봄에는 사방에 핀 화려한 꽃들로 행복했고, 겨울에는 집 앞 언덕길에 올라 아이들과 눈썰매도 탔다. 서울이 아니라 입주비용도 그리 비싸지 않고, 우리부부에겐 아이들 키우기 안성맞춤 보금자리였다.

그 아파트의 엄마들은 너 나 할 것 없이 외제차를 끌고 다녔다. 모두 똑같은 차를 가지고 다니며 똑같은 표정으로 외출을 했다. 동네 마트나 베이커리 앞에는 그 엄마들의 차들이 즐비했다. 그녀들은 외제차를 끌고 장을 보거나 아이들을 픽업했다. 남편이 사준 외제차 한 대씩을 끌고, 아이 하나 또는 둘을 돌보며 여유롭게 지내는 것처럼 보였다. 하지만 그 속사정을 들여다보면 아이들 뒤치다꺼리하고 피곤하게 사는 여느 엄마들일 뿐이었다.

미혼의 여자들이 그런 유부녀들을 본다면 저렇게 살고 싶다는 갈망을 할 수는 있겠지만 '빛 좋은 개살구'나 다름 없다. 그런 엄마들이 동창회에 나가면 앞 순위의 서열에 끼게 된다. 그리고선 자신의 삶을 포장한다. 별 포장을 하지 않더라고 보이는 이미지에 이미 그녀는 갑이 된 셈이다. 하지만 외제차를 끌고 명품백을 들었던 그녀도 집에 오면 엄마와 아내라는 현실이 기다리고 있다. 마치 차 한 대와 명품백 몇 개를 담보로 고연봉 입사를 한 것 같다.

실제로 연봉이나 받을 수 있다면 얼굴에 생기라도 돌 텐데 엄마들의 얼굴에선 생기를 찾아 볼 수가 없다. 아이들을 유치원이나 학교에 보내고 나면 남편이 벌어다 준 돈으로 골프를 치러 가거나 네일아트를 받으러 간다. 나 또한 그랬었다. 하지만 남는 시간 동안 운동이나 네일아트를 하는 것은 한두 번 하고 나면 질리기 일쑤다. 그것이 육아를 더 잘하기 위한 기분전환이라고 한들 계속 기분전환만 하고 있을 수는 없는 노릇이다. 나는 네일아트를 받을 때 옆에 사람들이 대화하는 것을 즐겨 듣는다. 남편 얘기, 아이들 이야기, 시댁 이야기, 쇼핑 이야기 등 여자들이 있는 곳이라면 항상 듣는 이야기들이다.

남편으로 인해 동창회에서 갑이 되었다 한들 집에서는 머리 질끈 묶고, 손 바삐 움직여 아이들을 챙겨야 하는 것이 현실이다. 돈이 있든 없든 결혼한 여자의 행동패턴은 거의가 비슷하다. 워킹맘은 직장과 가정이라는 사이에서 힘들고 전업주부는 그 나름대로 힘들다. 어찌 보면 집에서 아이만 키우는 전업주부가 더 힘이

들 수 있다. 어제가 오늘 같고, 오늘 같을 내일을 기다리며 무기력
에 시달리는 전업주부를 적잖이 보았다.

때로는 이제는 아이가 많이 자라 스스로 자신의 일을 해결할
수 있는 나이가 되었음에도 불구하고, 아이의 매니저 역할을 하
며 자신의 몸을 혹사시키기도 한다. 눈치가 빠른 아이들은 엄마가
자신의 모든 일을 해결해주리라는 것을 안다. 아이가 유치원 때는
초등학교에 가면 내 인생을 살겠다던 엄마들이 초등학교에 가면
이 시기가 가장 중요한 시기라며 그 생활을 놓지 못한다.

아이만 바라보다 어느새 중년이 되어 이제는 엄마를 오히려 귀
찮아하는 아이들을 보며 우울감을 느낀다. 그러다 자녀가 결혼하
여 손주까지 돌봐주어야 하는 신세가 된다면 어떨까? 물론 아이
를 양육하고 큰 보람과 만족을 느끼며 사는 엄마들도 있다. 하지
만 그렇지 않을 경우엔 나 자신의 현재 상황을 명확히 해야 할 필
요가 있다. 그렇지 않으면 결국에는 사랑으로 시작한 결혼이 행복
과는 거리가 먼 현실적인 책임감만 남는 생활이 된다.

나는 결혼 전에 결혼을 통해 내 인생을 바꾸고자 하는 생각
은 없었다. 다만 한 남자와 한 집에서 살게 된다는 것에 설렐 뿐
이었다. 그런 내 모습을 지켜보았던 주변의 시선은 결혼했으니 얼
마나 행복한지 말해보라는 눈치였다. 기념일에 남편으로부터 선물
받은 백을 들고 나가기라도 하면 마치 나를 왕자님을 만난 신데렐

라 보듯이 하는 친구들이 있었다. 결혼을 일찍 한 편이어서 주변 친구들은 대학원에 다니는가 하면 이제 막 사회에 첫발을 내딛은 사회 초년생들이었다. 그 가방 안에는 아이의 기저귀나 장난감이 들어 있다는 사실을 몰랐다.

그 당시엔 남들 다 사는 것이기에 명품이라면 무조건 관심을 가졌었지만 지금은 실용적인 것이 가장 좋다. 내가 가방을 모시는 게 아닌 가방이 날 모셔줬으면 하는 바람 때문이다. 물론 예쁘게 차려 입을 땐 좋은 가방이 나를 더 빛나게 해주겠지만 일상 생활에서는 아무 데나 툭툭 내려놓아도 편한 그런 가방이 좋다. 결국 여자의 결혼은 외제차와 명품백이 전부가 아니다. 내 마음이 허하다면 비싼 가방도 나를 달래줄 수가 없다. 반대로 내 마음이 풍요롭다면 친구가 가진 비싼 가방이 그렇게 눈에 거슬리지는 않을 것이다.

나는 한동안 남편 자랑을 일삼고 다녔다. 직장을 관두고 결혼한 나는 딱히 내세울 것이 없었다. 그래서 남편을 포장해서 자랑했다. 나만 생각해주는 것, 자상한 것, 남편의 아이큐, 경제적 능력 등 멋진 남자에게 선택된 세상에서 가장 행복한 여자인 마냥 표현했다. 그것이 유일한 나의 낙이었다. 그리고 남편이 출근한 뒤부터 남편이 돌아오기까지 하루 종일 남편을 기다렸다. 첫째 아이가 배 속에 있었기 때문에 어딘가로의 이동이 그리 자유롭지 못했다. 또래의 친구들은 공부다 직장이다 모두가 바빴고, 친정은 멀었다.

문화센터에 다니면서 태어날 아기를 위해 배냇저고리 만드는 수업에 참여하거나 임산부 요가를 하는 것 외에는 쉬거나 책을 보는 일이 전부였다. 너무나도 지루한 나날이었다. 아직 혈기왕성한 나이에 집에서만 가만히 곧 태어날 아이만을 기다리고 있으려니 좀이 쑤셔 견딜 수가 없었다. 얼마의 시간이 지나자 남편 자랑도 더 이상 내게 흥미를 가져다주지 못했고, 출산일을 기다리는 것이 내 유일한 과업이 될 수밖에 없었다.

결혼을 하면 마치 저절로 모든 행복이 찾아올 것 같을 거란 생각을 하고 있다면 그건 오산이다. 신은 오히려 그런 생각을 하는 여자들에게 더 가혹한 현실을 안겨주는 것 같다. 그 가혹한 현실은 내 인생을 다시 시작하라는 뜻일 수 있다. 퀭한 눈은 다시 학창시절의 그때처럼 초롱초롱해지고 몸에는 활력이 생기도록 스스로 변화를 받아들이고, 노력하는 의지가 필요하다.

외제차가 없고, 명품백을 메지 않으면 어떠한가. 내가 먼저 명품이 되어야 한다. 즉 결혼은 어가이 삶의 일부기 되이아 힌다. 그 사실을 인정하고 받아들일 수 없다면 결혼은 하지 않는 게 좋다고 감히 말하고 싶다.

나의 경우, 어느덧 8살 딸아이의 엄마가 되어 인생 반전을 준비하고 있다. 그 누구도 대신 살아 줄 수 없는 인생을 내가 잘살아보기 위해서다. 결혼했다고 아이를 낳았다고 나를 포기한다는 것은 너무 억울한 일임을 이제라고 깨달았기 때문이다.

03
결혼은
환상이 아니라 현실이다

다만 돈만을 위하여 결혼하는 것보다 더 나쁜 것은 없고,
다만 사랑을 위하여 결혼하는 것보다 어리석은 것은 없다.
– 새무얼 존슨

"아버님, 제가 평생을 지켜주고 싶은 여자를 만났습니다. 소연이 평생 행복하게 해주겠습니다."

곱슬머리 남자친구는 어디 가고 쭉쭉 펴진 생머리를 하고 온 남편이 함을 들고 와서 친정아버지 앞에 무릎을 꿇고 말했다. 중요한 날이다 보니 스트레이트파마까지 하고 신경을 쓴 남편이었다.

'나는 곱슬머리가 좋은데, 머리가 퍼지니 얼굴이 더 커 보이는데 괜히 결혼한다고 했나?'

남편의 진심 어린 말에 온 가족이 감동의 눈물바다가 된 시점에서 나는 혼자서 이런 생각을 하고 있었다. 당시에는 그저 '나를 매우 사랑하는 남자가 나 같은 미인을 얻기 위해 저렇게 노력하는데, 내가 그 마음을 받아줘야지', '결혼하면 어떻게 행복하게 해 줄 건데?' 하며 혼자만의 소설을 쓰고 있었다. 그런 환상과 함께 나는 어느새 완벽한 제도권 안에 들어가 있었다.

일명 자빽 커플이었던 우리는 신혼여행도 편히 칵테일이나 마시며 해변을 즐길 수 있는 동남아가 아닌 좀 더 품격 있는 곳으로 가기로 했다. 결국 신혼여행지로 채택된 곳은 유럽이었다. 5박 6일의 2개국 순회일정이었다.

패키지로 같이 온 사람들과 밥을 먹고 어디론가 계속 이동을 해야 하는 힘든 여정이었다. 힘들고 피곤한 일정 속에서 낭만이라고는 찾아볼 수가 없었다. 운동화를 신고 가이드에게 끌려다니며 마치 수학여행 같은 여행을 했다. 우리 둘의 모습은 부부인지 연인인지 남매인지 감이 잡히질 않았다. 힘든 일정 탓에 심기가 불편한 나머지 여행 도중 누구 부모님께 전화를 먼저 해야 하는 문제로 싸우고 나중에 부모님을 모시고 살지 말아야 할지에 대한 먼 미래의 일들로 실랑이를 벌였다. 우리는 서로 '여기서 지면 평생 지는 것이다'라는 각오로 다퉜다.

'행복하게 해 준다더니 부모님 모시려고 결혼하자고 한 건가?'

라는 생각을 남편에게 직접 물어보면 자신은 행복하게 해주려고 노력했다 말할 것이다.

신혼여행에서 돌아와서도 우리의 신경전은 계속되었다. 한 집에서 함께 밥을 먹고 함께 잠이 들고, 어딜 가나 항상 같이 다닐 수 있다는 것에 설렜던 것뿐이었는데…… 현실은 나의 생각과는 많이 달랐다. 둘 사이에 문제가 생기면 같이 한 공간에 있는 것이 너무 힘들었다. 둘 중에 한 명은 자리를 피해 집을 나서야 했다.

한번은 임신했을 때 부부싸움을 했다. 보란 듯이 다시는 돌아오지 않겠다며 집을 박차고 나왔다. 임신한 딸이 부부싸움을 하고 왔다면 너무나 속상하실 부모님 생각을 하니 친정에도 갈 수가 없고 마땅히 갈 데가 없었다. 그런 내 심정을 아는지 하늘에서는 비가 내렸다. 비련의 여주인공이 된 듯했다.

그런 생각도 잠깐 '다시는 부부싸움하고 내가 나오나 봐라. 남편을 쫓아내는 한이 있어도……'라고 다짐했다. 집 나오면 고생이라는 말을 실감하는 순간이었다. 그 뒤로는 부부싸움을 하면 남편을 내보냈다. 내가 집에 버티고 있으니 남편이 나갈 수밖에 없었으리라. 부부싸움을 하더라도 나와 태어날 아이를 위해 나를 보호해야겠다는 생각이 들었기 때문이다.

조금씩 현실을 받아들였던 걸까. 부부싸움의 횟수가 거듭될수록 당시에는 이게 끝인 것 같았지만 또 화해를 하고 나면 여느 평범하고 풋풋한 신혼부부일 뿐이었다. 어느 순간 부부싸움은 칼로 물 베기라는 현실을 받아들이고 있었다.

부부싸움은 이제 막 결혼을 하고 둘에서 하나가 되려는 신혼 부부에게는 필수 코스다. 이 과정을 거치지 않으면 제대로 된 부부로 거듭날 수가 없다. 물론 주변에서 보면 처음부터 깨가 쏟아진다는 부부들도 있다. 신혼의 단꿈을 즐기는 부부들이 그렇게 부러울 수가 없었다. 하지만 그런 단꿈은 나에게는 해당되지 않는 일이었다. 대신 부부싸움을 현실로 인정하는 순간 결혼에 대한 환상에서 벗어날 수가 있었다. 나를 평생 행복하게 해주겠다던 남편, 남자로서 결혼할 여자에게 그런 거짓말을 했을 리가 없다. 순진한 생각일지는 몰라도 나를 행복하게 해주겠다는 의지는 누가 뭐래도 진심이었다고 믿는다. 다만 나를 행복하게 해주는 방법을 모르는 것일 뿐이므로 그 방법을 가르쳐주면 되지 않을까?

내일 뉴욕으로 여행을 떠날 나를 위해 전용 헬기를 준비해달라는 것도 아니고, 쇼핑을 좋아하는 나를 위해 거대한 쇼핑몰을 지어달라는 것도 아니지 않은가. 손에 물 한 방울 묻히지 않게 해주겠다는 남자들의 말은 그들의 의지와는 관계없이 현실적으로는 불가능하다는 것쯤은 안다.

육체적 노동은 가치 있는 것이다. 남편의 능력으로 평생 가사도우미를 쓰고, 손에 물 한 방울 묻히지 않은 여자들 치고 행복하다는 사람을 못 보았다. 자식 낳은 정, 키운 정 운운하는 것도 손수 음식도 해먹이고 기저귀도 갈아줘야 엄마와 자식 간에도 정이 쌓이는 것이다. 사실 남편은 내 마음을 이해해주고 나를 배려해주면 되었다. 내가 이 가정을 얼마나 소중히 여기는지 알아주고, 남편과의 행복한 삶을 가장 바라고 있다는 걸 이해해주면 됐다. 하지만 생각해보니 남편에게 그런 것을 원한다고 말하지 않은 것 같다.

근육이 멋진 남자를 보고 "오빠도 저런 근육 만들어 봐."라고 하거나, 멋진 외제차를 보고 "우린 저런 차 언제 사지?"라며 알게 모르게 남편에게 부담이 되는 말들을 종종 내뱉기도 했다. 멋진 근육과 외제차와 자상함까지 갖춘 남자를 여자들은 마다할 리 없다. 그런 남자가 이상형이었다면 그런 남자와 결혼했으면 됐다. 최소한 그런 남자의 눈에 드는 여자가 되어야 함은 물론이다.

하지만 삶이란 공평하다. 내가 원하는 것을 얻기 위해선 다른 것들은 포기 할 줄도 알아야 한다. 나는 나의 부족함을 채워주고 나만 사랑해줄 것 같아 남편을 선택했다. 그것이 나에게 가장 중요한 배우자의 조건이었다. 아무리 경제적인 능력이 뛰어나고, 멋진 근육을 자랑하는 남자라 학지라도 나를 평생 사랑하고 그 노리를 다하지 못할 남자라면 연애 상대로는 좋을지 몰라도 평생을 함께 해야 할 배우자감으로는 적합하지 않다는 것이 나의 지론이었다.

멋진 근육과 외제차는 결혼한 뒤 나와 함께 만들어가면 될 일이었다. 그리고 나 자신도 점점 남편이 좋아하는 타입으로 변해갔다. 부부의 삶이란 애틋한 사랑 그 이상이다. 서로에게 필요한 것은 무엇인지, 상대방이 가지고 있는 결핍은 무엇인지, 서로의 마음을 헤아리려는 마음만 있다면 그 어떤 연애보다 애틋한 관계가 바로 부부다.

물론 결혼 9년 차인 지금도 우리 부부는 싸운다. 얼마 전 함께 외식을 했다. 음식을 주문해놓고 음식이 나올 때까지 옆에 있는 옷가게에 가서 옷 구경이나 할 생각으로 잠시 자리를 비웠다. 20분이 지나도 돌아오지 않는 나를 찾아 남편은 옷가게 문을 열며 점원들 앞에서 나에게 면박을 주었다.

"지금 시간이 얼마나 지난 줄이나 알아? 정신이 있는 거야, 음식 다 식었잖아."

도도하게 아이쇼핑을 즐기던 나를 점원들은 나보다 더 민망한 눈빛으로 나를 쳐다보았다. 부끄러워 얼굴을 들 수가 없었다. 그리고 정말 화가 났다. 사람들 앞에서 그렇게 나를 망신을 주다니…… 나는 나온 음식을 쳐다보지도 않고 음식점에서 나와버렸다.

평소 쇼핑에 빠지면 누가 불러도 듣지 못하는 나에게 많이 쌓였던 모양이다. 그래도 그렇게 사람들 앞에서 면박을 준 것이 서운했다. 화가 나 밥도 먹지 않고 카페에 앉아 있는 나를 찾아와 사과하는 남편이다. '사과를 받아 줘야 하나?'라는 생각을 하기도 무섭게 앞에서 애교떠는 남편을 보며 나는 이미 웃고 있었다. 같이 밥 먹을 때는 절대 옷가게 들어가지 않을 것, 어떤 일이 있어도 사람들 앞에서 나에게 화를 내는 일이 없을 것이라는 결론을 맺고 우리는 함께 카푸치노를 마셨다. 남편은 배가 고플 나를 위해 케이크와 와플을 주문해줬다.

부부싸움의 고통 없이 부부가 서로를 알아갈 수 있다면 얼마나 좋을까. 버스가 지나간 뒤 후회하기 전에 나를 태우기 위해 멈춰 있는 버스를 올라탈 용기가 있다면 얼마나 좋을까. 하지만 우리는 고통을 통해 삶을 배우도록 설계되었다. 다행스럽게도 내 옆의 남편은 떠났다가도 다시 돌아오는 버스이다. 그리고 때로는 타기가 두려워 망설이는 나를 위해 기다려주기도 한다. 내가 그를 위해 기다려주었듯이 말이다.

결혼은 환상이 아니라 현실이다. 하지만 굳이 그 환상을 빨리 깨라고 말하고 싶지 않다. 그런 환상이 있었기에 남편과 결혼할 수 있었고, 그 환상을 깰 수 있었기에 현실에서 행복을 찾을 수 있었다.

인생에서 결코 무의미한 절차나 과정은 없다. 환상을 깨고, 받기만 하려는 욕심을 버리고, 내가 선택한 그를 바라보자.

04
결혼에
리스크를 두지 마라

훌륭한 결혼이란, 서로가 상대방을
자기의 고독에 대한 보호자로 임명하는 그런 결혼이다.
— 라이너 마리아 릴케

나이가 서른 즈음에 이른 여자들에게 당연시 되는 화두는 바로 결혼이다. 본인이 원하건 원하지 않건 간에 그 나이가 되면 결혼에 대한 압박감이 생기기 시작한다. 특히 친정엄마의 아우성은 상상초월이다. "누구는 돈 많은 남자랑 결혼해서 두 다리 뻗고 편하게 산다."에서 시작한 친정엄마들의 재촉은 처음엔 농담으로 웃어넘기다가도 차츰 내 이야기로 넘어온다.

사랑만 있으면 결혼한다던 내가 이제는 능력, 외모, 성격 모두를 갖춘 완벽한 남자를 추구하는 여우 중의 상여우가 되었다. 특히나 학교 다닐 때 나보다 예쁘지도 않고, 공부도 못했던 친구가 모임에 외제차를 끌고 나타나면 웃어넘어가기 힘들다. 아내밖에 모르는 자상한 남편과 해외여행을 밥 먹듯이 가고, 주말마다 쇼핑에 외제차 끌고 나오는 그녀를 상상하니 왠지 내 자신이 한없이 작아지는 느낌을 받기도 한다.

그래서 순간 결혼을 결심한다. 내 월급으로는 댁도 없는 외제차와 명품백은 결혼을 위한 조건이 되어가는 것 같다. 결혼 전 남편과 데이트를 할 때였다.

"오빠, 결혼하면 나 이런 가방이 필요해. 정말 갖고 싶었던 게 있는데 사줄 거지?"

"사고 싶으면 지금 사."

순간 나는 '백마 탄 왕자님이 나에게 드디어 나타났구나'라고 생각했다. 며칠이 지난 후 정말 가방을 선물 받게 되었다. 신데렐라 친구들이 부러울 땐 언제고, 막상 그런 상황이 되자 어릴 적부터 절약하는 게 몸에 밴 나는 정작 비싼 가방을 고르지 못했다. 가방을 선물 받았지만 그렇게 기분이 좋지도 않았다. 어쩌면 나는 가방보다는 나를 책임져줄 남자의 그 멘트가 듣고 싶었던 거지두 모른다.

가방 하나에 내 운명을 맡겼던 것은 아니었다. 하지만 남자친구의 그런 멘트와 함께 장밋빛 미래를 꿈꿨다. 그리고 이 남자는 나의 모든 것을 사랑하고 내가 원하는 것이면 무엇이든지 해줄 것이라고 단정 지어버렸다. 두말할 것도 없이 심각한 신데렐라 콤플렉스를 가지고 있었다. 가만히만 있으면 모든 일이 척척 이루어 것이라 믿었다. 선물을 받고 미소로 화답하면 그만이라고 생각했다. 그러나 결혼 이후, 그 가방 값을 톡톡히 치러야 했다. 가방 100개로 돌려주고라도 벗어나고픈 상황들의 연속이었다. 그러나 가방과 함께 내 운명을 맡겨버렸으니 감내할 수밖에 없었다.

어느 날 후배가 찾아와서 내게 말했다. "언니, 이번에 새로 사귄 남자친구 너무 괜찮은 거 같아. 내가 너무 좋대."라며 상당히 들떠 있는 모습이었다. 누가 말리지 않으면 지금 당장 결혼이라도 할 기세였다. 그래서 나는 후배에게 "그 남자는 너 말고 다른 여자를 사귀어도 그렇게 말할 거야. 그러니까 그런 말에 너무 현혹되거나 들뜨지 마."라는 말을 해줬다. 나름 결혼 선배라고 내 입에서는 남 혼삿길 막는 말들이 거침없이 나왔다.

말 한마디, 물건 하나에 모든 것을 놔버리는 여자의 심리는 무엇일까? 결혼시험 1문항에 통과한 후에 백마를 렌트해 온 응시자를 단번에 최종 합격시켜버리는 이유가 무엇일지 생각했다. 결혼을 벗어나고픈 답답한 현실에서 벗어나기 위한 돌파구쯤으로 생각하는 것은 아닐까 한다. 그 백마는 렌트한 것이어서 언젠가는 돌려줘야 한다는 것을 알면서도 다른 사람들의 부러움 섞인 표정이나 말 한마디에 혹해 결혼을 감행해버리는 커플들이 의외로 많다는 것을 알았다.

사실 백마 탄 왕자란 없다. 결혼 전에는 외제차에서 내려 나에게 꽃다발을 안겨줄지라도 결혼 후에는 내 월급으로 그 외제차의 대출금을 갚아나가야 할 수도 있다. 그리고 결혼 전에는 내 손 한번 잡는 것과 나와 하룻밤을 보내는 것이 목표였던 그는, 결혼 후 자신의 욕구를 채우고자 할 때만 나를 만지게 될 수도 있다.

《불같은 여자 얼음같은 남자》에는 결혼 전과 후가 다른 남자에 관한 내용이 나온다. 남녀가 처음 만났거나 연애한 지 오래되지 않았을 때, 남자는 상대방을 위해 자신이 할 수 있는 모든 것을 한다. 여자를 쟁취하기 위해 온갖 노력을 하면서 스트레스 해소 호르몬인 테스토스 호르몬이 나오면 더욱 낭만적인 에너지도 함께 솟아나게 된다.

하지만 이제 두 사람은 결혼했고, 대출금 상환 같은 새로운 문제가 생겨버렸다. 이제 남자는 더이상 낭만으로는 스트레스를 해소시켜주는 테스토스 호르몬을 분비하지 못한다. 대신 훌륭한 가장으로서 책임을 다하는 모습을 보여줘야 한다는 새로운 목표가 생긴 것이다.

남편에게 아내는 더 이상 달성해야 하는 목표가 아니다. 대신 생계와 같은 다른 목표가 생기는 것이다. 그것을 모르는 여자들은 남자들의 무관심한 태도에 실망하고, 결혼생활에 대한 회의감을 느끼기도 한다. 그래도 자신이 사랑하는 아내와 그 가정을 유지하기 위해 노력하는 남자의 모습은 박수 받을만하다. 아내가 조금의 노력을 보이며 남편에게 매력적으로 보이도록 노력한다면 부부사이의 문제는 해결된다.

한 중년 남성이 있다. 그는 결혼 전에 연애 경험도 별로 없을 만큼 자신의 일에 성실한 남자였다. 그래서 그런지 그는 자신의 이상형은 어떤 여자인지조차 잘 알지 못했다. 성격이 무난하고 다른 사람들과도 잘 지냈던 그는 어떤 여자를 만나더라도 그녀의 맞춤형 남자가 될 수 있다고 자부했다. 그리고는 친구들에게 이렇게 얘기했다.

"나는 치마 두른 여자는 다 좋아. 어차피 내가 다 맞출 수 있으니까 성격이 어떻든 상관없어."

결국 그는 외모는 그다지 맘에 들지 않지만 그를 너무도 흠모하는 한 여성과 결혼을 하게 되었다. 하지만 결혼해서 보니 아내는 짜증이 많은 성격이었고, 그것은 그에게는 좋게 보이지가 않았다. 어떤 여자에게도 맞출 수 있다고 말한 그도 그런 아내에게 사랑이 느껴지지가 않았다. 그래서 남편은 일에 더 열중했고, 자신을 봐주지 않는 남편으로 인해 아내의 짜증은 더 늘어갔다. 자녀가 대학에 가고 시간이 많이 흘렀지만 아이들 때문에 이혼은 하지 못하고 남남처럼 지내고 있다.

밖에서는 그렇게 인자하고 성실한 남자가 한 여자에게는 티끌만큼의 애정도 주지 않는 차가운 남편이라는 사실에 소름이 돋았다. 각자가 최소한의 노력이라도 할 수 있는 사람과 결혼해서 살았더라면 결과는 달랐을 것이다. 아내의 짜증이 힘들긴 해도 사랑을 했더라면 조금씩 맞추며 고쳐나갔으리라. 하지만 그 부부는 그러지 못했다. 애정이 없으니 아내의 모든 단점이 치명적인 단점으로밖엔 보이지 않았던 것이다.

결혼이 참 어려운 사람들이 많다. 사랑만으로도 부족하고 그렇다고 조건만 보기에는 그것도 아닌 것 같다. 적당히 좋으면서도 적당히 좋은 조건을 가진 이성을 만나기가 어려운가 보다.

운명적인 사랑으로 시작해서 문제 하나 없는 완벽한 결혼생활이 있을까. 어차피 결혼생활은 맞추고 이해하며 더 나은 관계로 가는 기나긴 동행인 것이다.

내가 상대방을 위해 배려하고 싶은 생각이 들지 않는다면 그것만큼 난감한 것도 없다. 그 사람이 나에게 무관심하다고 생각하기 이전에 내가 먼저 그에게 무관심했던 것은 아닌지, 내 사랑이 이미 식은 것은 아닌지 생각해볼 일이다. 자상하다는 이유 하나로 경제적인 능력이 좋다는 이유 하나로, 그 사람의 모든 것을 껴안고 살아갈 수 있다면 상관없다. 하지만 그가 아니라 내가 배려할 수 없고, 그만큼 사랑할 수 없다면 그것이 결혼의 가장 큰 리스크가 아닐까?

05
먼저 혼자서도
행복한 연습을 해라

우리는 행복이란 제품을 만들 수 있는
재료와 힘을 자신 속에 지니고 있으면서도 기성품의 행복만을 찾고 있다.
- 알랭

요즘 세상은 각종 SNS 발달로 무한한 정보 공유의 세상이 되었다. 예전에는 책이나 선생님, 부모님으로부터 가르침을 받고 그 것을 내 것으로 만드는 데도 시간이 꽤 걸렸다. 어떤 지식을 전달받으면 그것을 천천히 소화시켜 나만의 지혜로 만들어 삶을 살아가는 데 훌륭한 지침이 되었다. 그런데 요즘엔 과잉 정보로 인해 더 깊은 지혜를 얻을 시간이 부족하고 여유도 없다. 새로운 정보가 들어오면 그것을 흡수하기도 전에 새로운 정보를 제공한다. 다시 말해 풍요 속의 빈곤이다. 세상에 수많은 정보들과 사람이 있지만 그 정보가 온전한 내 것이 되지 못하고 사람이 온전히 내 사람이 되지 못한다. 그래서 우리는 점점 더 외로워지고 있다.

우리는 끝없이 공감받길 원한다. 다른 사람의 구미에 맞는 표정과 스토리들로 실제 나의 이야기를 각색하기도 한다. 공감받지 못하고 미움받는 것은 죽기보다 싫다. 어느새 나의 진솔한 이야기는 사라진 지 오래고 대중적인 시각에 매여있는 나를 발견한다. 그런 모습들이 내 생활 전반이나 인식을 지배해버린다면 결국 행복한 나와 점점 거리가 멀어질 수밖에 없다.

음식점에 가면 가족끼리 외식을 하는 광경을 흔히 볼 수 있다. 아빠는 스마트폰으로 뉴스나 축구를 보고, 아이들은 게임 삼매경에 빠져있다. 그것을 보고 있는 엄마는 그런 상황이 불만이지만 어쩔 도리가 없어 체념한 듯 SNS로 친구와 수다를 떨거나 블로그에 자신의 일상을 포스팅한다. 마치 포스팅하기 위해 음식점에 온 듯하다. 음식의 맛, 청결 상태, 음식점 직원들의 친절도 등 음식점의 정보를 전문가적인 솜씨로 포스팅을 한다.

이렇게 우리는 서로 무한 정보를 공유하며 또 그것으로 소통한다. 그러면서 우리는 외로움에서 벗어날 수 있다고 생각한다. 길을 가다 버스의 광고판에 문득 "물질이 개벽되니 정신을 개벽하라."라는 문구를 본 적이 있다. 성형외과의 시술 전후의 사진이 광고되었을 법한 버스 광고판에 그런 글귀가 있는 것이 좀 어색하다는 생각이 들었지만 참 공감가는 글귀였다.

자본주의와 정보화 시대가 맞물려 세상에는 각종 물건들이 넘쳐난다. 그로 인해 쓰여지지 못한 물건들의 다음 행로를 생각하니 암담하기까지 하다. 산림이 파괴되고 동물들은 병들어 죽을 것이다. 그렇게 병들어가는 지구에서 우리는 앞으로 얼마나 더 살아갈 수 있을지 생각도 해본다. 포화 상태인 물질과 정보와는 달리 우리는 그 속에서 정신적 빈곤을 느끼며 살아가고 있는 현실이다.

블로그에 포스팅된 나의 일상이 진짜 내 인생이 되고, 그 일상들을 보며 댓글을 달아주는 이웃들이 내 친구가 된다. 물론 비약적인 표현처럼 들릴 수 있다. 하지만 나만의 것이 사라지고 대세에 따르지 않으면 뒤처져 보이거나 독특한 사람이 되어버리는 느낌을 종종 받는다.

캐나다의 로키산맥 산자락에는 세계 유네스코 문화유산으로 지정된 '헤드 스매시드 인 버팔로 점프'라는 곳이 있다. 이곳은 원주민들이 들소를 절벽으로 유인하여 떨어뜨려 사냥하는 곳으로 5천 년이 넘는 역사를 가지고 있다. 원주민들은 사람보다 무겁고 난폭한 버팔로를 사냥하기 위해 그들의 습성을 이용했다. 무리지어 생활하는 버팔로는 놀랐을 때 고개를 숙인 채 무조건 앞으로 달려나가는 습성이 있다. 그래서 원주민들은 앞서가는 버팔로를 놀라게 하여 달리도록 한다. 그러면 무리지어 있는 다른 버팔로들은 이유를 모른 채 무작정 달리기 시작한다. 왜 뛰는지, 어디로 향하는지도 알 수 없다. 그저 앞선 동료들이나 친구들이 그렇게 하기에 무작정 뛸 뿐이다.

끊임없이 다른 사람을 의식하면서 살아가는 우리의 모습과 다르지 않다. 무엇이 나를 행복하게 만드는지조차 알지 못한 채 다른 사람의 행복을 쫓아가는 버팔로의 삶을 살고 있는 건 아닐까?

우리는 행복할 권리가 있고 의무가 있다. 수면 부족에 시달리는 사람에게 달콤한 숙면이 행복이고, 굶주렸던 사람에게 맛있는 한 끼 식사가 행복이듯이 나에게도 어울리는 행복이 있을 것이다.

다른 사람에게 칭찬을 받기 위해 끝이 보이지 않는 다이어트를 하고 얼굴 성형을 하는 여자들이 많다. 물론 자기만족이라고는 하지만 그것이 결과적으로 충만한 만족과 행복을 가져다주는지는 모르겠다. 마치 바짝 가꿔진 외모가 전부인 것처럼 느껴지기도 한다.

몸매가 좋고 얼굴이 예쁜 여자를 보면 여자인 나도 기분이 좋다. 그런 외모만큼 자신도 행복했으면 좋겠다. 그리고 자신을 바라봐주는 시선이 없는 혼자일 때도 외롭지 않았으면 한다. 다른 사람과의 소통이나 인정 혹은 사랑도 좋다. 하지만 나 자신이 먼저 행복하고 나를 인정하고 사랑해야 진짜 행복을 맛볼 수 있다.

얼마 전 라디오에서 다른 사람과 결혼하기 전에 내 스스로와 먼저 결혼해야 한다는 이야기를 들었다. 아무리 나만 바라보는 완벽한 남자와 결혼을 한들 내가 나를 먼저 사랑하지 않는다면 남편과의 관계도 그리 쉽지만은 않을 것이다.

결혼 전 나도 역시 외로운 싱글이었다. 혼자라는 이유만으로 그냥 외로웠다. 일이 끝나고 혼자 덩그러니 자취방에 앉아 있는 느낌은 그야말로 최악이었다. 다음날을 위해 차분하게 쉬면 좋으련만 혈기왕성한 싱글녀였던 나는 누가 나를 찾아주지는 않을까 주변 사람들을 기웃거렸다. 그러나 운이 좋아 갑작스런 약속이 잡혀도 막상 즐겁지가 않았다.

'막상 나가려니 귀찮네. 그렇다고 집에 혼자 있기도 싫은데……. 에이, 모르겠다. 오늘은 잠이나 자야지.'

누군가와 끊임없는 소통하기를 원하지만 그것이 내가 진정 원하는 것은 아니었는지도 모르겠다. 혼자든 여럿이든 즐겁기만 하면 되는데 피곤함을 무릅쓰고 싶진 않았다. 누군가로 인한 순간적인 즐거움을 찾는 승냥이가 되는 건 지치고 피곤한 일이다.

한 선배 언니는 그녀가 다니고 있는 직장에서 10년 동안 근무해서 여자로서 남부럽지 않은 직책과 사회적 지위를 갖게 되었다. 그와 더불어 여러 사람들을 만날 기회도 많고 주변 남자들에게 인기도 있었다. 하지만 그런 위치에도 불구하고 많은 사람들에게 호응받지만 그런 만남이 끝나고 집에 돌아오면 혼자라는 생각에 너무 외로웠다고 한다. 아무리 인기가 좋아도 그 인기는 그 순간일 뿐 혼자라는 공허함에 행복하지 않은 기분이었을 것이다.

그녀를 좋아하는 남자들도 딱히 그녀와의 결혼을 원하는 것 같진 않았다. 그런 그녀는 '나도 이제는 나만의 가정이 필요해', '일 끝나고 나를 반겨줄 남편이 있으면 참 행복할 거야'라고 생각했다. 그래서 결혼정보회사에 등록하고 거기서 만난 남자와 짧은 시간 안에 결혼을 강행했다. 돈도 열심히 모아둔 덕에 결혼식 준비도 남부럽지 않게 했고 경제적으로도 부족함이 없었다. 그렇게 행복할 것 같았던 결혼생활은 시작되었지만 예상과는 달리 그녀는 행복하지 않았다. 물론 함께 식사를 하고 쇼핑을 하며 같이 보내는 시간에는 혼자가 아니라 외로운 것 같진 않았다. 하지만 마음 깊은 곳에 자리 잡고 있는 설명할 수 없는 외로움에서는 벗어날 수가 없었다. 오히려 점차 결혼생활이 주는 책임과 의무가 그녀를 속박할 뿐이었다.

그녀는 혼자 있어도 외로웠고, 결혼을 해서도 외로웠다. 남편은 자기와 함께 있어도 외로워하는 그녀를 보고 허탈함에 겉돌았다. 자신이 해줄 것이 없음을 알았기 때문이다.

그녀의 깊은 외로움은 어디서 나오는 걸까. 그런 그녀의 모습은 이 시대를 살아가는 우리의 자화상이 아닐까 한다. 사람들과의 깊은 교감은 어려워지고 그럴수록 우리는 우리 자신을 더 꽁 꽁 숨겨 놓게 된다. 그것은 또 다른 외로움을 낳는 악순환의 반복 이다.

타인으로부터의 인정이 아니라 나로부터의 인정과 내 자신과 의 소통이 우선시되어야 한다. 무너진 나 자신의 축을 바로 세우 고, 나 자신을 먼저 인정해주면 행복한 내가 될 수 있는 첫걸음을 걷는 것이다. 그런 나와 함께 있는 사람은 절로 행복할 것이다. 그 럴 때 부부도 함께하는 시너지효과를 낼 수가 있다. 행복은 겉으 로 보이는 것과는 다르다. 물론 지위나 돈이나 인기는 나를 행복 하게 해주는 큰 요소가 될 수 있다. 하지만 그러한 외부적인 모습 들을 내가 진정으로 소화하고 그만큼을 똑같이 다른 사람에게도 나눠줄 수 있는 것이 진정한 행복일 것이다.

사랑하는 남자와 결혼을 하고, 바라던 아이를 출산했다고 해 서 행복은 절로 오는 게 아니다. 혼자서도 행복할 수 있는 사람이 둘이 되어도 행복해진다. 외롭지 않기 위해 결혼을 꿈꾸거나 준비 하고 있다면 먼저 나와 화해하고 내면의 이야기에 귀 귀울여야 한 다. 먼저 탄탄한 토양을 만든 뒤 그 위에 누리고 싶은 씨앗들을 뿌리자. 그러기 위해선 지금부터라도 혼자일 때 행복한 연습을 해 야 한다.

06
둘이 된다고
무조건 행복해지는 것은 아니다

불행의 원인은 늘 내 자신에게 있다. 몸이 굽으니 그림자도 굽는 것이다.
어떻게 그림자가 굽은 것을 탓할 수 있겠는가.

– 파스칼

사람은 1분 동안에 1,000개 이상의 단어를 사용해 혼자만의
수다를 떤다고 한다. 알게 모르게 우리는 수많은 생각들을 한다.
그 생각들 중에는 좋은 생각도 있고 부정적인 생각도 있다. 좋은
생각은 기록해놓으면 나에게 좋은 아이디어의 원천이 될 것이고,
부정적인 생각은 또 다른 부정적인 생각을 낳기 때문에 빨리 지
워버리는 것이 좋다.

《왓칭》의 저자 김상운은 그의 저서에서 생각을 지우는 방법에
대해 "지우고 싶은 생각이 있으면 그 생각을 머릿속의 하얀 백지
나 스크린을 상상하여 투사하라."고 말했다. 또 "계속 이어지는 생

각들을 지우고 텅 빈 느낌의 그곳이 바로 내 자아."라고 말했다. 우리는 이러한 확실한 자아의 존재에도 불구하고 끊임없이 혼자 또는 타인과 수다를 떤다. 우리의 존재를 파악하고 그것의 소리를 들으려 하기보다는 겉도는 이야기들로 시간을 보내곤 한다. 외로움을 채우려 끝없이 소통하지만 하면 할수록 외로움은 더해진다. 결국 외로움은 외부로부터 채워지지 않는다는 것을 알 수 있다.

우리는 세상에 태어난 이유를 알지 못하고 살아가고 있다. 학교는 왜 다녀야 하는지, 결혼은 왜 해야 하는지, 아이는 왜 낳아야 하는지 알지 못한다. 혹자는 이렇게 답할 수 있겠다. 좋은 직장을 얻기 위해 학교에 다니고, 반쪽을 만나 행복해지기 위해 결혼을 한다고 말이다. 과연 그것이 진짜 이유가 될지 생각이 든다. 아무도 우리에게 진짜 이유를 말해 주지 않는다. 특히 학교의 획일화된 교육은 우리를 그런 진실로부터 더더욱 멀어지게 만든다.

이런저런 이유로 자녀들을 학교에 보내지 않고 홈스쿨링을 시키는 엄마들이 있다. 한때 나의 관심분야이기도 했다. 다른 대안이 없어 학교에 딸을 보내긴 했으나 그래도 학교에 잘 적응해주는 아이가 대견하다. 공교육을 무조건 비판하는 것은 아니지만 획일적인 교육이나 설령 아이가 학교에서 공부를 잘하더라도 왕따 문제 등의 문제들이 심각하게 보이긴 한다. 나도 어렸을 때 왕따를 당했던 경험을 생각하면 지금도 암울한 느낌이다.

홈스쿨링을 처음부터 시작한 아이들은 혼자서 공부하는 것이 습관이 잡혀 있다. 모든 과목의 내용들을 스토리가 담긴 책으로 익힌다. 오전에 자기주도 학습을 마치고 나면 그 나머지 시간에는 좋아하는 악기를 배우거나 개인 시간을 보낸다. 뜨개질을 하거나 바느질 같은 조작활동 등을 하기도 한다. 때로는 엄마와 함께 장도 보러 가며 세상의 분위기를 접한다.

보통 학교에 다니는 아이들은 아침에 억지로 옷을 입고 엄마가 떠먹여주는 밥숟갈을 먹는 둥 마는 둥 하다 떠밀려 학교에 가지만 이 아이들은 모든 생활이 주도적이다. 밥을 먹어야 하는 이유를 알고, 책을 읽어야 하는 이유를 알기 때문이다.

학교 교육을 무조건 비하하는 것은 아니다. 다만 그렇게 떠밀려 학교에 가고, 공부를 해서 성인이 된 우리들은 삶의 근본을 찾으려 하지도 않는다는 것이다. 한 방송의 프로그램인 〈바람의 학교〉는 학교에서 적응을 하지 못한 고등학생들이 새로운 교육환경 속에서 새로운 교육을 통해 적응하고 성장해 나가는 과정을 그린 다큐멘터리이다. 인터뷰 도중 한 학생이 말했다.

"학교에서는 책임감이 생기지 않아요. 공부를 왜 해야 하는지도 모르겠고요."

누가 봐도 학교에서 적응하지 못하고 엇나간 문제아로 보이지만 나는 오히려 그 학생의 말이 일리가 있다고 생각했다. 최소한 자기 주도적인 생각을 하는 것처럼 보였기 때문이다. 그 학생은 공부를 해야 하는 이유를 몰랐던 것이다. 그리고 이유를 모르니 책임감이 생길 리가 없는 것이다. 물론 이유를 모른다 하여 우리가 시는 제도권 안에서 무조선 거부만을 할 수는 없는 노릇이다. 하지만 최소한 이유를 찾는 노력이라도 해야 하지 않을까.

그렇다면 우리가 결혼을 해야 하는 이유는 무엇일까? 사랑하는 사람과 함께 하기 위해서, 남들 다 하니까, 안 하면 외로우니까 등 이유는 다양할 것이다.

심리학자 메슬로는 인간의 기본욕구를 다섯 가지로 정의했다. 생리적 욕구, 안전의 욕구, 소속의 욕구, 자존의 욕구, 존경의 욕구이다. 사실 결혼으로 인해 우리는 이 다섯 가지 욕구를 다 채울수가 있다. 서로의 비슷한 욕구들을 채워가며 사는 것이다. 남녀의 차이, 성격유형의 차이 등에 앞서 배우자도 나와 같은 기본욕구를 가진 개인일 뿐이라는 것을 인정해야 한다.

사람은 끊임없이 누군가와 소통한다. 서로서로 겉도는 이야기들을 하면서 외로움을 달랜다. 밖에서는 끊임없이 사람들과 대화하고 집에 있으면서도 SNS를 통해 나를 알린다. 물론 대화를 나누고 나면 즐겁고 환기가 된다. 빡빡한 일상 속에서 하나의 즐거움이 될 수 있다. 하지만 사람들과의 대화를 잘 살펴보면 긍정적인 이야기보다는 결국 부정적인 이야기들로 채워지는 경우가 많다. 그런 부정적인 이야기들은 내 정신을 갉아먹는다.

대부분의 성공한 사람들은 아침 시간에 혼자만의 시간을 갖는다. 산책을 하거나 책을 보고 사색을 한다. 온전한 나 자신과 만나는 시간이다. 그리고 인간 본연의 고독을 즐긴다. 꼭 아침 시간이 아니더라도 하루에 단 5분이라도 나 자신을 만날 수 있는 시간을 가졌을 때 삶의 만족도가 올라가는 것을 느낄 수 있다.

결혼 자체가 우리의 외로움을 채워주지는 못한다. 아무리 나를 평생 책임져줄 것 같은 남편감을 만나더라도 나의 외로움까지 신경 써줄 여력이 있는 것 같지 않다. 결혼은 제도권 안에 사랑이라는 요소를 가미한 행위다. 사랑하기 때문에 결혼하는 것 같지만 사실 결혼하기 위해 사랑하는 것 같기도 하다. 그러니 적당한 조건을 보고 서로에게 매력을 어느 정도 느껴 사랑에 빠졌다 한들 그 감정은 영원한 것이 아니다. 이것을 받아들이지 못한다면 결혼이라는 계약과 사랑이라는 요소 사이에서 갈등을 빚을 수밖에 없다.

다음은 코이케 류노스케, 미야자키 테스야의 《혼자인 순간 나를 만나라》의 일부이다.

"전 어렸을 때 부모님께 사랑받고 싶다, 친구들에게 사랑받고 싶다, 여자들에게 사랑받고 싶다고 생각하면서 지냈죠. 그렇게 하면 고독을 좀 잊어버리지 않을까 생각했던 것 같습니다. 쓸쓸함은 너무 고통스러우니까 그걸 잊기 위해 주목받고 사랑받고 싶었지요. 무던히도 노력했습니다. 하지만 제가 바라던 대로 그렇게 사랑을 받지도 못했고, 고독이 사라지지도 않았습니다. 그러자 언제부터인지 괜히 나쁜 남자인 척하기 시작했습니다. 처음에는 고독을 부정적으로 받아들였기 때문에 어떻게든 벗어나려고 했지만, 어느 순간부터는 자연스럽게 받아들이게 되었습니다. 그 이후로는 '고독해도 좋다. 나는 다른 사람에게 사랑받고 싶어 하는 그런 유약한 사람이 아니야' 하고 제 자신의 이미지를 만들면서 고립되어도 좋다는 가치관을 가지기 시작했지요. 문제는 사실 그게 더 쓸쓸한 일이었단 점입니다.

결혼했더니 책임감은 늘어나고 더 고독해졌다는 사람들이 있다. 나 역시도 그랬다. 결혼을 하면 모든 일을 함께하니 외롭지 않을 거 같았다. 하지만 남편은 회사에 가고 나에게 남은 몫은 온전히 혼자 감당해내야 하는 일들뿐이었다. 고독을 받아들이지 못하니 생활은 엉망이 될 수밖에 없었다 아이에게 집중하기보다는 고독에서 벗어나기 위해 어서 남편이 돌아오기만을 기다렸다. 남편이 회사에서 돌아오면 그날의 나의 일과는 끝이 난 셈이었다.

어느 날, 아빠만 기다리는 엄마를 보고 있는 딸을 보며 참 미안하다는 생각이 들었다. 그렇다고 남편이 집에 돌아와도 뾰족한 수는 없었다. 저녁을 먹고 아이를 재우면 또 내일을 위해 우리도 잠을 잤다. 남편으로부터 채우려고 했던 외로움은 더 이상은 채워질 수 없다는 것을 진작 알았더라면 어땠을까?

어차피 이 결혼생활은 내가 선택한 내 일인데도 불구하고 누군가에게 나의 외로움을 책임져주길 원했던 것은 아닐까?

07
결혼생활에 대한
위험한 착각

남편 속에는 한 사람의 사나이가 있을 뿐이다.
아내 속에는 한 사람의 남자, 한 사람의 아버지, 한 사람의 어머니가 있으며
다시 한 사람의 여인이 있다.

– 발자크

연예인들의 육아라이프를 다루는 프로그램이 화제다. 이미 결
혼한 사람들은 연예인들의 육아라이프 장면을 보면서 일정 부분
공감을 하면서도 사실 연출된 장면이라는 것을 안다. 어떤 직업
을 가졌건, 돈이 많건 적건, 얼굴이 예쁘건 예쁘지 않건 부모로서
자식을 돌보는 것은 본능적인 일이긴 하나 화면에 비치는 연예인
들의 모습은 사실 많이 미화되어 보인다. 그래서 미혼자들이 그런
육아 장면을 보면 그것이 마치 현실인 것처럼 생각할 수밖에 없다.
　아이를 돌보는 것이 마치 재미있게 인형놀이를 하는 것쯤으로
보이기도 하고 애완동물 기르는 것처럼 생각하기도 한다. 육아가

언뜻 보면 그와 비슷한 것처럼 보이기도 하지만 그 속사정은 상상 초월이다. 그것을 모르고 결혼에 대한 막연한 이미지를 갖는 것은 위험하다.

어린아이들은 보통 성인 여자에게 '언니'라고 부르지 않는다. 대신 '이모'라는 단어를 사용한다. 유아의 아이들에게 언니란 자기보다 몇 살 더 많은, 최소한 대학을 졸업하지 않은 학생들에게나 붙이는 호칭이다.

첫아이가 다섯 살 때, 아직 결혼을 하지 않은 동생이 친구와 함께 집에 놀러왔다. 예나에게 그 동생은 친 이모였고, 동생의 친구는 처음 보는 이모였다. 재미있었던 것은 예나는 자꾸 이모라고 부르는데 친구는 "예나야, 언니가 이거 해줄까?"라는 식으로 말을 했다. 예나에게는 똑같은 이모들인데도 불구하고 동생 친구는 '언니'라는 호칭을 포기하지 않았다.

나도 첫째 아이를 낳고 나서도 아이들을 보면 그랬었다. 집에 놀러온 선배 언니의 세 살배기 아이에게 '언니'라는 말을 붙여 말했다. 그땐 내가 한 아이의 엄마라기보다는 정말 아이를 낳기만 한 언니 같았다. 풋풋한 아가씨로 머물고 싶었던 것 같다.

"아이는 저절로 큰다."라는 어른들의 말만 듣고 나는 내 아이도 저절로 크리라 믿었다. 그런 탓에 아이에 대한 공부를 할 생각을 하지 못했다. '그저 잘 먹이고 건강하게 키우면 그만 아닌가?'

라는 소극적인 생각에 사로잡혀 있었다. 그 결과 아이는 다른 아이보다 더디게 자랐다.

이제 막 돌이 된 딸을 무릎에 앉혀 놓고 나는 스스럼없이 즐겨 보는 드라마를 보곤 했다. '조그만 아이가 뭘 알겠어?'라는 생각에서였다. 그때 나는 한창 소위 '막장 드라마'를 즐겨보았다. 남편이 바람을 피워 복수를 꿈꾸는 아내가 주인공인 드라마였다. 그래서 여주인공이 화를 내고 소리를 지르는 장면이 많았다. 간혹 몸싸움을 하는 장면들도 있었다. 언제부턴가 아직 말문이 트이지 않은 딸은 화를 내는 표정을 지으며 떼를 썼다. 아이가 연출하기에는 과하다는 느낌이 들 정도였다. 그러고는 그 드라마를 볼 때면 완전히 몰입을 하는 것 같았다. 예나는 화면 속 장면들을 다 흡수하고 있었다. 나는 딸과 오붓하게 앉아서 함께 드라마를 본다는 즐거운 생각에만 젖어있었던 것이다.

나는 그때부터 드라마를 보지 않았다. 대신 동요를 틀어주고 책을 읽어주었다. 아이는 어른들 말처럼 거저 크는 것이 아니었다. 아이를 업고 밭에서 일을 하며 자녀를 키웠던 구세대 엄마들의 말을 듣고, 나도 그렇게 아이를 키울 뻔 했다. 차라리 밭매는 엄마 등에 업힌 아이는 풀 냄새 맡으며 포근하기라도 했을 것이다.

요즘은 아이 키우기 참 힘든 세상이다. 예전에는 내 아이가 동네에 돌아다녀도 이웃 어른들이 내 아이에게 예의범절을 가르쳤다. 반면 지금은 아이 성장에 관한 모든 몫은 나에게 있다. 사랑스러운 내 아이를 아침부터 아이가 잠들 때까지 직접 돌봐주고 싶은 마음은 굴뚝같지만 힘든 육아로 인해 생기는 짜증은 결국 아이에게 가기 마련이다. 그래서 마지못해 하루에 몇 시간은 아이를 보육기관에 맡기지만 자격이 되지 않는 선생님이 담당하기라도 하면 여간 신경 쓰이고 스트레스를 받는 게 아니다.

얼마 전 딸아이와 동물원으로 데이트를 갔다. 집에서는 이런저런 잔소리를 늘어놓는 엄마지만 데이트할 때만큼은 좋은 친구가 되려고 노력한다. 평소에 사고 싶어 했던 것을 쿨하게 사주기도 하고, 평소엔 절대 먹지 않는 불량식품을 같이 나눠 먹으며 희희덕거리기도 한다. 그러면서 잔소리 대신 기분좋게 돌려 말한다.

"엄마도 어렸을 때 학교 앞에서 파는 불량식품 엄청 좋아했었어. 엄마는 그거 사 먹으려고 학교 다녔는데……. 예나 마음을 엄만 다 알아. 하지만 몸에 좋지 않은 거니까 조금씩만 먹자는 거야."라고 얘기하니 기분이 좋은 딸은 흔쾌히 대답한다. "알았어! 엄마, 조금만 먹을게. 이제 잔소리 그만……."

사랑하는 마음을 맘껏 표현하는 시간이다. 딸이 좋아하는 동물을 한참 구경하며 사진을 찍고 있는데 어린이집 아이들이 소풍을 나왔는지 병아리 떼들이 오는 줄 알았다. 선생님 한 명이 양쪽으로 한 아이씩 손을 잡고, 나머지 아이들은 짝을 지어 손을 잡고 선생님 뒤를 따라온다.

그런데 한 아이가 친구의 손을 잡으려 하지 않았다. 그 모습을 본 어린이집 선생님은 아이에게 화를 내며 억지로 짝꿍의 손에 그 아이의 손을 쥐어주었다. 아직 서너 살 밖에 안 돼 보이는 아이는 고집을 피우며 계속 손잡기를 거부했다. 급기야 선생님은 화가 나서 아이에게 소리를 지르고 엉덩이를 때렸다. 그 모습을 차마 지켜 볼 수 없었던 나는 "여기 어린이집 이름이 뭐죠? 지금 그 광경을 다 지켜보았는데……. 그렇게 어린아이에게 소리를 지르고 폭행까지 하시면 어떡해요? 같은 엄마로서 그냥 있을 수가 없네요. 거기 원장님한테 얘기라도 해야겠으니 번호 알려주세요."라고 흥분하며 말하니 선생님은 연신 죄송하다며 고개를 숙였다.

"아이 엄마도 아닌 저한테 사과하지 마시고 선생님으로서 자질을 먼저 기르세요."라고 말하며 딸과 함께 그곳에서 벗어났다. 딸은 엄마의 모습을 보고 자란다고 했던가? 모든 광경을 지켜보고 있던 딸은 나에게 "엄마, 요즘 선생님들은 자질이 없어, 저 애가 너무 불쌍해. 경찰에 신고라도 해야 하는 거 아니야?"라고 말했다. 아직 일곱 살이었던 딸이 그렇게 말을 하니 어이가 없으면서도 한편 '예나를 잘 키워야겠다. 나의 모든 것을 흡수하는구나'라는 생각이 들었다.

결혼 전에는 무엇이든지 내가 하고자 하는 대로 하면 됐었다. 몸에 좋든 안 좋든 당기는 음식을 입에 집어넣고, 자고 싶을 때 자고 일어나고 싶을 때 일어났다. 그런데 결혼을 하고 아이를 낳고 보니 나 자신은 딸에게는 본보기 그 자체였다. 다이어트 때문에 끼니를 거르기를 일삼는 내가 아이에게 밥을 먹으라 하면 아이는 잘 먹으려 하지 않았다. 밥을 잘 먹지 않는 엄마가 아이에게 본보기가 되는 것이다.

또 나는 아침에 게으름을 피우며 늦잠을 자면서 아이에게는 "새 나라의 어린이가 되라."고 말한다. 아이는 말보다는 행동을 보고 자란다. 딸아이는 어느새 나처럼 거울 앞에 서서 얼굴 보는 것을 좋아하고 쇼핑하는 것을 좋아한다. 나는 변해야 했다. 더 이상 이전의 삶을 고집할 수도 또 그럴 필요도 없었다. 부정적인 말을 일삼는 엄마의 아이는 부정어를 많이 사용한다. 또 반대로 긍정적인 엄마의 아이는 매사에 긍정적이고 적극적일 수밖에 없다.

얼마 전 엘리베이터를 탔다. 고층에 살았던 터라 집까지 올라가려면 그동안 많은 사람들이 타고 내려야 했다. 네 살 된 아들이 한 초등학생 형을 보더니 반갑고 신기했던지 아직은 미숙한 발음으로 이야기를 한다.

"형아, 자전거 멋있다. 나도 자전거 있는데……. 내껀 형아 꺼보다 더 멋진데……."

처음 보는 형아에게 친근하게 대화를 시도하는 아들이 사랑스러웠다. 아이를 키우면서 "고슴도치도 제 새끼는 예쁘다."라는 말을 자주 절감하곤 한다. 그런 아들의 대쉬와는 달리 엘리베이터 안 형은 이렇게 말한다.

"조그만 게 까불고 있네……."

초등학교 1~2학년 쯤 되어보이는 아이가 쓰기에는 거친 말투였다. 표정과 말투에서 어른의 흔적이 느껴지는 것은 어쩔 수 없었다. 그 아이의 부모가 그 아이에게 자주 하는 말임에 틀림없었다.

여자는 결혼을 하고 아이를 낳으면 비로소 어른이 된다. 내가 아닌 다른 사람 바로 내 아이를 위해서다. 거부하고 싶기도 하고 그 시기를 조금이나 늦추고 싶기도 하다. 하지만 엄마가 되는 순간 여자는 여자 그 이상이 된다. 내 한 몸 챙기기도 벅찼던 내가 아이를 챙기고 돌보면서 다른 사람을 보살필 줄 아는 사람이 되었다. 아이에게 인생의 좋은 롤모델이 되려고 노력하는 과정에서 점점 성숙한 한 여자로서 거듭나는 것을 느낀다.

아이들과 밖에 나가면 나는 세상의 아름다움에 대해서 이야기 한다. 나뭇잎의 결은 얼마나 아름다운지, 하늘은 얼마나 높고 푸른지……. 비가 와서 땅이 질퍽거려 불편해도 "어머, 흙이 찰흙처럼 됐네. 이걸로 뭘 만들면 좋을까?"라며 최대한 긍정적인 표현을 한다. 내가 없는 상황에서도 아이가 질퍽거리는 땅을 만났을 때 불평을 늘어놓지 않고 찰흙 같은 땅을 보며 좋아하는 모습으로 자라길 원하기 때문이다. 내가 모르는 사이에도 아이는 나의 모든 모습을 보며 자란다. 웃을 때 사용하는 얼굴 근육까지 닮아가는 것 같다.

나는 결혼생활에 대한 착각이 있었다. 그것은 생각보다 위험한 것이었다. 결혼은 사랑하는 사람을 만나 결혼해서 2세를 탄생시키고 기르는 과정이 매우 큰 부분을 차지한다는 것을 알지 못했다. 마치 나는 스스로의 힘으로 자라기라도 한 것처럼 말이다. 결혼을 해야겠다면 아이와 함께 성장할 준비가 되어있어야 한다.

연애와 결혼은
다르다

결혼 전에는 미처 몰랐던 것들

01
연애와 결혼은 다르다

부부란 두 반신(半身)이 되는 것이 아니고
하나의 전체가 되는 것이다.
— V. 고흐

"오빠, 나 머리가 어지럽고 열이 나……."
"어 정말? 얼마나 아픈데? 지금 약 사다 줄까?"

한 시간이 채 안 되어 남자친구는 약과 죽을 사 들고 왔다.
"내가 대신 아프면 좋겠다."고 하며 나를 정성껏 간호해주었다.

어느 날은 회사의 회식이 끝나고 밤길이 무서워 남자친구에게
전화를 했다. "오빠, 집에 혼자가기 너무 무서워. 여기로 와주면
안 될까?"라고 물었더니, 같은 시간에 다른 장소에서 회식을 하고
있던 남자친구는 회식자리에서 몰래 빠져 나와 내가 있는 곳으로

왔다. "오빠, 하루 종일 높은 신발을 신고 뛰어 다녔더니 다리가 너무 아파. 업어주면 안 될까?"라는 말에도 남자친구는 지하철역에서 500m거리를 업고 집에 바래다주었다. 안전하게 나를 집에 데려다준 뒤 다시 택시를 타고 회식자리로 돌아갔다. 결혼 전 남편은 나를 가장 우선적으로 대해주는 그런 사람이었다.

"자기야. 나 아파. 오늘은 당신이 애들 좀 봐줘."
"하필이면 이럴 때 아프면 어떡해. 그러니까 평소에 건강관리 좀 잘하지. 약 사다 줘?"
"아니야. 좀 쉬면 나을 것 같아. 아파서 미안해."
"됐으니까 얼른 낫기나 해."

결혼하고 나니 아픈 것도 서러운데 아파서 미안한 마음까지 들었다. 내가 아픈 걸 걱정하는 남편에게 미안해서가 아니고, 내가 할 일을 남편이 대신 해야 하는 것이 미안했다. 나도 남편이 아플 때 구박했으니 딱히 할 말은 없다. '이럴 줄 알았으면 남편이 아플 때 좀 잘해줄걸' 하는 생각이 든다.

어느 날 친구들을 만나고 갑자기 남편이 보고 싶었다. 연애 때의 감정도 되새길 겸 남편에게 전화를 했다.

"애들 좀 맡기고 밖으로 나올래? 집에 혼자 가기도 싫고, 밤에 혼자 무섭단 말이야. 나올 거지?"

"나 이 시간에 피곤한 거 알잖아. 그리고 무섭긴 뭐가 무서워. 밤에 무서운 애가 나가긴 왜 나가. 콜택시 불러줘? 택시 타면 전화해."

통명스럽기 짝이 없는 남편의 말이다.

결혼 전 회사 언니에게 음흉한 질문을 많이 했었다. "언니, 결혼하면 잠자리는 어때? 같이 있으니까 스킨십도 자주 하겠지?"라고 물으면 돌아오는 대답은 이랬다. "가족끼리 그런 걸 어떻게 해?"라며 장난 반 진담 반으로 얘기하는 회사 언니의 표정에서 '정말 저런 것이 결혼일까?' 하는 의문이 들었다. 그래도 나는 예외일 거라 생각했다. 그리고 그렇게 말하는 회사 언니가 무능력하게 느껴졌다. 그리고 '나는 그러지 말아야지. 나는 남편에게 결혼해서도 공주대접 받고 살 거야. 어차피 남자는 여자하기에 달린 거 아니야?'라고 생각하며 혼자 으스댔던 기억이 난다.

그런데 지금은 공주대접은커녕 하녀보다도 못한 취급을 받고 있는 느낌을 종종 갖는다. 아파서도 안 되고 아프더라도 할 일은 다 해놓고 아파야 한다. 이제는 그런 느낌이 익숙해진 나를 발견한다. 스스로도 이런 상황에서 아픈 내가 짜증스럽다. 그리고 남편에게 아픈 척이라도 하려고 하면 먼저 선수를 쳐 자신도 안 아픈 데가 없다는 남편이다. 결혼하고 아이를 낳고 키우다 보니 아푼 건 혼자 무단휴가를 내는 것과 같다. 쉬려고 아프다는 핑계를 대고 누워 있는 것과 마찬가지다.

그도 그럴 것이 육아는 전쟁이다. 밥 안 먹는 아이에게 밥을 떠먹여 주자니 버릇 나빠질 것 같고, 그렇다고 스스로 먹을 때까지 기다리자니 키가 안 클 것이 걱정이다. 어른들은 배고프면 자기가 알아서 먹는다고 내버려두라 하지만 부모 마음은 또 그게 아니다. 그렇게 말하는 우리들 부모님도 정작 수없이 걱정하며 그렇게 키우셨다는 것을 안다.

"당신이 다섯 숟가락 먹여, 내가 열 숟가락 먹일게. 됐지?"
"아까 내가 설거지했잖아. 밥은 자기가 다 먹여야 되는 거 아니야?"
"알았어. 내가 밥 다 먹일 테니까 목욕은 오빠가 시켜."

나를 위해서라면 모든 것을 다 해주겠다던 남편은 이제 밥 한 숟가락으로 책무를 나눈다. 하루 동안 더 많은 일을 한 사람이 그날의 갑이 된다.

"이런 남편이 어디 있어? 설거지해주고 애들 목욕까지 시켜주는데……."
그러면서 갖은 생색은 다 내는 남편이다.

'그게 나한테 잘해주는 건가? 애들한테 잘해주는 거지?' 하면서도 남편의 말이 맞는 것 같다. 이젠 밥 안 먹어도 아이들에게 스무 숟가락 먹이고 나면 이미 내 배가 부르니 말이다. 아이들한테 잘해주면 꽃 한 다발, 반지 하나보다 기뻐할 나라는 것을 남편도 아는 것 같다.

결혼하면 평생 공주 대접 받고 살 것이라는 내 다짐은 이루어진 셈이다. 밥 스무 숟가락이 어딘데……. 열 숟가락이면 서운할 뻔했다. 어떤 날은 남편이 피곤한 몸을 이끌고 아이들에게 동화책 다섯 권을 읽어주면 내 입에서 "사랑해. 당신은 최고의 남편이야."라는 말이 나온다. 그러면 남편은 어깨를 으쓱거리며 서비스로 한 권을 더 읽어준다.

지금 와서 느끼는 거지만 결혼은 숫자다. 남편이 벌어오는 돈의 숫자, 남편이 설거지한 횟수, 아이들에게 떠먹여주는 밥숟가락의 수에 따라 남편에 대한 내 사랑의 정도는 오르락내리락한다.

연애 때는 밤새 통화해도 아쉬워 끊지 못하던 우리가 지금은 잠잘 때 서로의 몸이 닿는 게 불편해 내 배에 올려 있는 남편의 손을 살짝 옮겨 놓곤 한다.

얼마 전 9주년 결혼기념일이었다. 아이들을 일찍 재워놓고 오랜만에 부부의 시간을 가지기로 했다. 치즈와 과일을 예쁜 접시에 담고 좋아하는 초에 불을 붙이고 와인잔을 부딪쳤다. 로맨틱한 무드를 잡고 우리의 대화는 아이들 이야기, 돈 이야기, 부모님 이야기로 이어진다. 이런 시간이 이제는 나에게는 최고의 로맨스다. 가끔은 낯 뜨거움을 참고 애정을 표현하기도 하지만 이제는 그러지 않아도 서로는 안다. 사랑하지 않았다면 기뻤던 순간, 힘들었던 순간을 함께하지 않았다는 것을 말이다.

머리부터 발까지 신체의 모든 부분을, 마음의 모든 부분을 같이 나누고 싶었던 시절이 있었다. 하지만 지금은 조금은 떨어져 있는 것이 편하다. 하지만 적당한 거리감으로 서로 존재를 확인하며 영원히 함께할 것이라는 것을 알고 있다.

아이들과 함께 자느라 남편과 같은 침대에서 잠을 잔 것도 기억이 나질 않는다. "오랜만에 같이 잘까?" 하며 함께 누워서 이런저런 수다를 떨다 남편은 먼저 잠이 들었다. 평소에도 눕기만 하면 바로 잠이 드는 남편이다. 나는 남편의 잠을 깨우지 않기 위해 조용히 아이들이 자고 있는 방으로 갔다. 그리고 자고 있는 아이들을 꼭 껴안고 잠이 들었다. 어느새 남편의 팔베개보다 더 편하고 아늑한 아이들의 쌔근쌔근 숨소리가 들려온다. 너무 작아서 안기도 힘들었던 작은아이가 이제는 제법 안고 자기 편한 몸집이 되었다.

'언젠가 너희들도 사랑하는 사람 만나 결혼하면 네 남편이나 아내보다 네 아이들 안고 자는 게 더 편하겠지? 그런 때가 오면

엄마는 너희 아빠랑 꼭 껴안고 잘게. 그래도 엄마는 여전히 아빠가 최고야.'

연애와 결혼은 다르다. 책임이 수반되지 않은 로맨틱한 연애는 달콤하다. 하지만 나를 책임져주질 않을 순간의 뜨거운 로맨스가 진짜 로맨스일까? 기쁨, 슬픔을 함께하며 핀잔을 주더라도 내가 아프면 진짜로 살 수 없는 남편과의 영원한 로맨스를 꿈꿔본다.

02
때로는 완성되지 않은
반쪽이 더 아름답다

세상에서 가장 좋은 벗은 나 자신,
가장 나쁜 벗도 나 자신이다.
- 웰만

"좋은 사람 있으면 소개시켜줘."

젊은 청춘들은 반쪽을 찾아 헤맨다. 그 반쪽만 찾으면 인생의
외로움이 해결될 것만 같다. 외로움 해결이라는 목적으로 사랑을
갈구하고, 사람을 만난다. 그 이유는 대부분 혼자이고, 외로운 것
을 부정적으로 느끼기 때문이다.

'저 사람이 나를 싫어하면 어쩌지? 내가 싫어하는 저 사람이
나에게 대시하면 난 싫은데……'

우리는 반쪽을 만나 행복하길 원하면서도 어쩌면 내 안의 외로움과 빈곤을 타인을 통해 채우려는 의존적인 마음으로 또 다른 외로움을 만들어가고 있는지도 모른다.

자기 커리어를 쌓느라 결혼 시기를 놓쳤거나 본인의 라이프 스타일을 추구하며 사는 게 편하고 행복하다는 싱글족들이 많다. 여자에게는 '골드미스'라는 신조어가 나온 지도 벌써 오래다. 지금까지 쌓아온 커리어로 경제적인 안정과 사회적 지위 등을 얻는 싱글들은 여유만만이다. 이제는 일에서도 안정을 찾아 편해졌고, 주말이면 각종 파티나 모임, 세미나 등에 참석하면서 자기계발을 하고 삶을 즐긴다.

40대인 한 언니는 싱글라이프를 즐기고 있다. "소연아, 이번 주 와인파티가 있는데 같이 가지 않을래? 다양한 사람들이 많이 오는 모임인데 재미있을 거야."라는 제안에 나는 흔쾌히 대답을 할 수가 없었다. 자기계발을 위한 세미나에 간다 하더라도 아이들을 봐줄 남편에게 온갖 양해를 구해야 하는 참인데 사교모임에 간다고 하면 불만을 늘어놓을 남편의 모습이 눈에 선했기 때문이다. 결국 "언니, 나는 못 갈 것 같아, 다음에 좋은 기회가 생기면 그땐 꼭 갈게."라고 거절했다. 아이만 둘 낳았지, 아직 세상 속에서의 즐거움을 놓지 못하는 나는 가고 싶은 마음을 꾹 참았다.

엄마가 되면 내 인생을 내 마음대로 나를 위해서만 살 수가 없는 노릇이다. 한창 엄마 손이 많이 가는 아이들은 내가 몇 시간만 자리를 비워도 티가 난다. 그래서 외출이라도 하면 남편에게 신신당부를 하곤 한다.

"예나가 어떤 말을 할 땐 되도록이면 긍정적이 표현을 많이 써줘. 예나가 예민한 아이라는 것쯤은 알고 있지? 그리고 식사 중간에 과일 한두 가지씩을 쑥 먹여주고, 그리고 또……."

외출 시 싱글들은 몸치장하는 데 시간을 보낸다. 미리 깨끗하게 준비해두었던 옷을 입고 나만의 개성과 아름다움을 드러내 줄 메이크업을 하기에 여념이 없다. 반면 두 아이의 엄마가 된 나는 나보다는 엄마 없이 시간을 보내게 될 아이들을 위해 소소한 것들을 챙기느라 바쁘다.

나는 한동안 책 쓰기 수업을 위해 토요일 아침마다 분당에 있는 〈한책협〉으로 가야 했다. 아침 7시 출발 버스를 타고 3개월 동안 수업을 들으러 다녔다. 수업을 위한 각종 과제를 뒤로하고, 전날 밤에는 아이들이 잠이 들면 다음날 먹을 음식들을 준비하느라 시간을 보냈다. 엄마 없이 하루를 보낼 아이들에게 미안한 마음에 먹지도 않을 음식들을 잔뜩 만들곤 했다.

그런 나를 보고 남편은 말했다.

"안 굶길 테니까 적당히 하고 얼른 자. 내일 피곤하겠다."

"응, 알았어. 내일 애들 데리고 잘 놀아줘. 부탁할게."

사실 남편도 나 없이도 아이들을 알아서 잘 돌보겠지만 마음이 놓이지 않는 건 어쩔 수 없다. 이웃집 삼촌한테 애 맡기는 기분이라면 남편은 억울해하겠지만 엄마 마음은 다 똑같은 것 같다.

그리고 다음날 이른 아침에 번개와 같은 속도로 준비를 마치고 집에서 나온다. 그리고는 두 시간 반여의 버스 안에서 나름 자기긍정을 하면서 뿌듯해했다.

'그래, 모두가 아직 자고 있는 시간에 나와서 내가 하고 싶은 일을 하고, 더 발전된 내가 되면 아이들에게도 더 많은 것을 줄 수 있을 거야.'

사실 그 시간에도 버스터미널은 사람들로 만원이다. 어디를 그렇게 바삐들 가는지 일찍 일어나 먹이를 잡으러 가는 나 자신에 대한 자랑스러움도 금방 가시고 만다. 터미널에서는 일찍 일어나 나만의 세상을 구현하려는 사람들의 모습이 당연스럽게만 느껴졌다. 그 사람들 틈에 끼어 바삐 버스에 오르게 된 내 자신이 다행스럽게 느껴지기도 했다. 혼자서 나만의 시간을 가질 수 있다는 것에 기뻤고, 그런 감사함에 내 주의의 공기는 신선하기만 했다. 전날 밤 걱정했던 것과는 달리 나오길 참 잘했다는 생각이 들었다.

책 쓰기 수업을 하면서 나는 다양한 친구들을 사귀게 되었다.

지금까지 무슨 일을 하며 살았든지 나이와 성별 여부를 떠나 그 곳에서 만난 사람들은 참 소중하게 느껴졌다. 같은 꿈을 꾸며 한 자리에서 만나 서로를 '꿈친구'라 부르며 격려해줬다. 그중에는 20 대의 젊은 친구들도 있었는데, 자기 인생에만 집중할 수 있는 모습이 부럽기도 했다. '책임져야 할 아이들이 있기 전에 진작 꿈을 이야기하고 꿈친구들을 만나서 글을 썼다면 얼마나 편했을까'라는 생각도 들었다.

하지만 편함과 동시에 그 이면의 나태함이 나를 쫓아왔을 것이다. 그리고는 결혼해서도 아이를 키우며 자기의 꿈을 좇는 사람들을 보며 그들의 절박함을 부러워했을 것이 뻔했다. 또 '아이 키우는 애 엄마니까 저런 열정을 불태울 수 있는 거야. 하지만 젊은 나는 그것 말고도 할 게 너무 많아'라며 온갖 핑계를 대며 하지 못할 이유를 찾았을 것이다. 나 자신을 부정하는 것은 아니지만 최소한 예전의 나는 그랬다.

사실 결혼생활은 나에게 어떤 일을 할 때 힘들어도 이겨낼 수 있는 저력을 주었다. 이것이 내 인생을 살 수 있는 마지막 기회라고 생각하며 밀어붙일 수 있는 저력 말이다.

결혼 후에나 깨달은 사실이지만 반쪽을 만나기 전 내 삶을 먼저 온전하게 꾸려나가는 것이 중요하다. 결혼하면 지금까지 나에게 주어졌던 모든 자유와 시간들은 다른 것을 위해 써야 하기 때문이다. 아이의 정서는 엄마와 함께하는 시간에 비례한다는 말도 있다. 결혼 전에는 아직 나타나지 않은 누군가를 갈망하며 외로움을 비관하기보다는 내 자신에게 집중해야 한다. 내가 싱글족이 되어야겠다고 외치지 않는 이상은 내 짝은 결국 나타나게 마련이다. 그도 어딘가에서 나를 기다리고 있다. 서로를 간절히 원하는 둘 사이의 진동수가 맞춰지면 둘은 언제 어느 때고 만나게 된다는 것이 나의 생각이다.

맘에 드는 배우자감을 고르기 위해 일주일이 멀다하고 소개팅을 받는 청춘 남녀들이 있다. 소개팅을 한 후의 반응은 애매모호할 뿐이다.

'이 사람은 이래서 나와 맞지 않고, 저 사람은 너무 잘나서 부담스럽다.'

30대의 S씨는 유학파 출신에 외모도 출중하다. 하지만 유학을 마치고 한국에 귀국하니 현실이 만만한 것이 아니라는 것을 알게 되었다. 몇 군데 회사에 지원해 회사생활도 나름 열심히 해보았지만 고등학교 때부터 외국생활을 한 그녀에게는 한국의 문화에 적응하는 것은 그리 쉬운 일이 아니었다. 일이 없어도 야근을 해야 하고, 야근을 하기 위해 낮 시간에 일부러 일을 쌓아두는 다른 동료들을 보며 어리둥절하기만 했다. 그렇다고 그런 분위기에 자신도 같이 따르고 싶진 않았다. 그런 회사생활은 너무 비효율적이라는 생각이 들었기 때문이다. 이러지도 저러지도 못하는 상황에서 회사 동료들과의 사이도 서먹서먹해졌다.

그녀는 마침내 결혼을 결심했다. 그녀에게 관심을 표하는 남자들 중에서 적당한 남자를 골라 결혼을 했다. 물론 노피성 결혼이라 할지라도 결혼해서 행복하고 자신의 인생을 다른 사람과 좋게 결합하여 인생을 잘 꾸려간다면 그만이다. 하지만 그녀는 '예쁜 아이들도 나아서 잘 기르고, 남편과 맞추며 행복하게 살아야지'라는 풍요로운 생각보다는 외로움과 답답함에 입각한 결혼을 했다. 그런 이유로 결혼을 한다면 답답함과 어리둥절함은 사라지지 않을 것이다.

예상대로 그녀는 행복하지 않았다. 자신이 얼마나 아름다운 사람인 줄 모르고 답답한 현실만을 바라보며 도피결혼을 한 것에 대한 대가를 톡톡히 치렀다. 온전한 한 사람으로서의 나의 매력과 능력을 발견하지 못하고 결혼이나 해버리는 치사는 또 다른 결핍을 가져올 뿐이다.

나에게 먼저 집중하고 내면의 목소리를 들으며 사는 사람은 다른 사람의 인생에도 한 줄기의 빛을 줄 수가 있다. 내가 소중하고 아름답듯이 상대방도 그만큼 소중하고 아름답기 때문이다. 쉽게 말하면 항상 기분이 좋은 사람은 옆에 있는 사람까지도 기분 좋아지게 만드는 힘이 있다. 반면 불행을 느끼는 사람 옆에 있으면 나도 모르게 우울해지고 기분이 언짢아진다. 상대방을 위해 항상 맞추기만 하는 것은 배려와는 다른 것이다. 자기 사랑이 결여된 배려는 진정한 배려하고 할 수가 없다.

내가 나를 바라보는 시선은 상대방이 나를 바라보는 시선이 된다. 나 자신에게 사랑받지 못하는 나는 어느 누구에게도 사랑받을 수가 없다. 아직 다른 반쪽을 찾아 헤매고 있다면 내 안의 나를 먼저 찾아보는 것은 어떨까. 누구보다 아름다운 내 안의 반쪽을 발견할 수 있을 것이다.

자라지 못한 내면의
두 아이가 만나는 시간

부부생활은 길고 긴 대화 같은 것이다.
결혼생활에서는 다른 모든 것은 변화해가지만
함께 있는 시간의 대부분은 대화에 속하는 것이다.
– 니체

사람은 살면서 누구나 크고 작은 상처를 안고 살아간다. 어른이 되어 생긴 상처는 상담이나 독서를 통해서 즉시 치료할 수 있지만 어린아이였을 때 받은 상처는 그것이 상처인 줄도 모르고 자란다. 보고, 듣는 것을 모두 흡수하는 어린아이였던 시절에는 어른들이나 환경의 요소들이 자신의 인생에 어떤 영향을 미치게 될지 알지 못한다.

정서에 큰 관심을 두지 않고 그저 먹고 살기에 바빴던 우리 부모님 세대는 아이들 정서 관리에 힘쓰는 요즘 엄마들을 보고 한 말씀하시기에 바쁘다. 아이에게 말 한마디 신중하게 하려고 하는 나를 보며 "아이들은 다 그러면서 크는 거다, 말 안 들으면 엉덩이 한 대씩 때려줘야 한다."고 말한다. 물론 맞는 말이다. "예쁜 자식 매 하나 더 주고, 미운 자식 떡 하나 준다."는 옛말도 있다. 하지만 교육적인 엄함과 어른들이 생각나는 대로 뱉어버리는 언어는 별개의 것이다. 교육적인 엄함에는 부모의 권위와 교훈이 있지만 후자의 것은 아이들에게 낮은 자존감과 나쁜 언어 습관만 형성시킬 뿐이다.

아이들은 어느 연령까지는 상상과 현실을 명확히 구분하지 못한다고 한다. 그래서 아이들은 어른들이 보기에는 거짓말처럼 보이는 허무맹랑한 이야기들은 늘어놓기도 한다.

어느 날 피아노 학원에 있던 딸아이가 나에게 전화를 했다. 아직 초등학교 1학년인 딸은 밖에 나가면 수시로 나에게 전화를 하는 편이다. 그리고는 상황보고를 한다. 어느새 내 품을 떠나 독립적으로 생활을 해나가는 딸이 대견스럽기만 하다.

딸 예나는 나에게 피아노 선생님과 대화하는 소리를 들려주거나 꿈에서나 있을 법한 이야기들을 한다. 선생님은 재미있게 들어주셨지만 나는 '얘가 또 상상속의 말을 하네' 하며 생각한다. 그런 상황에서 아이의 정서적인 교육을 생각하지 않는 부모들은 "피아노 치라고 학원 보냈더니 거짓말이나 하고 뭐하는 거야."라고 말하겠지만 예나의 마음을 아는 나는 "예나야, 선생님이랑 재

있는 이야기하는 거야? 이제 전화 끊고 피아노 칠까?"라고 말했다. 그리고 예나 이야기가 사실이냐는 선생님의 질문에 "네, 선생님. 나중에 자세히 말씀드릴게요." 하며 예나가 들리지 않게 말씀드린다. 엄마가 나를 이해해주었다는 생각에 목소리가 밝은 예나는 "엄마, 사랑해. 이따 봐."라고 말하며 전화를 끊었다.

이런 상황에서 누군가는 아이의 거짓말을 조장하는 것이 아니냐며 따질 수도 있다. 하지만 아이도 어른처럼 누군가에게 잘 보이고 싶거나 뽐내고 싶을 때가 있다. 그런 상황에서 "거짓말쟁이!"라고 말해버린다면 아이에게는 그 말이 평생을 따라다니며 자신을 괴롭힐 수도 있는 것이다. 평생까진 아니어도 자신의 마음을 이해해주지 않는 엄마에 대한 미움이 생길 수도 있다.

매일 같은 일상을 반복하며 사는 어른들과는 달리 아이들은 매일 성장을 한다. 신체는 물론이고 마음의 크기도 나날이 커져 간다. 태어난 지 얼마 안 된 신생아들은 시간마다 자란다고 해도 과장이 아닐 정도로 우유 한번 먹고 나면 자라 있는 느낌이 든다. 순간순간이 배움의 장이 되는 아이들에게 좋은 교훈이 될 수 있도록 어른들이 신경 써주어야 하는 것은 육아에 있어 가장 중요한 부분이 아닐까 싶다.

아이들이 성장해서 결혼을 하고 아이를 낳으면 자신이 받았던 똑같은 방법으로 아이를 대하게 된다. 나는 1남 3녀의 장녀로 태어났다. 내가 어릴 적에만 해도 이미 자녀 넷은 보기 힘들었다. 보통 둘이거나 많아야 셋이었다. 사람들은 장남인 아버지에게 아들이 없어 많이 낳았냐고 묻지만 부모님은 우리 세 자매 앞에서 그렇다는 말을 하신 적은 없었다. 딸들을 배려하신 부모님의 사랑이 아니었나 싶다.

나는 내가 사랑을 많이 받고 자랐다고 생각했다. 남부러울 것 없는 가정환경에 가정을 위해 헌신하는 엄마와 유머러스한 아버지 밑에서 우리 딸 셋은 둥지에서 먹이를 받아먹는 아기 새처럼 매일이 즐겁기만 했다.

그리고 터울이 많은 막내 남동생은 우리의 귀여운 인형이었다. 우유를 주고 기저귀를 갈아주는 것은 우리에게는 살아 있는 놀이였고 엄마에게는 큰 보탬이 되었다. 적어도 어린 나는 그렇게 생각했었다. 그런 내가 첫아이를 출산하자 생각이 달라졌다. 아이를 낳고 나면 부모님의 사랑을 알게 된다고 하지만 오히려 나는 그 반대였다. 하나부터 열까지 챙기고 수시로 뽀뽀를 해주고 딸을 안아주는 동안 '나는 이런 사랑을 받았었나?' 하는 생각이 들었다. 그리고는 그런 사랑을 받지 못한 내가 아이에게 무한한 사랑을 주는 것은 불가능하다는 생각까지 했다. 결국, 우는 아이를 달래며 부모님을 탓했다.

하지만 곧 둘째 아이를 출산하고 둘을 키우며 둘도 이렇게 힘든데 넷이나 키우신 부모님이 존경스러웠다. 나는 두 아이들에게 최대한 공평한 사랑을 준다고 생각했지만 자신만 사랑하지 않는다는 아이들의 볼멘소리가 들렸다. 나는 4분의 1의 사랑을 받았다고 생각했지만 부모님의 사랑이 완전한 1의 사랑이었다는 것을 둘째 아이를 낳고 알게 되었다.

난 어릴 적에 "안아줘."라는 말을 수시로 했다고 한다. 동생들이 짧은 터울로 태어나자 내가 안길 엄마 품은 없다고 생각했던 모양이다. 그리고 부모님에게 어리광부리는 또래의 친구들을 보면 참 부러웠다. 별 것 아닌 한때의 추억 이야기이지만 그것이 나에겐 자라지 못한 내면의 상처였다.

어릴 적에는 엄마가 나를 싫어하거나 내가 귀엽지 않아서 안아주지 않는다고 생각했다. 그 뒤로도 변함없는 생각을 하며 나이만 먹어갔다. 그러나 아이 둘을 키우는 엄마가 되니 그때의 엄마의 마음을 알게 되었다. 엄마가 나에 대한 애정이 부족해서가 아니라 엄마로서는 형제 모두에게 최선을 다했다는 것을 말이다. 그러면서 내 안의 상처받은 작은아이는 위로받게 되었다. 나에게는 아무런 잘못이 없었다는 것을 깨닫고 꿋꿋하게 성장해온 내 자신이 오히려 자랑스럽게 느껴졌다. 그러나 그것을 깨닫기 전에 나는 남편에게도 안아달라는 말을 자주 했다. 그런 나를 남편은 이해하지 못했다.

"무슨 어른이 그렇게 자꾸 안아달라고 해. 지금은 바빠. 나중에 안아줄게."

남편이 이렇게 말할 때마다 화가 났고 외로웠다. '그거 한번 안아주는 데 시간이 얼마나 걸린다고……'라는 서운한 생각만 들었다.

내 안의 작은아이는 채우지 못한 것을 채우기 위해 끝없이 갈망하는 것 같았다. 부모님의 사랑에 대한 오해가 내 육아에까지 영향을 미쳤다는 생각에 이르렀을 때 읽었던 심리서들은 나에게 내면의 상처를 위로해주는 데에 도움을 주었다.

여기서 남편 이야기를 해보겠다. 남편은 작은 실수에 예민하다. 자신의 실수는 물론이거니와 아이의 작은 실수도 그냥 넘어가지를 못한다. 그런 모습이 답답하게 느껴질 때마다 아이의 역성을 들며 남편을 나무랐다. 그렇게 하면 남편도 깊이 깨달을 줄 알았기 때문이다. 하지만 남편은 깊이 이해하지 못하는 듯했다. 그런 행동을 수정하기에는 너무도 오랜 세월 동안 남편 내면의 상처를 방치해두었던 것은 아니었을까 싶었다.

남편이 이야기했다.

"어렸을 때 학교에 우산을 놓고 오면 엄마가 심하게 야단치셨던 기억이 나. 일부러 그런 건 아니었는데 자꾸 혼나다 보니 나중에는 우산을 잃어버리는 것이 큰 죄를 저지르는 기분이 들었어."

자녀 셋을 키우시느라 절약과 아낌이 몸에 배신 그때 당시의 시어머니의 심정도 이해가 갔다. 그러나 남편에게는 그런 경험들이 자신을 일정 부분 성장하지 못하게 된 계기가 된 것이다. 심리 전문가는 아니지만 그렇게라도 남편을 이해하고 남편 내면의 상처 받은 작은아이의 존재를 알아차릴 수 있는 게 다행이었다.

성인이 되어 만나 사랑하고 결혼을 했지만 우리에겐 조금씩은 상처가 있다. 그것을 알아보지 못하고 겉으로 보이는 모습에만 치중한 나머지 부부 사이에 풀리지 않는 갈등이 생긴다.

나 자신이 내면의 작은아이를 위로해주고 성장할 수 있도록 도와주면 좋으련만 우리 일상은 그렇게 여유롭지 못하다. 하지만 언제가 됐든 내면을 바라보고 상처를 치유하는 과정은 반드시 겪어야 한다. 사랑이 필요한 아이들과 위로가 필요한 남편을 위해서라도 나 자신을 위로하고 사랑하는 것은 행복한 가정을 만들기 위한 첫 번째 의무이다. 나 자신에게 사랑받은 나는 주변에 더 큰 사랑을 나누어줄 수 있기 때문이다. 위로 받은 내 안의 작은아이는 남편의 상처도 보듬어 줄 수가 있다. 남편 마음의 전문의가 되어 보는 노력이 일상의 기쁨이 되어줄 것이다.

04

나의 행복을
옆집 언니와 논하지 마라

당신의 마음과 상관없는 곳에서 헤매고 있다면
자기세계로 돌아가야 한다.

– G.W. 헤겔

"당신은 지금 어디로 가고 있는가?"에 대한 질문에 쉽게 답할
수 있다면 그 길에서 당신은 행복한지 묻고 싶다.

사람은 누구나 인정받길 원한다. 그리고 누군가에게 도움이 되
면 큰 만족과 행복을 느끼는 것이 사람이다. 그것이 말이건 행동
이건 물질이건 간에 우리는 끊임없이 소통하고 서로 영향을 주고
받길 원한다. 만약 당신이 결혼하고 전업주부가 된다면 주요 대화
상대는 친정 엄마, 친구, 이웃이 될 것이다. 주변에 안면을 트거나
인사하는 사이가 아니더라도 같은 처지에 있는 서로를 의식할 수

밖에 없다. 나는 아이를 키우는 전업주부들을 보며 '저 사람도 나처럼 외롭지 않을까? 힘들지 않을까?'라고 생각하며 한 번쯤은 대화를 시도하곤 했다. '외로움을 달랠 수 있지 않을까?' 하는 생각에서였다.

신혼 초, 계획 없이 임신을 하고 출산을 경험하게 된 나는 엄마답지 못한 엄마였다. 적어도 외관상으로는 그랬다. 하이힐을 신고, 아기 띠를 매고 다니는가 하면 아이를 키운다는 게 어떤 건지 전혀 알지 못했었다. 결혼식이 결혼생활의 시작에 불과했다면 출산은 육아생활의 시작일 뿐이었다. 여느 엄마들처럼 잠들어 있는 아이를 보면 사랑스럽기 그지없었지만 힘들고 지치는 고된 느낌은 감출 수가 없었다.

한 아이의 엄마가 되었는데도 뼛속 깊이 받아들여지지가 않았다. 이런 고된 육아가 영원할 것만 같아서 하루하루 버티는 느낌으로 지내야 했고, 그런 만큼 아이에 대한 미안함에 죄책감은 쌓여갔다. 하루하루 쓸데없는 생각들을 하며 시간을 낭비하고, 먼 미래에 대한 걱정으로 허송세월을 보냈다. 그때마다 우는 아이를 안고 친구에게 전화를 걸어 하소연을 했다.

"육아는 정말 힘들어. 넌 결혼하지 마."

그러면 친구는 "힘들겠다. 나는 결혼도 못할 것 같고, 아이는 더더욱 못 키울 것 같아." 하며 지레 겁을 먹곤 했다. 그렇게 미혼인 친구들에게 결혼생활에 대한 두려움을 심어주며 이상한 쾌감을 느꼈다. 때로는 그녀들은 겪지 못하는 인생의 큰 여정을 걷고 있는 까마득한 선배처럼 굴기도 했다.

친구와의 대화가 나를 위한 수다인지 그녀를 위한 조언인지는 알 수 없었다. 다만 나의 일거수일투족을 그녀들에게 고할 뿐이었다. 그때만해도 아직 말을 하지 못하는 아이가 그 모든 것들을 듣고 있으리라고는 생각지도 못했다. 그렇게 억지로 육아를 이어가던 어느 날, 조금씩 말을 배워가던 아이는 누워 있는 나를 보며 이렇게 말했다.

"엄마, 예나 때문에 힘들지?"

그 순간 공포영화를 보는 듯 소름이 돋았다. 나의 소중한 딸 예나는 엄마가 아무 생각 없이 전화기에 내뱉었던 말을 하고 있었다. 이 세상에 태어나 처음 배운 말들이 자신 때문에 힘든 엄마를 위로하는 말이라니……. 아차 싶었다. 앵두 같은 입술로 자신이 왜 미안해야 하는지도 모르고 엄마를 꼭 껴안아 주는 딸이었다. 미안함에 눈물이 흘렀다. 예나가 세상에 태어나 처음 만난 사람은 나이고, 항상 함께 생활을 하는 사람도 나였다. 나는 딸의 우주였고 나의 언어, 생각, 가치관, 행동 모든 것을 흡수하고 있었다. 그리고 나를 통해 세상을 배워나가고 있었다. 그런 딸이 항상 아이 키우는 게 힘들다는 엄마를 보며 자신은 엄마를 힘들게 하는 존재라고 생각했었던 것 같다.

"아니야, 엄마는 예나 덕분에 너무 행복해. 엄마가 예나를 얼마를 사랑하는데……." 하고 안아주었다. 그녀의 우주인 엄마가 그렇게 얘기하니 예나는 안도했나. 어른들이 잡념에 빠져 시간을 보내고 있을 때 아이에게는 1분 1초가 배움의 연속이다. 아이가 가지고 있는 모든 감각을 동원해 바닥의 딱딱함을 느끼고, 소파의 푹신함을 배운다.

나에게는 들리지도 않는 자동차 소리에도 귀 기울인다. 엄마가 가르쳐준 언어를 습득하고, 엄마의 표정 하나하나를 관찰하면서 어느새 나와 같은 표정을 짓고 있다. 그리고 아이가 엄마를 통해 습득한 지식과 감정의 공감방식이 아이 정서의 주 토대가 된다.

엄마가 바닥을 누르는 행동을 보여주며 "바닥이 딱딱하네. 손으로 꾹 눌러도 눌려지지가 않네."라고 말해주면 그 언어는 언제 어느 때고 아이 입에서 나온다. 길을 걷다가 딱딱한 벽을 보고는 "벽은 딱딱해서 눌려지지가 않네."라며 앵두같이 작은 입술로 말하며 벽을 꾹 눌러본다.

그날 이후 아이가 나의 모든 것을 따라하고 나로부터 배움이 시작된다는 사실에 적잖이 충격을 받았다. 그리고 나의 잘못된 양육방식에 많이 반성하게 되었다. 그 후로는 항상 초점 없던 나의 시선을 아이에게 돌리고 '기왕 하는 거 예나랑 재미있게 지내보자'라고 생각하게 되었다. 그런 생각의 변화는 감사하게도 나에게 육아생활에서의 소소한 기쁨들을 발견하게 해주었다.

일상에서 힘들고 부정적이기만 한 상황이란 없다. 다만 힘들다고 생각하는 우리의 의식이 있을 뿐이다. 작은 생각의 변화만으로도 힘들게 느꼈던 상황을 얼마든지 좋은 상황으로 변화시킬 수가 있다.

미국의 여류작가 델마 톰슨의 남편은 군인이었다. 그녀의 남편은 전쟁 중에 사막 근처의 육군훈련소에 배속되었고, 델마 톰슨 역시 남편을 따라 사막 근처의 오두막집에 살게 되었다. 그곳은 섭씨 46도를 오르내리는 무더위로 견디기 어려웠고, 또한 바람에 날리는 모래가 음식에 섞이기 일쑤였다. 그녀는 몹시 괴로웠다. 말 상대자는 멕시코 사람과 인디언 뿐 영어가 전혀 통하지 않았다. 그녀는 부모님께 편지를 썼다. "도저히 견딜 수 없으므로 집으로 돌아가겠다. 이런 곳 보다는 차라리 형무소가 낫겠다."고 호소했다. 편지를 받아 본 아버지는 단 두 줄의 회답을 보내왔다.

"두 사나이가 형무소에서 창밖을 바라보았다. 한 사람은 진흙탕을, 다른 한 사람은 별을 보았다."

아버지로부터 온 이 두 줄의 글이 그녀를 작가로 만드는 주춧돌이 되었다. 그 당시 나는 내가 육아의 감옥에 갇혔다고 생각했다. 동서남북 어디를 봐도 내가 빠져 나갈 수 있는 곳은 없어 보였다. 그렇게 상황만을 탓하며 무기력한 생활을 이어나갔다. 그러던 중 어리고 순수한 작은 예나의 그 한마디가 나에게 진흙탕이 아닌 별을 보게 하는 울림이 되었다.

그때부터 육아서를 탐독하고, 아이와 눈을 마주치며 그 안에서의 행복을 찾아 나가기로 결심했다. 하이힐을 신고 아기 띠를 매던 나는 운동화를 신고 아이와 뛰어다녔다. 아이와 내가 공존하는 시간들이 더 이상 내게 감옥이 아니었다. 이제는 나 자신이 만들어놓은 그 감옥에서 아이를 키우고 싶지 않았다. 육아서를 읽으면 읽을수록 아이에 대한 애정이 더더욱 깊어져서 아이의 말 한마디, 행동 하나를 관찰하는 섬세한 엄마가 되기에 이르렀다.

꽃을 좋아하는 나는 지나가다 예쁜 화분이 눈에 띄면 하나씩 사서 집에 진열해놓는다. 그런데 아무리 예쁜 화분이라도 물을 주고 잎을 닦아주는 애정을 쏟지 않으면 처음 들여왔던 예쁜 모습은 금세 사라진다. 예쁘지 않으니 방치하게 되고, 결국 시들어버리기가 일쑤였다. 방치된 화분은 더 이상 가꿀 의지가 생기지 않는다. 그러니 더더욱 애정은 생길 수도 없다.

사람에 대한 애정, 자식에 대한 애정도 마찬가지다. 남들 다 낳으니까 나도 낳아서 겨우 밥만 챙겨주면서 방치해버리면 신이 주신 축복을 만끽할 수 없다. 어루만져주고 귀에 사랑을 속삭여 주고, 정성이 담긴 음식을 먹이며 키워야 아이는 사랑받는 아이로 자라고, 엄마 또한 진정한 육아를 경험할 수 있다.

물론 아이를 키우는 일이란 고된 일이다. 하지만 이 세상 어떤 일이 고되지 않은 일이 있을까. 내가 존재하는 어느 곳에나 양면성이 있다. 보는 방향에 따라서 아래를 보면 진흙탕이 보일 것이고 위를 보면 별이 보일 것이다.

나는 둘 중에 별을 택하겠다. 별 하나를 보기 시작하면 또 다른 별이 보인다. 나는 그렇게 별들을 바라보며 살고 싶다. 내 아이도 그런 삶을 살았으면 좋겠다. 육아의 고됨을 논하기보다는 아이에게 따뜻한 눈길을 보내주는 것은 어떨까?

언어는 우리를 속박한다. 긍정의 말만 할 수 있으면 좋겠지만 사람 사이의 대화는 부정적인 말들로 점철되어 있는 경우가 많다. 소통을 하기 위해선 공감받아야 한다. 공감받는 좋은 방법 중에 가장 쉬운 방법 하나가 동정심 유발이다. 일반적으로 나보다 못한 상황에 대해서 흥미를 갖고 결국 안도하기 때문이다. 나의 힘든 상황을 더 힘든 사람을 보며 위안받는다. 또 동정심을 유발하기 위해서는 내 자신을 비하해서 표현해야 한다. 그렇다 보니 모든 상황을 부정적으로 바라보는 이야기를 많이 하게 된다.

부정적인 엄마들은 "아이가 맨날 울어서 짜증난다."라는 말을 쉽게 한다. 엄마가 아이의 요구에 적극적으로 응해 주지 않아, 아이가 엄마에게 감정을 알리고 싶을 때 아이는 울음을 통해 감정을 표현하는 것이다. 기분에 따라 상황에 따라 비 일관적으로 느린 반응을 보이는 엄마 덕에 아이는 시도 때도 없이 운다. 엄마의 관심과 사랑을 향해서 말이다.

이 상황을 전업주부인 옆집 언니와의 대화로 각색해보자면 "맨날 울어대서 못 키우겠다. 짜증난다. 안 울게 하는 방법 없을까?"라고 정리된다. 주목할 것은 그 말로 인해 가장 큰 영향을 받는 것은 바로 나라는 점이다. 수다를 마치고 집에 돌아와서 아이가 울면 원래의 감정보다 더 부정적으로 변해 있는 나를 볼 수 있다. 내가 했던 말이 나의 잠재의식에 박혀버린 것이다.

옆집 언니와의 수다는 한 순간의 스트레스는 풀릴지라도 내 인생의 행복에는 아무런 도움이 되지 않는다. 소소한 일상의 즐거움들이 모여 행복한 인생을 만드는 것이 아니냐고 반문할 수도 있다. 소소한 즐거움은 느낄 수 있을지 몰라도 한 차원 높은 육아의 진정한 행복은 누릴 수 없다.

고개를 들어 앞만 봐도 세상은 참 아름답다. 하지만 고개를 치켜 올려 위를 보지 않는다면 하늘의 빛나는 별들은 볼 수가 없다. 나는 아이의 말 한마디로 더욱 긍정적인 육아를 하기 위해 육아서를 탐독하기 시작했다.

　남편과의 갈등이 생기면 심리서를 보았고, 살림이 어려울 땐 정리 방법이 담긴 책을 보았다. 그 책을 보면서 인생을 정리하는 혜안까지 갖게 되었다. 육아에 대한 태도가 달라졌고, 내가 볼 수 있는 별들이 늘어감에 따라 나는 더 이상 외롭지 않게 되었다. 나와 내 가정을 갉아먹는 수다는 이제 안녕이다.

05

행복한 결혼엔
기준이 없다

인생은 현명한 사람에게는 꿈이고, 어리석은 자에겐 게임이며,
부자에겐 코미디이고, 가난한 이에겐 비극이다.

– 숄룸 알레이챔

나는 어느 순간부터 "보이는 것보다 보이지 않는 것을 믿는
다!"라는 말을 자주 하곤 한다. 시간적, 공간적 제약으로 내가 속
해있는 이 우주를 다 볼 수 없다는 생각을 하고부터였다. '우주에
티끌보다도 미약한 존재인 내가 볼 수 있고 만질 수 있는 것은 과
연 얼마나 될까'라는 생각이 든다. 우주는 무한하다. 그 무한함 속
에서 나는 유한적 존재로 살고 있다. 그렇다면 내가 느끼고 생각
하는 이 모든 것들은 내가 정해놓은 틀에 불과한 것은 아닐까.

세상을 볼 수 없는 시각장애인에게는 세상이 듣고, 만져지는
느낌이 전부일 테지만 두 다리를 잃은 사람에게는 이 땅은 더

이상 밟을 수 없는 것이 된다. 이렇게 우리는 내가 처한 상황에서 느끼는 모든 것들이 인생의 답인 양 알며 살고 있는 것이다.

　　나는 내 인생의 방향을 찾지 못하고 한동안 방황했다. 그것은 결혼해서도 마찬가지였다. 내 인생의 주인공이 되지 못한 채 다른 사람이 만드는 연극무대의 관객이 되어야만 했다. 다른 사람의 삶을 관찰하고, 그 사람의 희로애락을 보는 구경꾼이었다. 마치 어딘가에 내가 찾고 있는 파랑새가 있는데도 아직 나에게만은 날아와 주지 않는 그런 느낌이었다고나 할까? 머릿속에 나만의 행복한 모습의 틀을 그려놓고 보이지 않는 무언가를 쫓으며 그에 부응하지 못하는 현실을 탓하기에 급급했다. 남편에게 만족스러움을 주는 아내일지 고민하기보다 만족스럽지 못한 남편의 모습만을 탓했다.

　　남편은 어딘가를 함께 갈 때 나를 앞장서서 가는 습관이 있다. 나는 그런 모습에 기분이 자주 언짢아지곤 했다. 남자라면 여자를 보호하고 항상 옆에서 에스코트를 해주어야 한다는 공주병에 빠져있던 나는 그런 남편이 매너가 없다고 느꼈다.

　　"당신은 매너가 있는 거야, 없는 거야? 지금이 무슨 조선시대도 아니고 여자가 남자를 뒤따라가야 하는 거야?"
　　"얼른 길을 제대로 알아서 자기를 안내하려고 했던 건데…….

시행착오가 없게 말이야."

남편의 이런 다른 별에서 온 듯한 생각과 언어는 나를 조금 외롭게 했다. 지금 생각해보면 그런 일련의 작은 사건들은 우리 둘의 관계와는 전혀 무관한 것이었다. 나의 모든 생각과 기호에 어긋나는 남편에게 화가 나곤 했다.

지금 생각해보면 남편이 나와 같은 사람이 되었으면 좋겠다고 생각했던 것 같다. 나와는 다른 성격은 물론이고 가치관이 다른 남편의 의도는 무시한 채 그저 그것을 나에 대한 예의가 없다는 식으로 받아들였다. 그런 생각에 빠져있으니 남편의 모든 말과 행동은 나에겐 거슬릴 뿐이었다. 나 혼자만의 훌륭한 남편의 기준을 만들어놓고 거기에 못 미치는 행동을 하는 남편을 보며 괴로워하곤 했다.

시어머니는 남편이 어릴 적에 직장생활을 하셨다. 혼자서 많은 시간을 보내야 했던 남편은 지금도 혼자 방에서 무언가를 하는 것을 좋아한다. 방문을 꼭 닫아놓고 있는 남편을 보면 한숨부터 나온다. 책을 보더라도 아이와 함께 거실에 나와 같이 시간을 보내면 좋을 텐데 답답한 마음이 들었다.

"오빠, 거실에 좀 나와 있으면 안 돼?"

"왜? 내가 뭐 할 일이라도 있어?"

꼭 무언가를 해야 나올 수 있는 건가? 가정이라는 소속 안에서 남편이라는 직무를 맡고 있는 사람의 말이었다. 같이 얼굴 보고, 시간을 함께 보내는 것이 나의 바람이라면 나에게 피해는 주지 않으면서 자기 생활을 하겠다는 남편의 의도다. 그리고 해도 해도 끝이 없는 아내의 요구에 힘들어하는 남편이다.

도대체 무엇이 문제인 걸까? 어느 순간 '나는 왜 항상 바라는 사람이 되어야 하지? 한 공간에 살면서 내가 너무 남편의 생활을 착취하려는 것은 아니었을까?' 하는 생각이 들었다. 내가 바라는 행복한 가정의 기준을 만들어놓고, 거기에서 조금만 어긋나기라도 하면 심한 결핍을 느끼는 이유는 무엇일까?

결혼은 서로 다른 역사를 가진 두 사람이 만나 새로운 역사를 써나가는 과정이다. 그때 두 사람 각자의 역사가 무시되어져서는 안 된다. 그 두 역사가 존중되고 지켜져야 부부만의 새로운 역사를 써나갈 수가 있다.

"여자는 무조건 사랑받아야 한다."라는 통념이 있다. 무슨 일이 있어도 여자는 사랑받고 위로받아야 하고 남자는 여자가 원하는 대로 해줘야 한다는 뜻이다. 이기적인 발상이지 않나 싶다. 사랑받아야 하는 존재인 것은 남자도 마찬가지다. 남자, 여자 할 것

없이 이 세상 모든 사람들은 사랑받기 위해 태어났다고 하지 않았던가.

남편이 나와 함께 있는 것이 혼자 있는 것보다 좋고 편하다면 좀 더 자주 거실에 나왔겠다는 생각을 했다. 내가 그를 끌어당기지 않고, 끌려오지 않은 남편을 나무라는 것은 남편에게는 억울한 일일 수 있다. 내가 그의 역사를 깊이 이해하고 사랑해주었다면 나오지 말라고 해도 더 자주 나왔을 것이다. 생각해보니 남편이 거실에 나와 있을 때마다 나는 잔소리를 퍼부어 대거나 남편에게 불평불만을 늘어놓았던 것 같다.

요리사가 직업인 남편이 해주는 음식을 먹으며 행복하다고 말하는 아내, 암투병으로 건강의 중요성을 깨달아 멋진 근육을 갖게 된 남편과의 사진을 공개하며 행복해하는 어떤 아내의 글을 보며 나는 내 남편도 요리사가 되어야 하고, 멋진 근육의 소유자가 되었으면 하고 생각했다. 그리고는 "다른 여자들은 다 행복해 보이는데 나는 이게 뭐야?"라며 그런 여자들을 부러워했다. 사실 남편과 얼마든지 행복할 수 있는데도 쓸데없이 늘어놓는 푸념이었다. 내가 무심코 내뱉는 말에 남편은 상처도 받고 허탈감도 느꼈을 것이다.

마치 남편 때문에 내 인생이 힘들어진 것처럼 표현했던 나다. 서로 위로해주고 사랑만 해도 모자란 이 시간에…….

"오빠, 방에서 혼자 뭐해? 맛있는 거 만들어줄까?"

나는 이제 남편을 끌어당기기로 했다. 다른 사람의 인생역사를 기웃거리며 환호하기보다는 내 남편의 마음을 먼저 사로잡는 게 우선이라고 깨달았다. 남편도 사랑받길 원하는 사람이다. 사람의 마음을 사기 위해 다른 사람에게 하는 배려의 미덕을 실천해보기로 했다. 예를 들어 남편에게 받으려 하기보다는 주는 모습을 보여줄 것, 끝없는 칭찬을 해줄 것, 남편의 말을 경청할 것(중간 중간에 박장대소도 잊지 않기), 남편의 고민에 공감해줄 것, 남편의 단점보다는 장점에 초점을 맞출 것 등 어렵지 않게 실천할 수 있는 방법이 많았다.

"어제 어떤 영화를 봤는데 정말 재밌더라."
"정말, 어떤 영환데? 얘기 좀 해줘 봐."
"갑자기 왜 이래? 너무 친절해서 어색하잖아."
"아니야, 정말 궁금해서 그래. 오빠 실감나게 얘기 잘하잖아. 어서 얘기해봐."

사람은 누구나 자기만의 기쁨과 슬픔이 녹아 있는 역사가 있다. 그것은 나도 마찬가지고 내 남편도 마찬가지다. 우리는 그런 각자의 역사를 가지고 결혼을 한다. 그 사람과 나의 이야기를 잘

버무려 슬픔은 기쁨으로 바꾸고 기쁨은 더 큰 행복이 될 수 있도록 지혜를 가져 보는 노력이 행복한 결혼생활의 시작일 것이다.

06

결혼했다고 모든 것을
다 보여주지 마라

사랑받고 싶다면 사랑하라. 그리고 사랑스럽게 행동하라.

– 벤자민 프랭클린

음식점에 앉아서 밥을 먹다 보면 가족들이 눈에 많이 띈다. 부부관계에 관심이 많은 나는 자주 그런 가족의 모습을 관찰하곤 한다. 나의 시선은 부부의 표정에서 아내의 모습으로 옮겨진다. 대충 하나로 묶은 머리와 아무렇게나 편하게 입은 옷차림의 아내를 보다 보면 남편의 모습이 내 시야에 들어온다. 무엇이 불만인지 연신 술만 마시고 있는 모습이다. 보기에 그리 좋은 모습은 아니다. 아내는 아이들 챙기느라 음식이 코에 들어가는지 입에 들어가는지 분주하고, 옆의 남편은 방관자의 모습을 하고 있다. 아이들을 키우다 보면 어쩔 수 없는 모습이라 치부해버릴 수도 있지만 좀 더 나은 모습을 할 순 없는지 안타깝다.

남편의 무뚝뚝함과 무관심 때문에 아내가 그렇게 된 걸까? 아니면 아내의 자포자기적인 모습이 남편을 방관자로 만든 것일까? 물론 겉모습이 부부의 전부는 아니지만 남편의 행동이나 아내의 표정을 보면 그들의 결혼생활에 대한 만족도가 보이는 것은 사실이다.

그와 반대로 다른 쪽의 부부는 우아한 자태를 취하고 있는 아내와 아이들을 챙기는 남편이 보인다. 우연이라 하기에는 너무도 상반된 두 부부의 모습에서 나는 "남자는 여자하기 나름."이라는 흔한 말이 떠올랐다. 그리고 그 두 부부가 바뀌는 조금은 발칙하고도 재미있는 상상을 해보았다. 우아하게 자기관리를 하는 아내 옆에 원래 무뚝뚝한 성격을 가진 남편이 있었더라면 그 가족의 모습은 어땠을까. 아마도 직장에서는 무뚝뚝한 남자일지라도 아내와 함께 있을 때만큼은 애교 넘치는 남편이 되어 있지는 않을까?

미국의 전 대통령 빌 클린턴의 아내이자 세계의 영향력 있는 여성 1위라는 칭호를 받고 있는 힐러리의 유명일화이다.

어느 날 미국의 클린턴 대통령 부부가 운전 중 차에 기름이 떨어져 주유소에 들르게 되었는데 우연히도 이 주유소의 사장이 힐러리의 옛 남자친구였다. 돌아오는 길에 클린턴이 의기양양하며 말했다.

"만약 당신이 나와 결혼하지 않았다면 지금쯤 당신은 주유소 사장의 부인이 되어있겠지?"

그러자 힐러리가 미소를 지으며 대답했다

"아뇨, 저 남자가 미국대통령이 되어있을 거예요."

내가 그와 같은 상황이었다면 그런 재치 있는 말을 할 수 있었을까? 힐러리는 자기 자신에게도 당당하고 대통령인 남편에게도 훌륭한 조언자였다. 그런 아내의 내조가 없었다면 클린턴 전 대통령이 그 자리에 없었을지도 모른다. "남자는 여자하기 나름."이라는 말은 식상하지만 진리라는 생각이 든다.

아이의 학부모 모임을 가서 엄마들과 이야기를 나누다 보면 그 집안의 가정사가 다 드러난다. 그중에 남편이야기는 빼놓을 수 없는 주제다. 남편 자랑을 하는가 하면 남편에 대한 심한 불만을 토로하는 경우도 많다. 그중에 남편 자랑은 그나마 듣기에 좋다. 남편의 단점에 대해 푸념하는가 싶다가도 결국엔 남편에 대한 애틋함으로 마무리 짓는 조금은 밉상인 여자들도 있다. 남편에게 사랑받고 있다는 것을 직설적으로 이야기하진 않지만 그녀들의 얼굴에선 빛이 난다. 그 순간만큼은 세상 최고의 여자가 된 것처럼 보인다. 하지만 반대로 미간에 주름이 잡힌 얼굴로 결혼생활을 한탄하는 여자들도 있다. 외모 상으로 볼 땐 남편에게 사랑받아 마땅한 미모를 가졌음에도 불구하고 그만큼의 자신감이 느껴지지 않는다.

"우리 남편은 집안일은 도와주기는커녕 얼굴도 잘 볼 수가 없어요. 평일엔 회식에, 약속에 주말엔 골프 치러 간다고 집에 있지를 않아요."
"결혼 전에는 내가 원하는 것은 다 해줄 것처럼 하더니 지금은 얼굴을 봐야 무슨 요구라도 하죠."

결혼하고 아이를 낳고 키우다 보니 어느새 남편의 얼굴은 잘 볼 수도 없다는 한 엄마의 말이다. 그 말을 듣고 흥분하지 않을 수 없었다. 남편의 정체가 의심스러웠다. 한 가정의 가장으로서 사생활을 조금도 포기하지 않는다는 것이었다. '그럴 거면 결혼은 왜 했대? 그냥 혼자 살지'라는 생각이 들었다. 그렇다고 그런 남편만을 탓할 노릇은 아닌 것 같다. 밖으로 도는 남편에게도 사연이 있지 않을까 궁금했다.

"보통 남편한테 어떻게 행동하세요? 남편이 집에 오면 늘어진 옷을 입고 잔소리를 퍼부어대진 않나요?"

우리 남편들은 우리가 생각하는 것보다 밖에서 예쁜 여자들을 많이 만난다. 최소한 집 밖에는 예쁘고, 안 예쁘고를 떠나서 한껏 관리가 된 여자들이 많다. 사실 여자들도 엄마가 되었어도 멋진 남자 볼 줄은 안다. 그러니 남편들은 더하면 더했지, 덜하지는 않을 것이다. 하지만 남편들은 도덕성과 책임감 그리고 아내에 대한 도리와 함께 집에 무사귀환을 하는 것이다. 그런 남편의 눈에 옆집 아줌마 같은 모습이 보이면 어떨까? 온종일 아이를 돌보고 수고한 아내에게 "수고했어."라는 말은 할 수 있어도 여성적인 매력은 느끼기가 힘들다.

미국 코넬대 인간행동연구소의 교수팀은 사랑의 지속기간에 대한 연구를 했다. 남녀 간의 애정이 얼마나 지속되는지를 알아보기 위해 2년에 걸쳐 다양한 문화집단에 속한 남녀 5천 명을 대상으로 인터뷰를 했다. 그 결과 남녀 간에 가슴 뛰는 사랑은 18~30개월이면 사라진다고 밝혔다. 남녀가 만난 지 2년을 전후해 대뇌에 항체가 생겨 사랑의 화학물질이 더 이상 생성되지 않고, 오히려 사라지기 때문에 사랑의 감정이 변하는 것도 자연스럽다는 것이다.

사실이 이렇다면 부부간의 호르몬적인 사랑은 이미 끝난 것이나 마찬가지다. 연애를 시작하자마자 결혼을 했다하더라도 결혼 2년 전후면 서로의 사랑이나 관계를 유지하기 위해서는 인위적인 노력이 필요하다는 말이 된다. 더군다나 육아가 시작된다면 서로에게 집중할 수 있는 시간을 갖기가 어려워진다. 인위적인 노력이 필요한 시기가 찾아온다.

모든 일의 시작점은 재미와 흥미이다. 남편에게 호기심을 자극할 수 없는 아내는 여자로서의 생명은 끝난 것이다. 그것은 결혼을 했다고 변하는 것이 아니다. 아내이기 이전에 여자가 되어야 하는 이유다. 서로에게 호감을 느끼고 사랑하게 되어 결혼을 하게 된 것이지, 결혼을 하기 위해 서로 호감을 느낀 것은 아니지 않은가.

나는 남편이 퇴근해서 돌아올 때쯤이면 옷을 갈아입었다. 과한 메이크업을 하고, 거창한 옷을 입으라는 이야기가 아니다. 때로는 연출이 필요하다. 아이를 돌보느라 너무 지친 청순한 아내의 모습을 연출해볼 수도 있다. 때로는 길가에 풋풋한 매력의 미혼의 여자들과는 다른 성숙한 매력을 뿜내볼 수도 있다. 우리에게는 우리만의 매력이 있다. 내가 내 자신의 매력을 모르고 써내놓지 않는다면 누구도 알아줄 수 없다. 남편에게 여자가 아닌 아이 엄마나 축 늘어진 주부의 이미지로 비춰진다면 그건 남편과의 관계를 포기하는 거나 다름없다.

남편이 아이 아빠가 아닌 나의 영원한 왕자님으로 머물러있어주길 바라듯이 남편도 아내에게 매력을 느끼길 원한다.

양파는 까면 깔수록 하얀 속살이 드러난다. 한 꺼풀을 벗겨내고 나면 또 한 꺼풀이 나오는 양파 같은 매력이 필요하다. 그런 매력으로 바보온달도 장군으로 만들고, 나는 평강공주가 되는 것이다. 지금 당장 종이에 적어 보자.

"나는 섹시하고 지적인 아내가 되어 남편과 지루하지 않은 결혼생활을 유지할 것이다."

Chapter
3

결혼 전에는
미처 몰랐던 것들

결혼 전에는 미처 몰랐던 것들

01
남편은 수선해가며
오래 신는 구두와 같다

아내는 젊은 남편에게 있어서는 여주인이며
중년의 남편에게는 친구, 늙은 남편에게는 간호부이다.
- F. 베이컨

심사숙고해서 고른 구두가 막상 집에 와서 신어보니 영 불편
한 것 같다. 사이즈도 잘 맞지 않고, 관리하기도 번거롭게 느껴진
다. 신발을 신고 자꾸 거울 앞에 서보지만 나와는 맞지 않는다는
생각이 사라지질 않는다. 반품을 하자니 반품 사유도 마땅치가
않다. 딱히 불량한 것도 아니고 그렇게 오랫동안 심사숙고해서 골
랐으니 책임은 나에게 있는 것 같다.

그래서 그냥 신어보기로 결정한다. 신발에 어울리는 옷을 코디
하고 우아한 자태로 걸어본다. 한두 번 신으니 점점 내 발은 구두
와 하나가 된다. 구두가 좋아하지 않을 길은 조심스럽게 걸어보기

도 하고, 이물질이 묻으면 깨끗이 닦아주기도 한다. 때로는 구두를 신고 걷기에는 먼 거리도 걷는다.

　남편도 구두와 같은 존재라고 생각한다. 결혼 전 남편은 내가 찾던 그런 사람이었다. 나의 부족한 부분을 채워주고 나만을 사랑해줄 것 같은 그런 남자였다. 나와는 맞지 않는 부분이 있었지만 얼마든지 극복할 수 있을 것 같았다. 남편이 가진 장점은 단점을 극복하기에 충분했다. 그런데 막상 결혼을 하고 보니 단점은 부각되고 장점은 당연한 듯 여겨졌다. 남편의 장점은 처음엔 감동이었으나 고마웠던 부분들은 점차 내가 받아야 하는 당연한 것처럼 여겨졌고, 단점들은 용납이 되질 않았다. 점점 내 기준으로 남편을 평가하면서 불만이 쌓이기 시작했다.

　그에 비해 결혼생활에 적응을 하며 아내로서, 엄마로서 변해가는 내 모습에는 스스로 대견함과 뿌듯함을 느꼈다. 결혼 전 내 속옷 한 장 빨지 않던 내가 빨래가 일상인 생활을 하고 있다. 그리고 아이를 낳으니 예전엔 힘들었던 일들도 해낸다. 아이가 처음에 내 품에 안겼을 때 신비로움에 어쩔 줄 몰랐지만 병원 측에서는 낭만에 젖어 있을 때가 아니라는 듯 곧 나에게 모유 수유를 부추겼다. 수유가 어려워 쩔쩔맸던 나였지만 곧 새 생명에게 첫 수유를 했던 감격을 잊을 수가 없다.

　그랬던 내가 지금은 어엿한 두 아이의 엄마가 되었다. 두 아이를 먹이고 입히고 하나부터 열까지 챙기는 진짜 엄마가 되었다. 하지만 아직도 아이를 바라보고 있으면 항상 모자라기만 한 엄마 같아서 미안함이 마음이 든다.

그러나 시간이 흘러도 고쳐지지 않는 남편의 단점은 차마 눈 뜨고 볼 수가 없었다. 다른 사람들은 칭찬하는 남편의 성격이 나에겐 장점으로 느껴지지 않았다.

사람을 좋아하고, 잘 어울리는 성격인 나는 항상 사람들에게 친절히 대하고 또 친절을 받기도 한다. 하지만 남편은 나와는 조금 달랐다. 사람들에게 퉁명스럽게 대하기 일쑤였고, 자신의 기분에 따라 사람을 대하곤 했다. 그런 그를 볼 때마다 나와 같지 않은 남편이 못마땅하고 불편했다. 남편이 왜 그런 행동을 하는지 궁금해하거나 이유를 묻지 않은 채, 남편의 행동에만 초점을 맞춰 비난하기에 바빴다.

"제발 아무 때나 화내지 좀 말아줄래?"
"나 화 안냈는데…… 그냥 말한 거야."

내가 예민한 건지 남편이 우기는 건지는 모르겠지만 각자의 입장만 늘어놓는 반복되는 상황이 불쾌하기만 했다.

가정환경도 다르고 성격도 다르고 가치관도 다른 두 사람이 만나 결혼을 한다. 분명 두 사람은 다른 사람인데도 그 사실을 받아들이지 않는다. '부부일심동체'라는 말은 오랜 시간 함께 지낸 부부가 서로의 다름을 인정하고 맞추며 비로소 말하지 않아도 아는 한마음이 되었을 때 하는 말이다. 결혼했다고 해서 곧바로 일심동체가 될 수 있는 것은 아니다.

하지만 이제 막 결혼생활을 시작한 사람들은 '준비, 땅!' 하면 바로 하나가 된다고 착각한다. 그래서 갈등이 생긴다. 나와 같아야 할 사람이 나와 다르다는 것에 때로 분노하기도 한다. 그것은 화로 바뀌고 대화단절이라는 치닫지 말아야 하는 상황에까지 이르기도 한다. 각자 서로의 생각에만 갇혀 빠져나올 생각을 하지 못한다.

어느 날 지인들이 집에 왔다. 지방으로 이사를 온 후 사람들과 만날 기회가 많이 없었던 터라 나는 들떠있었다. 예쁜 접시에 음식도 담고 예쁜 향초도 피웠다. 그런 나와는 달리 남편은 시큰둥해 있었다. 남편이 말했다.

"손님들 오면 나는 방에서 뭐 좀 할게."
"오랜만에 만나는 사람들인데 같이 이야기도 하고 즐기면 안 될까?"

아무리 사람들 만나는 것이 좋아도 남편이 없는 자리는 왠지 어색하고 불편하게 느껴졌다. 더군다나 남편이 방 안에 있다는 것은 내가 초대한 손님을 무시하는 태도 같아 보이기도 했다. 나는 "안 돼. 무슨 일이 있어도 사람들 오면 같이 시간 보내야 돼."라며 싫다는 남편에게 나의 말을 들어줄 것을 강요했다. 그런 나를 보고 남편은 "나한테 이런 자유도 없는 거야? 음식 준비하는 거 도와주고 방에서 일 좀 한다는데……."라고 버럭 화를 냈다.

남편의 일 따위는 귀에 들리지도 않았다. 다만 사람들에게 남편이 방에 있다는 말을 하고 싶지가 않았다. 실랑이 끝에 결국 남편은 결국 함께 시간을 보냈지만 어색하고 불편한 기류만 흐를 뿐이었다. 남편은 상한 기분을 얼굴에 드러내며 마지못해 앉아 있었다.

손님들이 집에 와서 들떠 있는 나처럼 남편도 나와 같아야 한다고 생각했다. 하지만 남편은 그럴만한 상황이 아니었다. 그날 컨디션도 별로 좋지가 않았고, 더군다나 해야 할 일도 있었다. 성인인 나도 그런 것쯤은 이해가 갔다. 하지만 나는 대화 중 버럭 화내는 남편의 모습에 화가 났다. 시간이 지나서 내가 화난 이유에 대해 이야기했다.

"싫다고 얘기하면 누가 못 알아들어? 그렇게 버럭 화낼 것까진 없잖아? 내가 그렇게 만만해?"

"자기는 항상 내가 화를 내야 그제야 내 말을 받아 주니까……. 그렇게 하지 않으면 결국은 자기가 원하는 대로 하잖아."

남편의 말을 통해 '내가 지금까지 그렇게까지 내 고집을 피웠나?' 하는 생각이 들었지만 여전히 남편이 이해가 되지는 않았다. 어떻게든 좋은 말로 나를 이해시켜주길 원하는 나와 말 한마디로도 자신의 마음을 이해해줬으면 하는 남편의 바람이 대립했다.

내 입장에서 보면 사회성 떨어지는 남편의 모습이고, 남편 입장에서는 자기식대로만 하는 이기적인 아내의 모습인 것이다. 조금 더 자리를 함께 할 수 없는 이유에 대해서 자세히 설명을 해줬더라면 못 알아들을 나도 아닌데 아무 때나 버럭 화를 내는 남편이 죽도록 미운 순간이었다.

이미 내가 못 알아들을 것이라는 편견을 가지고 대응을 하는 남편이다 보니 그 화가 내 눈에는 고스란히 보일 수밖에 없다. 그 화를 본 나는 더욱 더 고집스럽게 나의 주장을 강요하곤 했다. 서로의 다름을 인정하고 남편의 의견을 존중하는 것까진 좋다. 그런데 아내가 자기 생각을 주장한다고 해서 화를 내 버리는 건 용납할 수 없는 일이었다. 결국 부부싸움을 크게 하고 시간이 지나서 우여곡절 끝에 마무리가 되었다.

지금 신고 있는 구두가 나에게 딱 맞지 않는다고 해서 다른 구두를 기웃거려도 어차피 또 다른 시작을 해야 할 뿐이다. 돌아보니 나에게 맞는 구두가 되기 위해 남편이 노력했던 모습들이 내 머릿속을 스쳐 지나간다. 생각해보면 나 또한 단점과 실수가 많은 사람이다. 아무데나 물건을 툭툭 떨어트리기 일쑤고 중요한 것을 자주 깜빡해 큰 일이 생길 뻔한 적도 많았다.

수년간의 결혼생활을 통해 서로의 단점을 장점으로 승화시키는 기술도 생겼고, 서로의 단점보다는 장점에 감사하는 관대함도 생기면서 지금 나에게 최고로 잘 맞는 구두가 되었다.

02
화성에서
온 남편

불 속을 헤쳐 나가는 듯한 이 세상의 모진 시련을 함께 겪기 전까지는
자신의 사랑하는 아내의 존재가 어떤 것인지 알 수 없다.

– 워싱턴 어빙

예전에는 남자들에게 이상형이 무엇이냐고 물어보면 현모양처
라고 대답하는 사람이 많았다. 하지만 그것은 딱히 표현할 단어
를 못 찾은 것일 뿐 예나 지금이나 예쁜 여자 마다할 남자는 없
다. 이상형이 외모에 국한된 것만은 아니지만 나이 지긋한 중년
남성들도 일단 예쁘면 호감을 보이는 게 일반적인 모습이다.

한 쿠믹 영화에서 보았던 장면이 떠오른다. 어떤 것에도 꿈쩍
도 안 할 것 같은 근엄한 경비원은 매력적인 여성이 눈웃음치며
부탁하자 그냥 들여보내주었다. 꼭 영화에서뿐만 아니라 현실에서
도 그런 일은 심심찮게 볼 수 있다.

경쟁이 치열한 이 사회에서 예쁜 여자가 누릴 수 있는 혜택이라 할 수 있겠다. 남자는 좋아하는 여자를 위해 무언가를 해줄 수 있을 때, 스트레스 해소 호르몬인 '테스토스테론'이 분비된다고 한다. 그러니 매력적인 여자에게 잘해주는 것은 남자들의 본능인 것이다. 반면 여자는 좋아하는 사람 또는 남편에게 무언가를 줄 때 안정과 행복을 느낀다. 그런 이유로 결혼한 여자가 집에 머물며 남편을 챙기고 아이를 돌보는 것이 행복하다고 말하는 것이 이해가 된다. 하지만 남편을 배려하며 챙겨주려고 할수록 아내에 대한 남편의 관심이 적어진다는 생각이 드는 것은 왜일까?

다니던 직장을 그만두고 바로 결혼을 했던 나는 갑자기 의도치 않게 전업주부의 생활을 하게 되었다. '결혼생활을 어떻게 하면 잘할 수 있을까?' 하는 생각을 했었지만 마땅한 롤모델이 없었다. 그러는 사이 친정엄마는 어느새 나의 결혼코치가 되셨다. 결혼생활에 있어 배려와 희생만으로 일관해오셨던 엄마는 나에게 좋은 아내의 역할을 강조하셨다. 아침에 출근길에 남편 아침식사 챙겨주기, 몸에 좋은 음식 만드는 법, 남편의 월급을 관리하는 법 등이었다.

나도 모르게 엄마의 삶에 동화되어 그대로 따라하고 있는 나를 발견했다. 어릴 적에 보았던 엄마가 아버지에게 했던 현모양처 같은 말투, 음식을 준비하는 정갈한 손놀림 등 어느새 나는 그것을 연기하고 있었다. 그리고 남편이 퇴근하고 집에 돌아오면 여느 현모양처들처럼 휴식을 취할 수 있게 해주었다. 왜 그래야 하는지는 몰랐지만 그것이 엄마의 가르침이었다.

그런 나의 반 가식적인 배려와는 다르게 어느 순간 나는 남편이 그것을 전혀 고마워하지 않는다는 것을 깨달았다. 시간이 흐를수록 남편은 오히려 '나는 원래 그런 사람'인 것처럼 치부해버린다는 것을 알았다. 남편이 퇴근하면 반가운 마음에 하루에 있었던 이야기를 하곤 했다. 그런데 나의 이야기가 길어지기라도 하면 남편은 "부탁인데 평일엔 좀 자제해줬으면 좋겠어."라고 말했다.

지금 생각해보면 갑자기 현모양처가 되어버린 내 모습에 남편도 조금은 어리둥절했던 것 같다. 하지만 바쁘고 피곤했던 일과 뒤로 섭섭한 내 마음은 생활 속에 그대로 파묻혀버리기 일쑤였다.

'이건 아닌데……. 원래의 나는 어디가고 갑자기 웬 현모양처 행세야?'

결혼 전 남편은 이상형이 현모양처 스타일이라고 했다. 연애기간이 짧았던 터라 결혼하고 부부가 되었음에도 불구하고 어색함이 없어지진 않았다. 나름대로 남편의 구미에 맞는 현모양처가 되어보려고 했으나 남편은 사실 현모양처 스타일을 좋아하지 않는다는 것을 알았다. 흔히들 그릴 수 있는 현모양처 이미지를 연출하면 할수록 우리 관계는 더 어색했고, 남편에게 사랑받지 못한다는 것이 느껴졌다. 도도하며 당당했던 나의 모습에 매력을 느꼈다던 남편의 말을 잠시 망각하고, 남자의 본성을 무시해 오히려 역효과가 났던 경험담이었다. 남편이 나에게 무언가를 해줄 수 있는 기회를 주지 않고, 추측만으로 남편의 구미에 맞는 여자가 되려고 노력했다.

남자들은 흔히들 말하는 현모양처와 결혼하면 자신의 위상을 지키며 남자답게 살 수 있을 것이라 생각하지만 그것은 오히려 반대다. 남자는 보통 자신이 슈퍼맨과 같은 존재라고 생각할 때 자신감과 만족감을 느낄 수가 있다. 아이러니하게도 출근길에 잘 차려진 밥상보다는 바쁜 시간을 쪼개서라도 아픈 아내를 위해 아침을 준비해주고 나갈 때, 남자는 아내에게 더 큰 사랑을 느끼게 된다.

여자가 배려하고 희생할수록 그 대가는 사실 남자에게는 지루함과 무관심의 형태로 나타나는 경우가 많다. '이 여자는 내가 도와주지 않아도 알아서 척척 잘하는구나. 나는 내 할 일 해야지'라고 생각하게 된다. 그런 남자의 생각과는 달리 여자는 외로움을 느낄 수밖에 없다. 그리고 남편에게 사랑받지 못하는 느낌을 받는다.

도대체가 헷갈리는 남자들이다. 현모양처가 좋다더니 막상 현모양처 스타일이 돼주면 나에게 관심을 두지 않기 때문이다. 그리고는 톡톡 튀는 매력을 가진 여자들을 보면 눈이 휘둥그레진다. 좋다는 뜻이다.

얼마 전 한 후배를 만났다.

"언니, 처음으로 정말 맘에 드는 남자를 만났는데, 그 남자는 내가 별로인가 봐. 지금까지 남자한테 이런 대접을 받은 건 처음이야."

연애 경험이 별로 없는 그녀의 말에서 진심이 느껴졌다. 정말 사랑하는 남자를 만난 듯했다.

"지금까지 내 원래 성격대로 남자들을 상대했는데 아무런 문제가 없었고, 오히려 프러포즈를 받기도 했었는데……. 이 남자가 현모양처 스타일이 이상형이라고 하길래 그렇게 돼보려고 노력했더니 오히려 나의 이런 성격이 마음에 안 든다는 거야."

그녀는 사실 한마디로 쿨한 성격이다. 여자로서 조금은 무뚝뚝해 보이기도 하지만 그것이 그녀의 매력이었다. 이런 그녀가 정말 좋아하는 남자를 만나 그 사람에게 모든 걸 맞춰주고 싶다는 것이다. 애교도 부려보고 몸이 조금 불편한 그를 위해 만날 때마다 다리 마사지까지 해주었다. 그 남자의 사랑을 얻기 위해 노력했던 그녀다. 하지만 그녀의 노력과는 달리 그 남자는 자신에게 처음부터 너무 많은 것을 해주는 그녀에게 사랑보다는 책임감과 부담을 느꼈다.

그녀가 먼저 무언가를 주기보다는 조금 기다려보았다면 그는 오히려 그녀에게 더 큰 사랑을 주려고 했을 것이다. 부당한 대우를 받은 그녀지만 남자에게 첫눈에 반해 그의 환심을 사려고 본인의 모습과는 다른 모습을 보여주었다. 남녀의 차이를 알고 관계를 이어나갔다면 결과는 조금 달라졌을 거라는 생각을 했다.

사랑하는 애인이 생기거나 지금 결혼을 했다 하더라도 남자에겐 주기보다는 받아야 한다. 그러면 남자는 그녀에게 더 낭만을 느끼고 내가 없으면 안 되는 그녀를 위해 최선을 다하게 된다. 사실 여자는 그 남자가 없어도 살 수 있다. 아니 오히려 더 잘산다. 하지만 정말 사랑하는 사람이 있다면 어느 정도의 전략은 필요하다. 사랑은 쟁취하는 것이기 때문이다.

남녀의 차이는 이뿐만이 아니다. 어느 날 동생과 사소한 말다툼으로 속상한 적이 있었다. 동생의 마음이 이해가 가면서도 누군가에게 그런 나의 감정을 털어놓고 공감받고 싶은 건 여자의 본성이라 할 수 있겠다. 그런 하소연의 대상은 다름 아닌 남편이었다. 공감받고 싶은 나의 감정은 격하게 흘러 동생을 험담하기에 까지 이르렀다. 나는 그저 그런 감정을 공감받고 위로받고 싶었을 뿐이다.

내가 원하는 각본은 이런 것이다.

"자기가 많이 속상했겠네. 처제가 이런 언니의 마음을 알면 좋을 텐데……. 난 당신 마음을 알아."

하지만 아니나 다를까 나의 각본과는 다른 남편의 반응이다.

"처제 원래 성격이 그래? 언니한테 버릇이 없네. 자기가 참아……. 내가 처제 그럴 줄 알았어."

동생을 험담한 건 나지만 막상 동생의 또 다른 험담을 듣다 보니 기분이 언짢았다. 그런 이야기를 듣다 보니 나 자신의 험담처럼 들리기도 했다. 남편에게 공감받기 위해 나는 이렇게 말했어야 했다.

"동생이랑 말다툼을 했는데 우리가 서로 잘못한 건 맞아. 그런데 화가 나면서도 동생에게 그렇게 말한 것이 너무 속상해. 나 좀 위로해줄래?"

그렇다면 남편은 나름 자신의 위로 섞인 어투로 나를 위로해 주었을 것이다. 그 당시에 나는 남편이 나에게 어떤 해결책을 제

시해주어야 직성이 풀리는 '남자'라는 사실을 망각하고 있었다. 그런 무지로 인해 오히려 화살은 남편에게 돌아갔다. "오빠는 그 정도밖에 말 못 해?"라고 말하면 남편은 그의 동굴인 방으로 들어가 버리곤 했다. 그만의 공간에서 스트레스를 해소하고자 함이다. 이야기 중간 방으로 들어가 버리는 모습은 나에게는 또 하나의 불만이었다. 이 모습은 어떻게든 이야기를 이어나가려는 나와 의미 없는 대화는 그만두려는 남편과의 좁힐 수 없는 차이였다.

남편과 함께 집에 있다 보면 시시때때로 해결해야 하는 살림과 육아로 지칠 때마다 나는 남편을 앞에 세워두고 푸념하기에 바빴다. "할 일이 너무 많잖아. 애 좀 봐달라 했더니 울리면 어떡해. 아빠 맞아?"라고 하면 남편은 또 동굴로 들어갔다. 나는 내 마음의 안정을 위해 아이들에게 주는 삶을 살면서도 동시에 그런 삶에 대해 불만족을 느꼈다. 그런 이중적인 감정을 가지고 생활하는 나의 모습을 보는 남편은 이렇게 말할 뿐이었다.

"힘들어도 엄만데 해야지."

반발심만 들게 하는 남편의 말이다.

더 이상 주기만하면서 화가 나는 삶은 살고 싶지 않았다. 그리고 받는 삶을 살기로 결심했다. 나에게 주어진 시간의 반은 나 자신의 행복을 위해 쓰리라. "나 바쁘니까 당신이 이것 좀 해주면

안 될까? 당신 없었으면 내가 어떻게 살아!"라며 남편의 기분을
한껏 띄운다.

임무가 주어진 슈퍼맨은 기쁜 마음으로 집안일을 하기 시작한
다. 바로 이거였다. 진작 화성인을 화성인으로 대했어야 했다. 이
제야 비로소 나는 화성인과 진정한 친구가 되려 한다. 언제나 내
옆에서 든든한 조력자가 되어줄 화성인에게 감사의 말을 전한다.

03
육아는
부부가 성장하는 시간이다

부모의 좋은 습관보다 더 좋은 어린이 교육은 없다.
– 슈와프

　결혼과 뗄 수 없는 것이 바로 육아이다. 요즘 내 세대 부모들은 비교적 곱게 자라 내 밥벌이를 겨우 하게 됐을 때 부모님으로부터 진짜 독립을 하게 된다. 그런 사람들이 결혼을 하고 아이를 낳는다. 그렇게 남들 다 하는 인생 코스를 따라 아이를 낳았더니 그 아이는 나의 모든 것을 따라한다. 나를 통해 세상을 배우고 인생 선배인 내가 롤모델이 되는 것이다.

　아이는 선택의 여지 없이 나와 배우자가 만들어 낸 가정이라는 테두리 안에서 우주를 경험하게 된다. 하지만 그런 아이의 입장과는 달리 부모는 아이를 키우는 데 뚜렷한 방향 없이 많은 어

려움을 겪게 되기도 한다. 육아는 아이가 세상에 첫발을 내밀자
마자 시작된다.

첫 출산을 앞두고 나는 예비엄마들이 흔히들 하는 출산 준비
과정 중에 하나인 임산부 요가를 했었다. 출산이라는 것 자체가
잘 이루어내야 하는 하나의 프로젝트였기에 나는 당연히 자연분
만을 기대하고 있었다. 그런데 병원 측에서는 제왕절개를 권했다.
이유는 아이 머리의 윗부분이 튀어나온 모양이라 자연분만이 어
렵다는 것이다. 나중에 알게 된 사실이지만 요즘은 의사들이 제
왕절개를 많이 권한다고 한다.

의사는 나에게 선택권을 주었지만 출산에 대해 기대 반, 두려
움 반이 있던 나는 내심 잘됐다는 생각을 했다. 하지만 무언가 모
를 억울한 감정이 드는 것은 어쩔 수가 없었다. 완벽한 시작을 고
대했었는데 여기서부터 나는 뒤처졌다는 생각이 들었다. 나에겐
출산 자체가 유일한 과업이었고, 육아에 대해서는 깊게 생각해보
지 못했다. 출산만 하고 나면 아이는 저절로 잘 자라줄 거라고 생
각했던 걸까?

아이가 태어나고 링거를 꽂은 채로 모유 수유를 시작했다. 모
유가 아이에게 좋고 산모에게도 좋다는 말을 듣고 3시간에 한 번
씩 모유 수유를 강행했다. 이제 엄마가 되었으니 수술 후의 환자

임에도 불구하고 더 이상 환자 행세를 하고 있을 수만은 없었다. 내 눈엔 아이만 보였다. 내가 먼저 행복한 엄마가 되어야 하는 줄은 모르고 아이에 관한 모든 걸 완벽히 해내야 한다는 생각뿐이었다. 그 시간부터 내 인생은 사라진 듯했다. 모든 생활이 아이를 위한 스케줄로 짜여졌다. 수유가 끝나면 다시 모유를 만들어내기 위해 식사를 하고 계속 기저귀를 갈아댔다.

내게 휴식과 여유란 단어는 더 이상 나에게 사용할 수 없는 말이었다. 세상 사람들은 이제 나를 아기엄마라고 부른다. 참 고독한 시간이었다. 혼자서 매일 되물었다. 이 육아는 언제쯤 끝이 날까? 나는 도무지 육아와는 맞지 않는 사람이었다. 내 한 몸 챙기기도 힘든 내가 이 자그마한 생명을 책임져야 한다는 사실이 나에겐 너무 버거웠다. 그리고 내가 한 아이의 엄마라는 사실도 받아들일 수가 없었다.

나는 아직도 해야 할 일이 많은데 내 꿈을 이루긴커녕 찾지도 못했는데, 나만 바라보고 있는 아이를 보고 있으니 막막하기만 했다. 부모님은 아이를 다 키워놓고 하고 싶은 거 하면 된다고 말씀하셨지만 그 시간이 도대체 언제인지 감조차 잡을 수가 없었다. 나에겐 아이를 키우는 시간만이 영원할 것만 같았다.

지금 생각해보면 죄책감과 막막함으로 사랑스러운 아이의 모습을 제대로 만끽하지 못했던 것 같다. 그때는 아이를 돌보고 이 세상의 아름다움을 보여주는 것이 내 일이라는 것을 인정하지 못했다. 내 인생과 아이 인생의 중간 지점에서 갈피를 잡지 못하고 서성였던 나였다. 결혼식이 아니라 결혼생활이 중요하듯이 출산이 아니라 육아가 중요하다는 것을 알지 못했다. 그리고 정작 나는 행복하지 않으면서 막연히 아이가 행복해지길 원했다.

그런 생각들로 소중한 시간을 흘려보내고 있던 때, 아이를 데리고 문화센터에 갔다. 문화센터에 왜 다녀야 하는지 이유도 모른 채 남들 다 가니 나도 갔다. 이제 막 돌이 지난 아기들을 데리고 온 엄마들은 각자 저마다의 행복한 웃음을 지으며 자신의 아이와 행복한 시간을 보내는 듯했다.

나와 딸 예나는 다른 엄마와 아이들을 보며 시간을 보냈다. 엄마와 교감하며 즐겁게 노는 아이들 옆에서 예나는 겉도는 아이처럼 보였다. 엄마가 놀아주질 않으니 예나는 그럴 수밖에 없었을 것이다. 그 모습을 보며 불현듯 예나에게 미안하다는 생각이 들었다. 더 이상 가만히 있을 수만은 없다 싶어 까꿍놀이도 해주고 잡기놀이도 해주었다. 두 살밖에 안 된 어린 예나도 엄마가 노력한다는 것을 아는 듯했다. 한껏 즐거워해주는 딸에게 너무 감사했다.

나는 딸과 조금씩 맞춰져 갔다. 예나도 나에게 적응해가고, 나도 예나에게 적응해갔다. 나는 점점 엄마가 되어갔다. '그래, 지금은 아이를 위한 시간이다. 다시는 돌아오지 않을 이 시간을 행복하게 만들자'라고 다짐하며 아이가 즐거워할 수 있는 것들을 찾기 시작했다.

요즘엔 조금만 부지런하면 아이와 함께 할 수 있는 것들이 너무나도 많다. 간단한 식사와 간식을 챙겨 어디든 떠나면 그만이다. 거창할 필요도 없이 인근 공원에 돗자리만 펴도 아이와 나에겐 훌륭한 소풍 장소가 된다.

〈생활의 달인〉이라는 프로그램에서 육아휴직을 쓴 아빠의 이야기가 방영된 적이 있었다. 어렸을 때 부모님이 이혼을 하신 바람에 할머니 손에서 자란 그는 중학교 때부터 행복한 가정을 꾸리는 게 유일한 꿈이었다. 결혼 후 아내가 육아휴직을 내고 1년후 복귀할 때가 되자 아내와 아이를 위해 자신이 육아휴직을 냈다. 사랑이 절대적으로 필요한 나이에 부모님 사랑을 받지 못하고 자란 그는 유년시절의 받은 상처를 극복하고자 좋은 아빠 좋은 남편이 되기 위해 노력했다. 외로움 속에서 자란 그 경험을 상처로 남겨 두었다면 그는 "우리가 있는 것만으로도 우리 아이는 행복한 아이다. 나는 부모님 없이도 자랐다."라고 말했을지도 모른다. 하지만 그 아빠는 과거의 기억에서 벗어나, 아이의 눈높이에서 세상을 다시 바라보며 본인으로 인해 행복해하는 아이와 아내를 보며 가정에서의 새로운 행복을 느꼈다.

세상에 처음 태어난 아이는 순진무구하며 고결하기까지 하다.

그런 아이는 우리에게 첫울음으로 인사를 한다. 배고플 때나 사랑이 필요할 때 자신의 욕구를 유일한 소통수단인 울음으로 대신한다. 그 울음이 어른들에겐 여간 곤욕스러운 소리가 아닐 수 없다. 마치 우리는 한 번도 울어보지 않은 것처럼 아이의 울음소리를 참기 힘들어 한다. 그리고 무엇이든지 입에 갖다 대는 아이를 더럽다고 나무란다. 또 아무 데나 올라가면 위험하다고 소리친다. 마치 우리는 태어날 때부터 모든 물건의 쓰임과 이름을 알았고, 원래부터 근육이 발달해 걷고 뛰었었던 것처럼 말이다. 그런 부모 밑에서 자란 아이는 아무 것도 만질 수 없고, 배울 수가 없다. 결국 아이는 세상이 무섭고 위험하다고만 생각하게 된다.

아이들은 더 놀고 싶은 마음에 잠자기를 거부한다. "조금만 더 놀고 자면 안돼요?" 하며 이야기책을 한 아름 들고 온다. 그런 아이의 바람과는 달리 어서 빨리 재우고 내 시간을 갖기를 원하는 부모들이 많다. 아이가 가지고 온 동화책 한두 권을 후닥닥 읽어주고는 그래도 잠을 자지 않으려는 아이에게 세상에서 가장 무서운 도깨비나 옷장 속의 괴물을 운운하며 억지 잠을 재운다.

그래서 그런지 딸은 지금도 화장실을 혼자 가기 싫어한다. 밤마다 엄마가 수면 유도를 위해 사용한 괴물 이야기 때문이다. 집안일을 하다가도 딸과 함께 화장실을 가주어야 하는 것은 여간 성가신 게 아니다. 나의 이기심이 더 큰 화를 부른 셈이다.

아이가 태어나는 순간 부모도 같이 태어난다. 아이를 만나기 전 쌓아왔던 그 모든 시간과 경험들이 무의미하게 느껴지기도 한다. 그리고 잊고 있었던 내 어릴 적 모습과 만나게 된다. 내가 받았던 사랑들, 가지고 싶었지만 갖지 못했던 것들, 칭찬받기 위해 거짓말했던 일들을 상기하며 아이에게 어떤 삶을 보여줄지를 먼저 생각해야 한다. 행복한 아이를 원한다면 내가 행복해져야 하고, 밥 잘 먹는 아이를 원한다면 내가 밥을 잘 먹어야 한다. 아이가 행복하게 성장해 나가길 원하는 것은 모든 부모의 바람일 것이다.

그렇다면 아이와 함께하는 이 시간 나는 어떤 사람이어야 하고, 어떤 꿈을 꾸어야 할까? 부모는 아이의 꿈이고 그 부모는 그런 아이를 보며 또 다른 꿈을 꾼다. 나의 경우, 딸이 행복하기만을 바라며 내 불행은 아랑곳하지 않았었다. 하지만 지금은 내가 먼저 행복해지려 한다. 나의 인생을 지켜보며 배우고 있을 딸을 위해서라도 말이다.

04
예뻐지고
또 예뻐져라

아름다움이란 마음으로 느껴지고,
눈빛에서 드러나는 것이다. 단지 외모적인 무언가가 아니다.

— 소피아 로렌

요즘 길을 가거나 식당에 가면 흔히 볼 수 있는 얼굴이 있다. 성형 미인이다. 얼마 전까지만 해도 성형미인이라 불렸지만 이것도 트렌드가 지나가고 있는 게 아닌가 한다. 성형해서 예쁘다는 생각보다는 어디어디 성형했나를 먼저 보게 된다. 그만큼 흔한 게 성형이다. 쌍꺼풀이 없는 눈을 가진 여자를 보면 지금까지 잘 버틴 게 대견스럽기도 하고 고집스러워 보이기도 한다.

얼마 전 외국인 친구를 만났다. 그는 동양여자를 꽤나 좋아할 것 같은 미국인이었다. 그가 말했다.

"한국 여자들 다 똑같이 생겨서 누가 누군지 모르겠다. 간혹 '정말 예쁘다' 하는 여자를 만나도 그녀의 인격이 얼굴을 따라가지 못하는 것 같다."

그 말을 듣고 괜히 부끄러워 할 말을 잃었던 기억이 난다. 같은 한국여자로서 인정할 수밖에 없는 말이었기 때문이다. 그러고는 괜히 '나는 인격이 있는 여자라는 거 알지?'라는 표정으로 그를 쳐다봤다. 눈에 띄는 얼굴을 가진 만큼 성숙한 인격을 겸비해야만 하는 것 같다.

한 친구는 누가 봐도 예쁜 얼굴을 가졌다. 이목구비가 화려해서 언제 어디서나 눈에 띄는 그런 얼굴은 아니지만 자세히 보면 오목조목 귀염성이 있는 얼굴이다.

"나 성형할 거야. 이번 기회에 전체적으로 손 좀 봐야겠어."라는 그녀를 말리고 싶었다. 하지만 얼굴 성형으로 제2의 인생을 살아보겠다는 그녀의 굳은 의지를 꺾을 필요도 그럴 수도 없었다. 불행히도 그녀는 원하는 결과를 얻지 못했다. 재수술을 받았지만 그럴수록 그녀의 자존감은 한없이 떨어져만 갔다. 참 안타까운 일이었다. 여자라면 조금씩이나마 성형을 꿈꾸는 건 사실이다. 하지만 외적 아름다움과 높은 자존감을 위해 성형을 해서 얼굴이 인형처럼 예뻐지면 아름다움의 목적을 실현할 수 있을까.

"인간이라면 정신과 육체를 아름답게 디자인해야 하는 의무가 있다."라는 글귀가 떠오른다. 물론 다 그런 것은 아니지만 얼굴생김새에만 치중하는 사람의 속을 들여다보면 정신적인 디자인에는 관심이 없는 경우가 많다. 마치 눈, 코, 입이 내가 원하는 모양대로만 된다면 이 세상 모든 것을 다 가질 수 있다고 생각하는 것 같다. 성형 자체를 비판하는 것은 아니다. 다만 얼굴 성형은 의사에게 맡기면 마음 성형은 누구에게 맡길지에 대한 생각이 든다.

한 식당에서 밥을 먹고 있을 때의 일이다. 돌이 안 된 아이를 아기 의자에 앉혀놓고 수다 삼매경에 빠져 있던 한 엄마는 뚱뚱한 몸매에 얼굴엔 온갖 인상을 다 쓰고 있었다. 하지만 자신의 아기를 볼 때만큼은 포근한 엄마의 모습일 뿐이었다. 곧 아기는 바닥에 숟가락을 떨어뜨리고 음식을 엎고, 바닥은 떨어진 음식으로 난장판이 되었다. 점원 아주머니는 아기가 있는 테이블은 의례히 그렇다는 표정을 지으며 "이 녀석, 밥을 이렇게 먹으면 안 되지."라고 말했다. 상식대로라면 그 엄마는 수고해주시는 아주머니에게 미안하단 말을 했어야 맞았다.

그러나 그녀는 되레 자기 아이에게 그렇게 말했다며 기분 나쁘다는 표정을 지으며 앉아 있었다. 저런 상황에서 "어머, 정말 죄송해요, 아이가 아직 어려서……. 제가 치울게요."라고 말했다면 정말 예뻐 보였을 것이다. 주변 사람들도 그 엄마를 보며 혀를 차는 게 보였다.

우리는 얼굴 성형과 함께 마음 성형도 해야 한다. 정신을 디자인하지 않고 외향적 아름다움만을 가꾸는 것은 밑 빠진 독에 물 붓기와 다름없다. 그렇다면 마음 성형은 어떻게 해야 하는 것일까?

그 첫 번째로 '자존감 되살리기'라고 말하고 싶다. 예쁜 외모로 순간적으로 이성을 유혹할 수는 있을 것이다. 하지만 낮은 자존감으로는 장기적으로 상대를 유혹할 수는 없다. 얼굴이 아무리 예뻐도 자신이 얼마나 아름다운지 모르는 여자들이 있는가 하면 소박한 외모지만 맑고 깊은 눈빛으로 언제, 어디서나 당당한 여자들이 있다. 후자의 여자들은 자기 자신에게 솔직하고 자신이 원하는 것이 무엇인지를 알고 있다. 자신을 먼저 사랑하는 방법을 알기 때문에 자신만큼이나 다른 사람을 배려하는 것은 그들에겐 당연한 일이다.

《당신이 놓치고 있는 7가지 외모의 비밀》의 저자 마리 파신스키는 아름다움도 뇌로부터 나온다고 말했다.

"아름다움은 당신의 뇌가 최상인 상태, 즐겁고 의미 있는 일에 집중하고 있을 때 드러난다. 그렇다고 해서 특별한 사건이 있을 때만 완벽한 사진이 탄생하는 것은 아니다. 다만 당신이 흥미를 가지고 무언가에 열정을 쏟을 때, 마음으로부터 우러나오는 기쁨과 즐거움이 발산되는 그 순간, 당신의 아름다움이 빛을 발하는 것이다."

내가 원하는 일을 하고, 그 일에 만족감을 느끼며 사는 여자들은 자존감이 높고 아름답기까지 하다. 사랑에 빠진 여자나 자신이 좋아하는 일에 몰두하는 여자가 아름다워 보이는 것은 과학적으로 근거가 있는 사실이다.

나는 결혼 전에 큰 꿈은 없었지만 누구보다 당당하고 매사에 의욕이 넘치는 여자였다. 새로운 사람을 만나고 새로운 일을 하며 삶 자체가 즐거운 여행이라고 생각했다. 하지만 결혼하고 아이를 낳아 키우다 보니 내 얼굴 표정은 점점 굳어져 갔다. 사실, 아이를 낳았다는 이유 자체보다는 아토피로 고생하는 아이를 두고 나 혼자서만 행복할 수가 없었다. 아이가 건강해져서 행복한 아이가 된다면 나도 행복해지리라고 생각하며 아토피가 완치되기만을 기다리며 시간을 보냈다.

그 당시에 나는 누가 봐도 우울증 환자 같았다. 그도 그럴 것이 밤낮으로 아토피로 고생하는 아이와 씨름하려니 그럴 수밖에 없었다. 그때는 그런 상황만을 바라보며 나의 뇌에게도 기뻐하는 건 죄악이라는 감정을 전달했던 것 같다. 한마디로 한숨 쉬며 먼

산만을 바라보고 지내야 했다. 생활에 흥미는커녕 무슨 일에든 기뻐할 용기조차 생기지 않았다.

나의 삶에선 아이를 잘 키우고 싶은 욕망과 현실의 견디기 힘든 경험들 사이엔 큰 괴리감이 있었다. 아이에게 나의 모든 에너지와 시간을 쏟기엔 나의 뇌는 보다 더 고차원적인 자극을 원했던 것 같다. 그 당시 나는 한마디로 안 예뻤다. 볼은 늘어지고 눈은 푹 꺼져서 얼굴에 생기가 없었다.

중학교 때 글쓰기 학원에 다녔었다. 지금으로 말하자면 논술학원이었다. 학교가 끝나고 무거운 가방을 메고 글쓰기 학원에 가면 그렇게 마음이 편할 수가 없었다. 한 주에 한 권의 세계고전을 읽고 토론하는 시간이 신선한 자극이었고 참 재미있었다. 다른 친구들이 하지 않는 고차원적인 공부를 한다는 생각에 참 뿌듯하기도 했었다.

그때의 기억이 떠오르자 자연스레 책을 읽기 시작했다. 그때의 행복했던 기분이 나를 자연스럽게 책으로 인도했다. 책을 쓴 작가들은 나를 위해 존재하는 듯했다. 책 속에서 나는 무기력함에서 벗어날 수 있었고, 다시 세상 밖으로 나올 수가 있었다. 퀭하던 나의 눈빛은 다시 살아났고, 목소리에도 힘이 실렸다. 그리고는 이제는 내가 먼저 행복해져야겠다고 생각했다. '불행한 엄마를 보며 어떻게 아이는 행복하게 자랄 수가 있겠는가'라는 깨달음으로 그렇게 마음 성형을 하기 시작했다.

세상 밖으로 나와 나는 다시 행복한 '나'로 살기로 했다. 그러자 내 얼굴에서 광채가 났다. 나만이 볼 수 있는 광채였다. 실제로 지금은 비비크림만 발라도 얼굴이 맑아 보인다. 축 쳐진 얼굴 표정과 생기 없던 얼굴에 각종 색조화장품을 발라가며 커버하려 해도 드러나지 않던 아름다움을 다시 되찾게 되었다.

작가 토니 로빈스는 이렇게 말했다.

"우리는 우리의 인생을 바꿀 수 있다. 우리는 무엇이든 할 수 있고 가질 수 있으며 또 우리가 원하는 것이 무엇이든 그렇게 될 수 있다. 중요한 건 이를 실천에 옮길 열정이다."

우리는 더 예뻐질 수 있다. 나이가 먹으면 사라지는 아름다움이나 한순간에 지워버리면 없어지는 그런 아름다움만을 말하는 것이 아니다. 그런 아름다움은 사실 나를 위한 아름다움이 아니다. 나 자신을 사랑하고 나와 먼저 결혼해야 진짜 예뻐질 수 있다.

05
나만 바라볼 줄 알았다면
그건 착각이다

한 사람 곁에 머물면서 한결 같은 사랑을 받기란 결코 쉽지 않다.

– 안나 루이스 스트롱

나이 지긋한 여자들이 말한다.

"마음은 예전과 똑같은데 나이만 먹었다."

실제로 나이와는 달리 여전히 소녀다움을 간직한 분들이 있다. 나의 친정엄마는 예순을 바라보는 나이에 아직도 소녀의 풋풋한 모습이 보이신다. 소녀 같은 옷차림과 애교 섞인 말투는 보는 사람으로 하여금 기분이 좋아지게 만든다. 그런 엄마의 모습을 볼 때면 여자인 내가 봐도 여성적인 매력이 물씬 풍긴다. '내가 엄마 나이가 되면 저렇게 할 수 있을까'라는 생각도 든다. 그만큼 나이는 숫자에 불과하다는 말이 절실하게 다가온다. 젊어도 세상 다 산 사람처럼 축 처진 사람이 있는가 하면 나이와는 상관없이 활기찬 삶을 영위해가는 사람이 있다.

결혼 전의 사람들은 결혼을 하면 이성에 대한 호기심은 사라지고, 가정에 대한 의무와 책임감으로만 일관할 것이라는 추측을 한다. 보편적인 엄마, 아빠의 이미지를 그려놓고 전혀 다른 세상을 사는 사람들일 것이라고 생각한다. 나도 그랬었다. 결혼 전에 부모님을 떠올리면 질서, 헌신, 돌봄이라는 이미지를 그렸다. 당신들의 감정은 오로지 자식에 대한 사랑과 걱정만을 위해 존재한다고 생각했다. 자식인 내가 마치 부모님 삶의 영원한 주인공인 것처럼 행세했다.

결혼을 하고 보니 그것이 얼마나 잘못된 생각이었는지를 깨달았다. 결혼을 하고 아이를 낳았지만 내 자신은 그대로였다. 다만 세상은 나를 내 이름 대신 누구 엄마라고 부르기 시작했다는 것과 챙겨야 할 것들이 몇 배는 늘었다는 상황이 달라져 있었다. 지금도 가끔씩 아이가 "엄마!" 하고 부르면 내가 언제 이렇게 두 아이의 엄마가 되었나 싶기도 하다.

TV 광고에서 남편 챙기랴, 아이들 챙기랴 바쁜 여자의 일상이 나온다. 그녀는 아내와 엄마의 역할을 완벽히도 해낸다. 하지만 가족에 대한 사랑만으로 그 모든 일들을 감당해내기에는 벅찬 것도 사실이다. 힘겨운 모든 일과가 끝나면 엄마는 드라마를 보며 드라마 속 여주인공이 되어보기도 한다. 힘들고 지치는 일상을 뒤로 하고 원래의 그 풋풋한 매력을 가지고 있었던 여자가 되는 것이다. 결국 시간이 지나고 나이가 먹어도 여자는 여자고, 남자는 남자다. 사랑을 갈구하는 마음도 변하지 않는다.

"너무 사랑하는 사람과는 결혼하지 말라."는 말을 들은 적이 있다. 이유인즉슨 너무 사랑하더라도 그 흥분의 감정을 느끼는 사랑은 18~30개월밖에는 유지되지 않는다는 것이다. 현실적인 조건이나 가치관 등을 따지지 않고, 단지 설레는 감정으로만 결혼을 할 경우의 위험요소들을 생각한다면 맞는 말이기도 하다. 물론 흥분되는 감정의 시기가 지나고 동료애적인 사랑으로 잘 넘어갈 수 있다면 좋겠지만 그렇지 않은 경우가 많다. 배우자가 있는데도 불구하고 또 다른 호르몬적인 사랑을 찾아 외도하는 경우가 바로 그것이다. 마치 설레는 사랑이 인생의 유일한 목적인 것처럼 말이다.

한 여성은 시댁의 재산을 보고 지금의 남편과 결혼을 했다. 그러니 결혼생활이 행복하지 않았다. 출장을 자주 다니는 남편이 집에 없으면 다른 이성과 데이트도 스스럼없이 했다. 남편과의 정신적 교감 등을 무시한 채 경제적 여건만 보고 결혼한 그녀는 그렇게 하는 것이 그녀가 할 수 있는 최선이라고 생각했다. 아내로서의 역할만 다하고 자신의 인생을 살아야겠다고 생각했다. 그런 아내의 행동을 아는지 모르는지 남편도 시큰둥하기만 했다.

사실 최초의 결혼제도는 사랑의 결합체가 목적이 아니었다. 오히려 여자가 경제적 노동력의 제공자로서 여성 착취적인 형태를 띠고 있었다. 한 남자가 여러 명의 여자들을 차지할 수 없게 만든 것이 결혼제도로 발전된 것이다. 그렇다면 결혼의 원래 목적은 사랑과는 무관한 것이었다고 볼 수도 있다. 그도 그럴 것이 결혼제도가 사랑의 기준이 되는 것이라면 그 기준 자체가 너무 모호하다. 어쩌면 결혼은 한 남자와 한 여자를 제도 속에 묶어 놓는 것에 불과할 수도 있다.

결혼을 한다고 해서 사람의 호르몬이 변하지는 않는다. 그렇다면 결혼 후에도 다른 이성을 보는 것은 어쩌면 당연한 것처럼 여겨질 수도 있다. 하지만 가정은 남자와 여자 그 이상의 의미를 가진다. 제도적으로 묶여진 가족이 되는 것이다. 또 아이들이 태어나면 완전한 가정의 모습으로 변해간다. 남편과 아내는 아이들을 양육하며 그 안에서 인생의 희로애락을 경험한다. 그러면서 서로의 진정한 동반자가 되어가는 것이다. 우정을 나누고 동료애를 경험하며 한때의 짧은 감정적 사랑과는 비교할 수 없는 고차원적인 사랑의 결실을 맺게 된다.

얼마 전 남편과 아이들을 데리고 동물원에 갔다. 가끔씩 데이트 하는 젊은 남녀를 빼고는 거의 아빠와 엄마 그리고 아이들이 었다. 아들을 목마 태워 가는 아빠, 이제 막 걸음마를 뗀 아이를 쫓느라 정신없는 엄마도 보였다. 그런 가족들 사이로 센스 있게 차려 입은 늘씬한 여자가 지나갔다. 그럴 때 나의 시선은 주로 내 남편 혹은 다른 아빠들에게 가 있다. 그들의 반응을 보고 싶어서 이다. 아니나 다를까 그들의 눈빛엔 작은 동요가 느껴진다. 누군가 의 남편, 아빠가 아닌 한 남자의 눈빛을 볼 수가 있다. 하지만 어 쩔 수 없다. 나도 멋진 남자를 쳐다보니 말이다.

그것이 이성이든 동성이든 우리는 서로 안에 섞여 서로를 바라보며 산다. 그리고 비슷한 경험들을 무언으로 공유하며 살아간다. 다른 사람을 보며 내 자신을 바라보고, 나 또한 타인에게 그런 존재이다. 내 남편의 시선이 머무는 그곳처럼 나도 누군가에겐 그런 시선의 주인공이 될 수도 있다. 하지만 우리는 서로의 영역과 공간을 존중한다. 본능을 무시할 순 없어도 서로를 배려할 순 있다.

나이가 들어도, 결혼을 해도 다른 멋진 이성에게 동요되는 것은 어쩔 수 없다. 남편과 대화가 안 통해서 또는 삶이 답답해서 우리는 때로 본능에 나를 내어 맡긴다. 하지만 인생은 공평하다. 지금 내 옆에 있는 사람과 말이 통하지 않는다면 어떤 사람과도 진정한 소통을 하기 어렵다. 한때는 누구보다 내 맘을 잘 알아주던 그였지 않았던가. 말이 잘 통해 결혼했으면서 이제는 말이 안 통해 살 수가 없다고 한다.

　근육 많은 남자가 이상형이라면 내 남편을 근육남으로 만들어 보는 것은 어떨까. 자상한 남자가 좋다면 옆에 있는 남편에게 "나는 당신이 자상해서 좋아요."라고 말해보자. 그러면 어느새 최고의 자상한 남자가 내 옆에 있을 것이다. 남편이 무조건 나만 바라본다는 것은 비현실적일 수 있다. 하지만 나만 바라볼 수 있게 노력할 수는 있다. 손뼉도 마주쳐야 소리가 난다고 했던가. 서로를 위해 최고의 파트너가 되려고 노력할 때 아무도 모르는 우리 부부만의 환상적인 비밀이 생긴다.

　결혼생활은 전략과 스킬의 연속이다.

06
두근두근
달콤한 신혼생활?

결혼이란 단순히 만들어놓은 행복의 요리를 먹는 것이 아닌
행복의 요리를 둘이 노력해서 만들어 먹는 것이다.

– 피카이로

    지인의 결혼식에 왔다. 영원한 행복을 약속하는 듯한 모습의
웨딩사진과 영상도 준비되어 있다. 짤막한 주례와 커플의 친구들
이 깜짝이벤트로 공연을 한다. 식장의 다음 스케줄로 사람들은
분주해 보인다. 또 다른 스케줄이 있는 하객들은 식이 끝나기 전
에 자리를 뜨기도 한다. 준비된 뷔페 음식으로 식사를 하고 있으
니 식을 마친 부부가 인사를 하러 온다. 다시 한 번 축복의 메시
지를 날리고 사진도 함께 찍는다. 오늘도 하나의 부부가 탄생한
것이다. 신혼여행을 떠나는 커플의 뒷모습을 지켜보고 있자니 부
부의 행복하고도 파란만장한 미래가 기대된다.

결혼식의 첫출발에 대한 설렘과 함께 알콩달콩 보이는 신혼부부들처럼 행복하기만 한 시작을 했더라면 좋았겠지만 나의 경우는 전혀 그렇지 못했다.

신혼 초, 거실에 시계가 필요했던 우리 부부는 시계를 사기 위해 마트로 갔다. 벽 모서리에 걸어두고 사용하기에 360도 회전이 되는 시계가 참 유용하고 편리해 보였다. 디자인도 마음에 들어서 "이 시계가 괜찮은 거 같지 않아?"라고 물었다. 당연히 남편은 물건에 대한 안목이 있는 나의 말을 따라줄 거라 믿었다. 사실 그렇게 말한 것은 그 시계에 대해 상의를 한다기보다는 "이 시계 맘에 드니까 새 걸로 찾아서 카트에 집어넣어 달라."는 의미였다. 그런데 남편은 나의 의도와는 달리 "모서리에 걸면 지나가다가 부딪혀서 떨어질 것 같은데?"라고 대답했다. 어이가 없었다.

'그럼 닿지 않게 조금 더 높이 걸면 되는 것이 아닌가? 남자가 시시콜콜 따지기는……' 하는 생각이 들었지만 곧 마음을 가다듬고 이성적인 태도를 보이며 말했다. "그럼 당신 키보다 더 높이 달면 되지."라며 미소까지 지어보였다. "그렇게 해도 물건 들고 가다가 건드려질 것 같은데?"가 남편이 말이었다. 나에겐 남편이 말이 이 시계가 정말 마음에 안 든다기보다는 나의 모든 말에 반박을 하고 싶은 남편의 태도로밖엔 보이지 않았다.

'남자가 무슨 걱정이 이렇게 많지? 그렇게 걱정 많으신 분이 차 사고라도 나면 어쩌려고 위험하게 마트까진 어떻게 오셨대?'

나 혼자라면 내 맘에 드는 시계를 1분 만에 사고 맛있는 것도 먹고 있을 이 시간에 남편과 '훌륭한 시계란 어떤 것인가'에 대해 담론을 펼치고 있으려니 앞으로의 결혼생활이 막막하게만 느껴졌다. 아무 말 없이 카트에 시계를 집어넣고 남편을 아랑곳 하지 않고 앞장서가는 내 뒤에서 남편은 말한다.

"그 시계 나 못 달아준다."

우리는 거기서부터 엇갈렸다. 사실 거기서 엇갈렸다기보다는 남편의 꼼꼼하고도 걱정이 많은 성격이 이미 나에겐 많이 거슬리던 차에 시계 사건은 그간 쌓였던 불만의 물꼬를 트게 만들었다. 나의 결론은 이것이었다.

'저 사람은 성격이 아주 괴팍하고 여자를 사랑할 줄도 모른다.'

그리고 일어나지도 않은 일을 미리 걱정하는 사람과는 어떤 희망찬 미래도 꿈꿀 수가 없다. 사실 그 시계는 남편의 걱정 때문인지 5년 뒤 실제로 기다란 물건을 옮기다가 떨어졌다. 남편의 그런 부정적인 기운에 시계도 더 이상 버티지 못했을 것이다. 꿈꿔왔던 신혼생활은 달콤하기는커녕 지옥처럼 느껴졌다. 우리는 모든 것에 의견 차이를 보였다. 나는 남편이 사사건건 시비를 건다고 생각했고, 남편은 자기 의견을 존중해주지 않는다며 불만을 토로했다.

"내 인생에서 가장 후회되는 것이 있다면 그건 바로 오빠랑 결혼했다는 거야."
"그건 나도 마찬가지거든?"

신혼생활 내내 나는 결혼한 것을 후회했다. 같이 하면 더 좋을 줄 알았는데 오히려 더 불편하고 속박당하는 기분마저도 들었다. 서로의 생각과 의견만을 고집한 나머지 우리의 거리는 좀처럼 좁혀질 줄 몰랐다. 누가 먼저 한 발짝만 다가오면 될 텐데 그것이 너무 어렵다고 고집을 부렸다. 내 인생 최대의 적수를 만난 듯했다. 나의 모든 것을 사랑해주고 아껴줄 줄 알았던 그가 자기의 모든 것을 인정해주고 존중해주어야 한다고 말했다. 우리는 말 그대로 매일매일 피터지게 싸웠다

물론 알콩달콩 신혼을 즐기는 사람도 많다. 아마 오랫동안 연애를 한 커플들은 서로의 성격을 너무 잘 알아 싸울 일이 없을

수도 있다. 하지만 보통은 나와 같은 과정을 겪는다. 남녀가 결혼 생활을 함에 있어서 정상 범위를 넘어서는 경우가 아닌 일반적인 가치관이나 성격 차이로 인한 문제는 다행히 서로 노력한다면 해결되는 부분이 많이 있다. 점점 양보하다 보면 한 발짝씩 앞으로 가게 된다. 그러다 보면 어느 순간 딱 중간쯤의 위치에서 만난다.

이제는 나는 어떤 부분을 양보했고, 남편은 다른 부분을 참아주는 식으로 어느 순간 굳이 말하지 않아도 서로를 배려하는 사이가 됐다. 어느 순간에는 내가 남편처럼 말하기도 하고, 남편이 좋아하는 음식을 내가 더 좋아하기도 한다. 그래서 배우자를 고르는 데 신중을 가해야 하는 이유다. 미리 걱정하는 남편의 모습이 죽도록 싫었던 나도 쓸데없는 걱정을 일삼고 있을 때도 있다.

한 커플은 오랜 연애 끝에 결혼에 골인까지 하게 되었다. 별다른 문제도 없었고, 부모님이 주신 재산으로 경제적으로도 여유로웠다. 외국에서 유학을 한 아내는 외국인 친구들과 교제도 하면서 결혼으로 인한 제약 같은 건 전혀 받지 않는 것처럼 보였다. 그리고 그녀는 다른 이성과의 교제도 스스럼없이 했다. 자상한 남편에 남부러울 것 없는 그녀였다. 가치관이 의심스러웠다. 나는 조심스럽게 물었다.

"제가 보기엔 아주 행복한 결혼생활을 하고 계시는 듯한데 다른 이성을 만나는 이유가 뭐예요?"

그녀의 대답은 이러했다. 너무 오랫동안 연애하고 결혼을 했더니 싸울 일은 없지만 재미가 없다는 것이다. 그럴 법한 이야기였지만 그렇다고 그 재미를 채우기 위해 다른 이성을 만나는 것은 결혼의 의미가 상실된다고 생각한다. 결혼한 지 1년 된 부부라면 아직 신혼일 텐데 그녀의 표정은 결혼 10년 차는 되어 보였다. 편안함이라는 것도 있지만 뭔지 모를 권태로움이 느껴졌다. 남들 따라 결혼해서 남들 따라 바람도 피우나 보다.

그 부부에 비하면 나는 많이 다투긴 했어도 신혼다운 신혼을 보낸 듯하다. 나와는 맞지 않다고 포기하지 않고 하나가 되려고 노력이라도 했기 때문이다.

어느 날 남편과 또 한 번 심한 부부싸움을 했다. 남편은 속상해서 집을 나가고 나 혼자 남겨져 문득 시어머니에게 전화를 해야겠다는 생각이 들었다. 남편에 대해 속상했던 사실을 말씀드리면 어머니가 나를 위로해주실 거라는 기대에서였다. 그리고 남편과 화해할 수 있도록 도와주실 거라 믿었다.

"어머니, 오빠 성격이 정말 이상해요. 오늘 부부싸움을 했는데요……."

내 말을 듣고 계시던 시어머니는 말씀하셨다.

"그렇게 힘들면 이혼해라."

내가 이혼하겠다면 말려주실 줄 알았던 시어머니는 오히려 당신도 속상하셨던지 그렇게 말씀하셨다. 우리 부부가 정말 이혼을 한다고 해도 말려 줄 사람이 없다는 것을 깨달았다. 마치 누군가 내 결혼을 책임져줄 것이라고 생각했던 걸까. 아이 같은 생각을 하고 있던 나였다. 이 모든 게 내 책임이고 내가 해결해야 한다는 것을 깨달았다.

몇 시간이 지난 후 남편에게 "오빠, 일단 집에 들어와……. 나 마음 가라앉혔으니까 우리 얘기 좀 해."라는 메시지를 남겼다.

처음부터 완벽하게 맞아 떨어지는 커플이 있을까? 모든 일을 새로 시작할 때는 적응시간이라는 것이 필요하다. 결혼은 1+1=2 가 아니라 0.5+0.5=1이다. 결혼 전까진 내가 완벽한 한 사람이라고 알고 있었지만 막상 다른 하나의 사람과 살아보니 나는 반쪽이었음을 깨닫게 됐다. 내가 완벽한 하나라고 고집할 때 다른 사람과 진정한 하나가 되기가 어려운 것이다.

그 사람이 있어야만 내가 완성된다는 것을 먼저 인정해야 한다. 그러면 어느 순간 내 길과 상대방이 걷던 길 중간쯤에서 손을 잡고 둘만의 새로운 길을 만들 수 있다. 그리고 진정한 하나가 된 것에 행복할 수 있게 된다. 결혼 전 반쪽인생으로 살았던 그 시간들이 잘 기억날지 않을 정도로 이제는 누군가와 하나가 된 것이 너무나도 익숙하고 소중하게 느껴진다. 적응기를 잘 거친 부부가 겪는 성스러운 경험인 것 같다.

이제 어느덧 결혼 9년 차가 된 우리 부부는 말하지 않아도 서로의 마음을 안다.

"오늘 나가서 뭐 먹을까?"
"해물찜!"
"내가 그거 먹고 싶은 거 어떻게 알았어?"
"원래 비 오면 자기 해물찜 먹고 싶어 하잖아!"

세상에 다투지 않는 부부가 있을까. 특히 신혼 초에는 서로를 알아가기에 바쁘다. 그 시간을 잘 넘기면 진정한 하나가 될 수 있다는 것을 기억했으면 한다. 행복한 부부가 되기 위해서는 다투며 서로를 알아가는 시간은 힘들긴 해도 꼭 필요한 시간이다.

배우자의 모든 것을 이해해주고 받아주면서 하나가 되라는 이야기가 아니다. 내가 좋아하고 싫어하는 것을 남편에게 명확히 인지시키고 대신 배우자의 입장도 존중해줘야 한다. 그렇게 시행착오를 겪다 보면 어느새 하나가 되어 있는 모습을 발견할 수 있을 것이다.

　결혼생활에 피해갈 수 있는 시행착오란 없다. 오히려 그 시행착오가 있음을 인정하고, 그 힘들 수도 있는 시간을 잘 지나갈 수 있는 지혜와 마음가짐이 필요하다.

07

우리는 왜
결혼한 사람이 부러울까

행복한 결혼의 비결은 간단하다.
그것은 가장 절친한 친구들을 대할 때처럼 서로 예절을 지키는 것이다.
– 로버트 킬렌

결혼 전에 다니던 회사의 한 언니는 참 차분하고 단아한 이미지였다. 나보다 두어 살이 많았던 그 언니는 나에게 선망의 대상이었다. 회사 내에서도 남편과 메시지를 주고받으며 행복한 신혼생활을 보내는 것처럼 느껴졌다. 기념일에 언니의 남편은 회사로 꽃다발을 보내는가 하면 전화기 너머로 들리는 목소리에도 아내에 대한 사랑이 가득했다.

26살, 꽃다우면서도 어리숙한 나에겐 언니의 그런 삶이 부러울 따름이었다. 언니의 꿈같은 결혼생활은 단아하고 청순한 여자의 전유물처럼 느껴졌다. 그 당시 한창 결혼을 준비하고 있었던 나는 궁금한 점이 생기면 무조건 언니에게 상담을 요청하곤 했었다. 그때마다 언니 예상과는 달리 일찍 결혼하려는 나를 말리곤 했었다.

"네가 뭐가 아쉬워서 벌써 결혼을 하려고 해. 너의 인생을 좀더 즐기고 나중에 해도 늦지 않은데……."라는 말을 들을 때마다 나는 "언니도 내 나이에 결혼했잖아요. 언니는 너무 행복해 보이는데, 왜 내 결혼은 말리는 거예요?"라고 반문하곤 했었다. 마치 "난 행복하지만 너는 행복하지 않아도 돼."라고 말하는 것 같았다. 나에겐 언니가 하는 말의 의미보다는 행복함이 묻어나는 그녀의 겉모습만 보였을 뿐이다.

회식이 있던 날이었다. 다음날이 주말이라 모두들 늦은 밤까지 시간 가는 줄 모르고 수다를 떨었다. 수다의 주제는 결혼생활이었다. 결혼한 선배들은 시댁 얘기며 남편, 육아 등 그간의 쌓였던 스트레스를 풀기에 여념이 없었다. 그러나 나에겐 다른 세상의 이야기였고 그다지 흥미롭지도 않은 이야기들이었다. '그렇게 힘든 결혼은 왜 했을까?'라는 허무맹랑한 생각만 하고 있었다.

"남편과의 문제가 있으면 대화로 풀면 되고, 시어머니와의 갈등은 그냥 아랫사람으로서 언니가 잘하면 되지 않나요? 아이에게는 충분한 사랑만 주면 되고……."

현실 감각이 전혀 없는 나의 조언 아닌 조언이었다. 마치 내 자신이 최고의 도덕성을 갖춘 현자처럼 느껴졌다. 결혼생활은 아직 겪어보지도 않은 내가 수많은 현실적인 문제들을 안고 있는 유부녀에게 무조건 이해하면 해결된다는 식이었다. 무식해도 그런 무식이 없었다.

사실 결혼한 그녀들은 누군가로부터 해결책을 원하는 것은 아니었다. 이미 답을 다 알고 있으면서 푸념하며 스트레스를 해소하는 것뿐이다.

회식이 끝나고 각자 집으로 돌아갈 시간이 되었다. 늦은 밤 혼자서 아무도 없는 자취방에 들어갈 생각을 하니 막막했다. 결혼한 언니들은 남편들이 데리러 왔다. 인생한탄을 할 땐 언제고 보란 듯이 남편 팔짱을 끼고 사라졌고, 난 그런 모습이 부러웠다.

그리고 나도 얼마 뒤 바로 결혼을 했다. 자주 만나던 후배들에게 남편을 소개시켜주기로 했다. 그녀들은 모두 꽃다웠지만 어리숙한 미혼이었다. 나와 남편의 주위를 빙 둘러 앉아 우리의 일거수일투족을 관찰하며 즐거워했다. 결혼을 제일 늦게 할 것 같은 1순위에 들었던 내가 제일 먼저 결혼을 했으니 그녀들에겐 한 남자의 아내가 된 내가 신기했나 보다. 남편은 내 입에 음식을 넣어주고 옷에 묻은 먼지를 털어주기도 했다. 내심 자랑스럽게 여겨졌던 나는 그런 남편의 행동이 좋으면서도 귀찮은 듯한 제스처를 취했다. 그런 제스처가 그녀들에겐 더 큰 부러움의 대상이 되었다.

남편은 식사를 계산하고 내 어깨에 손을 올렸다. 나는 후배들에게 눈인사를 한 뒤 먼저 자리에서 나왔다. 내가 한때 그리던 모습이었다. 집에 돌아온 후 남편은 하던 일을 하러 방으로 들어가고 나는 밀린 빨래를 하고 잠이 들었다.

다음 날 후배들과 대화를 나누는 단체 채팅방을 열어보았다. 전날 밤 나와 내 남편이 떠난 후 그녀들은 남은 에너지를 모두 쏟아내어 즐거운 시간을 보낸 듯했다. 남편이 나의 외출을 말린 것도 아닌데 이제는 자유가 없다는 생각에 서글픈 생각이 들었다. 친구들과의 자리에서 꿈꿔왔던 남편의 팔짱을 끼고 유유히 사라지는 모습까지 보여줬는데도 행복하지가 않았다.

결혼한 사람들이 흔히들 말한다.

"너도 한 번 해봐. 결혼은 해도 후회 안 해도 후회야."

모든 인생의 노하우는 경험으로부터 나온다. 실제의 경험 속에서 지혜가 나오고 세상을 바라보는 안목이 생긴다. 하지만 젊은 미혼 여성들에겐 이런 말이 잘 들리지 않는다. 보여지는 안정과 행복 대신 그 뒤에는 감당해야 하는 역할이 있다는 것을 몰랐던 것도 아닌데 막상 그것이 현실이 되고 보니 생각보다 무게감이 더 크게 느껴졌다.

나이가 많은 여자여도 미혼이라면 결혼생활에 대해 추측은 할 수 있을지라도 실체는 알지 못한다. 지인 중에 마흔이 조금 넘은 미혼 여성이 있다. 그 나이에도 불구하고 어느 젊은 여자 못지않게 여전히 매력적이다. 물론 요즘은 그 나이가 많은 나이도 아니다. 한창 요즘 나이 계산법이 화제가 되어 농담 삼아 "난 아직 20대!"라며 좋아한 적이 있었다.

아이를 둘이나 길어 투박해진 내 손에 비해 그녀의 손은 얼굴에 메이크업을 하고 예쁜 옷을 고르는 그런 손이다. 내 손은 바빠 움직이지만 그녀의 손은 언제나 우아한 듯 천천히 움직인다.

그런 그녀도 나의 결혼생활을 부러워했다. 매너 있는 남편의 모습, 해맑은 아이들, 언제나 시름 한 점 없어 보이는 내가 그녀에게는 완벽한 결혼생활을 하는 것처럼 보였기 때문이다.

그런 순간의 장면들이 미혼녀들에게는 결혼 전체의 이미지로 남는다. 특히나 그런 장면 속에서 여자가 "나 정말 행복해."라고 말하기라도 한다면 그것을 본 미혼녀는 결혼에 대해 환상을 가질 수밖에 없다. 그리고는 미래에 자신의 남편과 아이들과 함께 영원히 행복한 모습만 상상하기 쉽다.

사실 결혼은 행복이다. 하나가 둘이라서 행복이고, 그 둘이 힘을 합치니 더 큰 힘이 생겨 행복이고, 큰 힘으로 더 큰 그림을 그릴 수 있어 행복이다. 그런 순간이 오면 남편의 몸이 내 몸이 되고 남편의 마음도 내 마음이 된다. 그만큼 서로를 아끼고 위해주는 사이가 된다. 하지만 그런 행복에 이르기까지 우여곡절을 거치지 않은 부부는 없다. 최악의 경우에는 결혼생활이 끝없는 우여곡절의 연속이 될 수도 있다.

예식장에서 예쁘게 웨딩드레스를 입은 신부를 보고 친구들은 환호성을 지른다. 앞으로 펼쳐질 신부의 우여곡절 스토리를 알기나 하는 건지 싶다. 어쩌면 신부 자체도 모를 일이다. "앞으로 수많은 역경이 있어도 잘 해결해서 꼭 함께하는 부부가 되길 바란다."라고 축복해주는 친구는 없다.

나는 이제 결혼 9년 차 신부이다. 목욕탕에서 만난 할머니들은 나를 아직도 새댁이라고 부른다. 정말 새댁일 때는 그 단어가 그렇게 어색할 수가 없었다. 그런 소리를 들을 때마다 그 단어가 어색해 대답도 못하고 우물쭈물했다. TV에서 보면 결혼해서도 얼마 동안은 한복을 입고 앞치마를 두른 새댁의 모습이 떠올랐기 때문이다.

그러나 지금은 그 소리가 나에게 듣기 좋게 들린다. 옛날 어른들이 이제 갓 시집온 여자에게 부르던 말을 나에게도 불러주시니 내가 아직 풋풋하긴 한가보다. 내가 결혼생활을 10년을 더 해도 할머니들에게는 풋풋한 새색시로 보일 것이다.

남편과의 불화, 아토피로 고생하는 아이로 괴로워하는 나에게 어느 날 아빠가 말씀하셨다. 산전수전 중 '산'을 겪은 것뿐이라고.

어른들 눈엔 아직 싱그럽고 모르는 것이 더 많은 결혼 9년 차, 처음보다 많이 배우고 성장한 것이 느껴진다. 앞으로 내 인생에 그리고 내 가정에 어떤 좋은 일들이 펼쳐질지 기대된다.

08
남편의 효심을
적극 칭찬하라

아내는 변함없는 복종을 통하여 남편을 지배한다.
– 토마스 플러

대학동창 K에게 전화가 왔다. 나보다 결혼을 뒤늦게 한 그녀는 종종 결혼생활에 대해 푸념하고 싶은 일이 생기면 나에게 전화를 걸어 하소연을 늘어놓곤 한다. 출산한 지 얼마 되지 않은 그녀는 육아휴직을 낸 상태였다.

"주말이면 남편에게 아이를 좀 맡기고 쉬고 싶은데 매주 시댁을 가야해."

손주가 보고 싶으시다는 시부모님 말씀에 남편은 주말이면 시댁 갈 준비부터 한다는 것이다. 아이를 돌보느라 지친 아내를 위해 배려해서 가끔은 남편이 아이만 데리고 가주면 좋겠지만 남편은 혼자 가기를 꺼려한다고 했다. 그런 남편의 부탁을 거절할 수 없다는 친구의 말이다. 매주 손주를 보고 싶으시다는 시부모님, 혼자 가면 면이 안 선다는 남편을 위해 친구는 배려만을 해야 했다.

"사람이 참 예의 바르고 성실해서 좋았는데 이런 일로 나를 힘들게 할 줄은 몰랐어. 이제 주말이 오는 게 너무 싫어. 시댁을 가니 안 가니 하며 싸우는 것도 너무 힘들고 말이야."

그녀의 남편이 적당히 알아서 중재를 하면 금상첨화겠지만 남편은 아예 그럴 생각조차 없는 듯이 보였다. 그저 마냥 부모님의 말에 따르는 것이 그의 도리라 생각하는 것 같다. 이제 친구는 그런 시댁부모님에게 그 어떤 존경이나 사랑보다는 오히려 미움만 남았다고 한다.

남자나 여자나 결혼하고 나면 이상하게도 전과는 다르게 효자, 효녀가 되는 것 같다. 캥거루족이라 하여 나이가 30대가 되어도 부모님 뒷바라지 받으며 생활하거나 내 밥벌이 겨우 하며 효도의 '효' 자도 모르던 사람들이 결혼을 한다. 그나마 여자는 결혼 전 부모님과 조곤조곤 이야기라도 하며 작은 효도의 미덕을 발휘했지만 남자는 그마저도 아니다. 밥 먹고 나면 방에 가서 자기 할 일을 하거나 식사할 때조차 아들만 있는 집의 분위기는 썰렁 그 자체이다.

그런 아들들이 결혼을 하고, 아내와 아이들이 생기면 이야기는 달라진다. 지금까지 못 한 효도를 일순간에 풀어내기라도 하듯 시부모님 앞에서 말도 많아지고 못할 말도 서슴없이 펼쳐낸다. 그것도 혼자 조용히 하면 좋으련만 아내와 아이들을 대동해 소소한 일들을 빅뉴스 거리로 만들어 아내를 당황케 한다. 아무리 시부모님이라 하지만 나의 사생활이 드러나면 민망하기 마련이다.

사실 나를 낳아주시고 길러 주신 부모님께 잘하고 싶은 마음은 누구나 같다. 효심 자체는 나무랄 것이 아닌 오히려 존중의 대상이 된다. 친구의 남편은 결혼을 해서 효자가 된 것은 아닐 것이다. 다만 결혼 전에는 그것을 어떻게 표현해야 할지 몰랐을 뿐이다.

그런 그가 결혼을 하니 하나부터 열까지 세세하게 설명하고 자신의 부모님과 소통을 하는 아내를 보며 기뻤을 것이다. 그리고 그도 몰랐던 사소한 것에 감동받고 좋아하시는 부모님을 보며 만족했을 것이다. 그리고 이제는 이렇게 성장해서 가정을 이루어 잘 살고 있는 모습을 보여드리고 싶은 마음도 있지 않았을까? 남편은 어쩌면 아내의 도움이 필요했을 수도 있다.

남편 입장만을 옹호하기 위함은 아니다. 그런 남편을 이해하려고 노력할 때 해결점은 보이기 마련이다. 어차피 한평생 같이 할 사람이라면 최소한의 노력은 필요하기 때문이다.

"잘되면 내 탓, 못되면 조상 탓."이라는 말이 있다. 우리는 누군가의 손길과 정성, 사랑으로 자랐다. 그렇게 어른이 된 것이다. 부모님의 은덕을 잊고 살다가 똑같이 부모가 되면 그 사랑을 깨닫게 되기도 한다. 그렇다고 잘못된 방식의 효심을 배우자라는 이유만으로 맞춰줄 필요는 없다. 부모님을 기쁘게 해드리기 위해 아내에게 무조건적인 희생과 동행을 요구하는 것은 이기적인 행동이다. 또 나의 효심으로 반대편 배우자에게도 희생을 요구해서는 안 된다. 효심 자체에 대한 논쟁보다는 서로의 입장을 적절히 풀어나가는 지혜가 필요하다.

나는 결혼 직후 시어머니께만 매달 용돈을 드리는 남편을 보고 많이 서운한 적이 있었다. 기왕 드리는 거 부모님께도 같이 드리면 좋으련만 아직 결혼에 대한 현실적인 감각이 부족했던 남편은 그런 내 마음을 이해하지 못했다. 이유인즉 결혼 전부터 드렸기 때문에 어쩔 수가 없다는 것이다. 그러니 친정 부모님께도 드리고 싶으면 생활비에서 나누어 드리라고 말했다. 시댁 용돈은 원래 정해져 있는 것이고, 친정 쪽의 용돈은 여유가 생기면 드리는 옵션이었다.

당시 경제 활동을 하고 있지 않던 나는 크게 항변할 수는 없었지만 그 일로 몇 개월 동안 남편과의 조용한 분쟁을 했었다. 남편은 그것을 지금까지 해오던 관행 정도로 여겼지만 나에게는 불평등한 부부관계의 단편으로밖에는 느껴지지 않았다. 그리고 부모님께 괜한 죄책감마저 느껴졌다. '내가 직장을 관두지 않고 계속 일을 했다면 이런 일로 이렇게까지 속상하지는 않았을 텐데……' 하는 생각이었다.

나의 생각은 점입가경으로 흘렀다. 죄책감과 자격지심이 나를 옭아매었다. 그렇다고 아직 건재하신 부모님을 위해 생활비의 일부를 떼어 드린다는 것은 억지 같았다. 이러지도 저러지도 못하는 상황이었다. 남편이 내 마음을 헤아려주면 좋으련만 그러지 못하는 그가 원망스러웠다.

시간이 지나고 두 아이의 아빠가 된 그는 이제 내 마음을 헤아려 주는 사람이 되었지만 그때는 참 답답했다. 그때 나에게 누군가가 그 문제를 해결할 수 있는 지혜를 주었더라면 그렇게 오랜 시간을 다투며 낭비하지 않았을 수도 있다.

지금 생각해보면 남편의 그런 행동은 그의 논리로서는 맞는 것이었다. 남자는 이론적이고 논리적으로 생각을 하는 반면 여자는 관계중심으로 사고한다고 한다는 말에 공감한다. 남편의 말은 "나는 드리던 거 계속 드릴 테니 너도 드리고 싶으면 드려라."의 의미였다. 반면 나는 "내 부모님도 나 키우시느라 힘드신 거 맞는

데 남편으로서 나를 위해 먼저 챙겨드리자고 말하면 좋겠다."가 된다. 결국은 효심의 문제보다는 생각하는 방식의 차이였다.

우리는 사실 알게 모르게 서로에게서 배워나간다. 아내는 남편으로부터 논리적인 사고를 배우고, 남편은 아내로부터 인간의 감정에 기초한 사고들을 배워나간다. 설익고 떫었던 감이 맛있게 익어가듯 부부는 그렇게 영글어간다.

얼마 전 시어머니의 칠순 생신이었다. 축하금을 준비하는 남편에게 나는 말했다.

"조금 더 챙겨드리는 게 어때? 칠순 생신이 여러 번 있는 것도 아닌데……."

경제적 상황이 안 좋아진 상황에서 그렇게 말하는 나를 보고 남편은 아무런 대꾸는 하지 않았다. 하지만 남편이 속으로는 기뻤으리라는 것을 안다. 자기 부모님에게 잘하고 싶지 않은 사람이 어디 있을까. 내 부모님에게 효도하고 싶으면 배우자의 효심도 기뻐할 줄 알아야 한다.

내 또래의 요즘 여자들은 시대의 '시'지만 들이기도 싫어한다. 남편이 처갓집 '처'만 들어도 머리가 아프다면 기분이 어떨까 싶다. 나도 '시' 자가 들어가는 단어에 민감해하고, '시월드' 때문에 가슴앓이 한 여자다. 하지만 내가 싫어할수록 나에게 도움 되는 것은 없다는 것을 깨달았다. 최소한 좋아하는 척이라도 할 수 있는 센스를 발휘해보자. 어느 순간 '시월드'를 즐기는 나를 발견할 수 있다.

인정하고 싶지 않더라도 부부는 둘이면서 하나이다. 그만큼 나에게는 이제 부모님이 또 생긴 것이다. 매주 가는 시댁이 힘들다면 남편에게 불만을 토로하는 대신 "쉬고 싶다."고 말하는 것은 어떨까.

딸 같은 며느리의 면모를 보일 수는 있어도 진짜 딸이 될 수는 없다. 며느리로서의 적절한 예절과 매너를 가지면 된다. 시댁은 벗어나려 하면 할수록 나를 더 옭아매는 존재이다. 벗어나지 못할 바에 아예 풍덩 빠져 그것을 즐겨 보는 것은 어떨까. 그때 우리는 진정한 결혼생활의 자유를 느낄 수 있다.

"피할 수 없으면 즐겨라!"

Chapter
4

결혼,
아는 것이
힘이다

결혼 전에는 미처 몰랐던 것들

01
혼자가 외롭다면
결혼하지 마라

내가 존재하는 목적은
단 한사람에게 필요한 사람이 되기 위해서이다.

– 비 파트낭

여 : 우리 결혼이나 할래요?

남 : 네? 지금 결혼이라고 하셨어요? 저야 좋지만 너무 갑작스
러워서……. 그럼 우리 지금부터 사귀는 건가요?

여 : 네. 지금부터 사귀는 거예요.”

남 : 그럼 부모님께 먼저 인사를 드리러 갈게요. 날짜 정해서
알려주세요.

한 달 후 상견례를 하고 얼마 지나지 않아 두 남녀는 결혼식을
올렸다. 여자는 결혼 전 너무 외로웠다. 회사를 다녀도 친구들을

만나 어울려도 그녀의 깊은 외로움은 사라지지 않았다. 그녀를 제외한 모든 사람들은 행복해보였지만 그녀는 그렇지 않았다.

'결혼하면 외롭지 않을 거야. 나만 사랑해주고 나의 모든 것을 이해해주는 그런 사람과 함께 한다면 얼마나 좋을까?'라는 생각에 그녀는 자신을 좋아해주는 남자에게 먼저 결혼하자고 말해버렸다. 그리고 그녀의 말이 끝나기가 무섭게 결혼식은 빨리 진행되었다.

이제 가장이 된 남자는 이 여자를 그리고 이 가정을 책임져야 한다는 생각에 전보다 더 열심히 일에 매진했다. 여자는 남자에게 그녀의 외로움에 대해 끊임없이 호소했지만 돌아오는 것은 이해 불가라는 남자의 표정뿐이었다.

남편은 아내만 바라보며 열심히 일했지만 아내는 그럴수록 더 외로움을 느꼈다. '결혼하면 외롭지 않을 줄 알았는데, 왜 더 외로울까?'라고 생각하며 우울해했다.

세상에 외롭지 않은 사람이 있을까? 그러나 유독 극도의 외로움에 시달리는 사람들이 있다. 누가 나를 알아주었으면 하는 생각, 나를 이해해주었으면 하는 생각은 나를 더 외롭게 만든다. 나만의 생각에 갇혀서 나만 외롭다고 생각하기 때문이다. 그 상태로는 외로움에서는 절대 벗어날 수가 없다. 시선을 돌려 내가 아닌 상대방을 살필 줄 안다면 외로움은 저절로 사라질 텐데 자신의 마음만 중요하게 생각하는 사람들이 종종 있다.

엄마 없이 자란 한 남자는 결혼해서 아내가 차려주는 따뜻한 아침식사를 하는 것이 소원이었다. 학교 다닐 때 다른 친구들의 속사정은 모른 채 엄마가 있다는 이유만으로 다른 모든 친구들이 그의 부러움의 대상이었다. 말로 표현하거나 드러내지는 않았지만 엄마의 부재가 가장 큰 상처였다. 친구가 밤새 게임을 하고 엄마한테 구박을 받고 학교에 왔어도 엄마가 해주는 따뜻한 아침밥을 먹고 온 친구들의 배는 항상 든든해보였다. 그런 그가 성인이 되어 사귄 지 얼마 되지 않는 여자 친구에게 말했다.

남 : 결혼하면 아침은 꼭 차려줘야 해. 난 그런 여자가 좋아.
여 : 아침 차려주는 여자가 이상형이야? 내가 아침 차려주면 자기는 나한테 뭐 해줄 건데?
남 : 글쎄? 아침 차려주는 게 무슨 대가가 필요한 거야? 남편한테 그 정도도 못 해주는 거야?
여 : 결혼하면 저절로 그렇게 될 수 있겠지. 그런데 강요받는 기분이 들어서 기분은 좋지 않아.

자신의 결핍을 누군가가 채워주길 원하는가? 나의 외로움과 결핍은 나만이 해결할 수 있다는 것을 알아야 한다. 외로움은 또 다른 외로움을 낳고, 결핍은 또 다른 결핍을 낳는다. 요즘 세상에 아침에 일어나 밥 달라는 남자를 좋아할 여자는 없다. 밥을 차려주는 것이 싫어서가 아니라 자신을 밥 주는 여자로 바라보는 시선이 싫은 것이다. 본인이 상대방에게 원하는 점을 결혼의 조건인 양 들이댄다면 영문도 모르는 여자는 오해할 수밖에 없다.

세상에 대가 없는 일이 있을까? 자신의 결핍을 채우면 아내의 결핍은 어떻게 채워줘야 할지를 먼저 고민해 보아야 한다.

결혼 전 나는 도도해 보인다는 말을 많이 들었다. 그런 말을 들어서인지 더더욱 나는 외부적으로 강한 이미지를 연출해내곤 했다. 그런 나를 사람들은 자신감 있는 여자로 바라보았다. 하지만 사실 나는 내면의 외로움과 나약함이 들통 날까 두려웠다. 그래서 더더욱 강한 사람인 것처럼 행동했다.

그렇다고 외로움이 사라지진 않았다. 그래서 누군가 조금이라도 내 말에 귀기울여주는 사람이 있으면 그 사람에게 흠뻑 빠져버리곤 했다. 좋은 사람의 기준이 내 마음을 이해해주는 사람이었다. 그런 이유로 모든 관계가 소극적일 수밖에 없었다.

인형가게에 예쁜 인형 하나가 진열되어 있다. 예쁘지만 참 외로운 인형이다. 예쁜 외모에도 불구하고 사람들은 그 인형을 사지 않았다. 오히려 옆의 우락부락하게 생긴 인형이나 재미있게 생긴 인형들은 잘도 팔려 나간다. 누군가에게 선택을 받은 우락부락한 인형은 마지막 인사를 하며 "잘 있어, 친구들! 난 이제 새로운 친구와 즐거운 인생을 살 거야. 그 친구를 웃겨 주고 항상 옆에서 지켜주는 그런 친구가 될 거야."라고 말했다.

예쁜 인형은 생각했다.

'나를 데려갈 주인은 누굴까? 난 왜 이렇게 예쁘게 만들어졌을까? 사람들은 예쁜 인형을 좋아하지 않나 봐.'

자신을 찾는 사람이 없자 예쁜 인형은 자신의 예쁜 외모마저 탓하게 되었다. 이상하게도 시간이 지나도 그 인형을 사가는 사람은 없었다. 예쁘고 보기엔 좋지만 가격이 너무 비싸고 관리하기도 힘들어 보였기 때문이다.

나는 그런 예쁜 인형이었던 것 같다. 내가 먼저 다가가기보다는 그 사람이 나에게 먼저 다가와 주길 바라고 나를 알아주었으면 좋겠다는 생각을 했다. 외로움은 또 다른 외로움을 끌어당기는지 그런 나에게 사람들은 잘 다가와 주질 않았다. 너무나 도도해 보여서일까? 자기가 아니어도 내 주위엔 많은 사람들이 있다고 생각하는 것 같았다. 사실 나는 그 사람이 다가와 주길 원하고 있는데도 말이다. 내 안에 꽁꽁 감춰둔 외로움을 사람들은 알 리가 없다. 나의 외로움에만 갇혀 다른 사람들을 돌아보는 건 꿈조차 꾸질 못했다.

인생은 내가 만드는 연극이다. 연출도 내가 하고 주인공도 내가 한다. 내가 어떻게 만드냐에 따라 희극이 될 수도 비극이 될 수도 있다. 누가 나를 안아주고, 나만 바라봐주길 원하는가?

그러면 내가 먼저 그 사람을 안아주고, 누군가를 오랫동안 바라봐주는 것은 어떨까. 그런 사이 어느새 내 안의 외로움도 사라질 것이다. 주면 받게 되어 있다. 좋은 친구나 남편감을 바라지 말고 좋은 친구가 되어주고 좋은 아내가 먼저 되어주어야 한다. 외로워서 결혼하면 더 외로워지고, 행복한 마음으로 결혼하면 더 큰 행복을 누릴 수 있다.

다이어트를 예를 들어 뚱뚱한 내 자신이 싫어서 살을 빼면 순간적으로는 날씬해지더라도 금방 다시 요요현상이 찾아온다. 하지만 나의 몸을 건강하고 탄탄하게 만들 생각으로 운동을 하면 다이어트는 기본이고 아름다운 몸매를 갖게 된다. 빈곤은 더욱 극심한 빈곤을 낳고, 풍요는 더욱 거대한 풍요를 끌어당긴다는 인생의 법칙을 깨달아야 한다.

완벽한 인생은 없다. 때로는 헝클어진 머리로 재미를 선사하는 사람이 되어 보는 것은 어떨까. 나의 외로움보다는 다른 사람이 얼마나 외로운지 먼저 생각한다면 당신은 이미 외로운 사람이 아니다.

02
경제권은
누가 맡는 게 좋을까?

살림을 못하는 여자는 집에 있어도 행복하지 않으며
집에서 행복하지 못한 여자는 어디를 가도 행복할 수 없다.

– 톨스토이

결혼을 하면 합쳐야 할 것이 몇 가지가 있다. 그중에 하나는
바로 돈이다. 합리성을 추구하는 요즘 세대의 사람들에게 부부사
이의 경제권에 대해 묻는다면 "편하게 각자가 번 돈 스스로 관리
하면 되지 않나?"라고 말하기도 한다. 둘 다 똑같이 비슷한 연봉
을 받으며 회사를 다닌다면 합리적일 수 있다. 하지만 여자가 일
을 안 하거나 더군다나 아이 하나 낳고 나면 이야기는 달라진다.
내 한 몸만 챙기고 끝나지 않기 때문이다.

결혼 전에는 내가 쓰는 화장품이나 옷을 사고 남은 돈은 저축
을 하면 됐었지만 결혼하고 나니 나에게 쓰는 돈은 거의 없는데

도 살림살이는 빠듯하기만 하다. 혼자 벌어도 남았던 돈이 둘이 벌어도 모자란 형편이 된다. 한마디로 규모의 판이 커지게 된다. 하나가 둘이 되면 판은 두 배가 되어야 하는데 세 배, 네 배로 의도치 않게 커져만 간다. 결혼을 했으니 자녀를 키우는 데 드는 비용은 물론 자식 노릇, 각종 경조사 등 돈 써야 할 곳은 끝이 없다.

증권회사에 다니던 남편은 보통의 직장인에 비해 비교적 연봉이 높았다. 26살, 흔히들 말하는 아무것도 모르고 순진했던 나는 내 연봉의 두세 배가 되는 남편이 존경스럽기까지 했다. 아가씨의 계산상 이만큼을 써도 저만큼씩이나 남으니 세상 최고 부자가 된 것 같은 느낌이 들었다. 그리고 똑같이 아무것도 모르는 순진한 친구들에게 자랑을 하고 다녔다. 그러고는 때로는 먼저 결혼한 인생 선배로서 훈수를 늘어놨다.

"혼자 뼈 빠지게 벌어서 언제 돈 모이? 얼른 결혼해서 남편이 벌어주는 돈으로 편하게 살아."

지금 생각해보면 기도 안 찰 일이다. 다가올 현실이 어떤 것인지도 모르고 허풍과 허영의 신혼 초를 보냈다. 하지만 막상 남편의 월급날이 돌아오면 통장에 찍히는 돈은 자그마치 0원이었다. '명품 쇼핑을 한 것도 아니고 그렇다할 소비를 한 것도 아닌데……'라는 생각이 들어 남편에게 어떻게 된 일인지 물어봐도 돌아오는 대답은 "이미 카드 값으로 다 빠져 나갔지. 그리고 직장인들 지갑은 유리지갑이라는 사실 몰라?"였다. 경제활동을 하지 않던 나는 크게 할 말이 없었다. 여러 가지 투자를 많이 하던 남편은 당연히 경제 관리는 본인의 몫이라고 생각하는 것 같았다.

"내가 돈을 가지고 있어야 투자할 때 바로바로 빼서 쓰지. 돈 많이 벌어다 줄 테니까 걱정 마."라는 남편의 말에 순진한 나는 어쨌거나 나를 책임져 줄 남편을 철석같이 믿는 어리석은 여자가 되어갔다. '돈 많이 벌어 준다는데 믿어보자'라는 생각에 무엇이든지 내가 직접 해야 직성이 풀리고 만족감을 느끼는 성격의 소유자인 나도 경제 관리만큼은 남편이 하는 대로 따르게 되었다. 그러니 돈에 대해 주인의식을 갖기가 어려웠다. 아무리 결혼을 해 모든 것을 합쳤다 한들 내가 힘들여 벌지도, 내가 관리하지도 않는 돈이 소중하게 느껴지지는 않았다.

하는 일이 잘 되어 수익을 내면 "사고 싶은 것 있으면 사."라며 소비를 재촉하는 남편이었다. 그리고 일이 생각대로 되지 않으면 전기세 같은 것에 집착했다. 일주일 전에 호텔에서 식사를 하고 숙박까지 했던 우리가 이번 주에는 마지막 남은 샴푸 한 방울에 집착을 해야 했다. 한마디로 나의 경제 상황은 남편의 일에 좌지우지되었다. 아무런 상황에서 아무렇게나 돈을 쓰고 또 어떤 때는 사소한 것에 절약을 하는 미덕 아닌 미덕을 발휘했다. 비싼 음식을 먹고 싼 휴지를 골랐다. 그리고 남편 이름으로 된 신용카드를 들고 다니며 사고 싶은 물건을 사기 일쑤였다.

부자들의 소비 형태를 보면 꼭 필요한 물건을 사고 대신 그중에서 가장 좋은 것을 산다. 꼭 큰 부자가 아니어도 살림 좀 하시는 엄마들은 물건의 미래가치를 생각한다.

하지만 나의 경우엔 예뻐서 사고, 질려서 사고, 조금 필요해서 샀다. 그랬더니 어느 순간 집은 물건들로 가득 찼다. 정리의 관한 책을 보기 전에는 쓰지도 않는 물건들을 대충 이곳저곳에 방치했다. 엄마가 혼수로 장만해 주신 고급스러운 가구들은 점점 택배 상자들의 진열대가 되어갔다. 쓰지도 않았지만 그렇다고 버리기는 아까운 물건들이었다.

어느 날 남편과 함께 인터넷 쇼핑을 하던 중이었다.

"이거 좀 비싼데 사도 돼? 다른 애들은 다 남편이 이기 사줬대."
"응, 사!"

마치 학용품을 사달라는 딸과 아빠의 모습 같은 우리 부부였다. 하지만 남편의 "응, 사."라는 이 한마디로 나는 세상에서 가장 행복한 여자라고 생각했다는 것은 부정할 수가 없다. 사랑받는 아내의 느낌이랄까? 경제관념 없는 풋내기 부부의 어리석은 소꿉

놀이인 줄도 모르고 쿨한 남편의 말 한마디에 희로애락을 느끼는 나였다.

또 어떤 때는 "이 방 저 방 불을 켜놓으면 어떡해."라는 짜증 섞인 남편의 말 한마디에 극심한 스트레스를 받곤 했다. '더럽고 치사해서…… 이것저것 사라고 할 때는 언제고 그깟 전기세로 잔소리야?'라고 불평하며 우리 부부는 비 일관적인 경제패턴을 가지고 있었다. 나중에 알고 보니 남편은 투자가 잘 되면 쓰고, 안되면 작은 것에도 일희일비하는 생활을 하고 있었다. 아내인 나는 그런 남편의 패턴에 따라 좌지우지됨은 물론이었다. '비빌 언덕이 자빠질 언덕이 될 수 있겠구나'라고 생각한 순간이었다.

나를 소비 왕으로 만든 남편을 탓하고 있을 일은 아니었다. 오히려 남편은 본인의 능력 안에서 아내에게 최선을 다해 잘해주고 싶은 마음이었을 것이다.

우리의 소비패턴을 파악한 뒤로 나는 가계의 주인의식을 갖기 위해 남편에게 수익금이 생기면 모두 나에게 달라고 이야기했다. 그리고 투자금이 얼마인지 전체적인 경제상황에 대해 파악하기 시작했다.

쓰고 남은 돈을 저축하는 방식이 아닌 미리 저축을 하고 남은 돈으로 생활을 꾸려갔다. 그리고 정리에 관한 책들을 보며 비싸고 아까워도 쓰지 않는 물건들은 과감히 처분했다. 버리기 아까운 물건은 팔거나 누구에게 주기도 했다. 그리고 꼭 필요하다고 생각되는 물건만 샀다. 그리고 가까운 은행을 들락거리며 생활에 맞게 통장을 여러 개 만들어보기도 하고 그것마저 불필요할 땐 통장도 바로 처분했다.

처음엔 식비, 경조사, 아이장난감 등 통장을 세분화시키다가 그것이 나에겐 맞지 않아 하나로 통일하되 처음부터 쓸데없는 소비를 줄이는 방법을 택하는 등 통장을 만들고 없애기를 반복하니 나에게 맞는 경제 관리법이 생겼다.

어느새 나는 내 가정의 진짜 주인이 되어갔다. 경제적으로 겉돌던 내가 통장예금을 확인하고 저축을 하기 시작하니 생활에도 짜임새가 생겼다. 누구를 위한 것도 아니고, 목적도 없는 소비패턴에서 벗어나니 눈에 들어오지 않던 것들이 들어오기 시작했다.

일정한 돈으로 생활을 하고 필요한 물건이 있더라도 급하지 않으면 구입을 조금 미뤄두기도 했다. 필요한 물건을 지금 당장 사지 못하더라도 생각만큼 그렇게 불편하지 않았다.

돈의 효용성에 초점을 맞추니 알게 모르게 알뜰살뜰한 살림을 하는 기분이 들었다. 아무렇게나 먹는 밖의 음식보다는 소식하더라도 집에서 음식을 먹고, 비싸고 불편한 옷이나 신발보다는 가격은 합리적이고 실용적인 것들을 구입했다. 그리고 여유자금이 생기면 주변의 이웃들에게 베풀기도 했다. 우리 집에 방문하는 사람에게는 작은 선물을 하기도 했다.

나보다는 다른 사람을 위해 선물을 하거나 돈을 쓰는 것이 더 행복하다는 것도 알게 되었다. 예전에는 돈이 우주에서 떨어지는 듯한 느낌이었다면 지금은 나를 위해 내 가정과 미래 그리고 내가 사랑하는 주변의 사람들을 위해 열심히 일해줄 소중한 친구처럼 느껴진다.

가정에서 아내이면서 엄마인 내가 경제 관리를 해야 하는 이유가 있다. 아무리 남녀평등을 외치고 잘 받은 교육수준을 운운해도 가정의 질은 여자의 손끝에서 나온다. 경제적으로 넉넉하거나 빠듯함과 상관없이 음식부터 물건 사기, 자녀 교육 등 세세한 부분을 관장하는 건 자연스럽게 여자의 몫이 된다. 똑같이 장을 보더라도 나와 남편이 지불한 금액은 다르다.

그리고 음식의 질이나 신선도도 여자인 내가 구입했을 때가 좋다. 간혹 남편에게 장을 봐오라고 부탁할 때가 있다. 분명 부탁했던 품목은 같은데 예상 금액의 두 배가 들 때가 있다. 어디 장보기뿐이랴. 남편에게 아이들을 맡기면 아무리 아빠로서 아이들을 잘 돌봤다 해도 내가 잠깐 외출이라도 하고 돌아오면 아이들의 눈빛부터가 달라져 있다. 한껏 흥분은 되어 있지만 나의 빈자리가 느껴지는 것은 어쩔 수 없다.

경제관념이 없던 시절, 나는 아이들 돌보는 것에도 큰 흥미를 느끼지 못했다. 스스로 월급 받는 보모 같다는 생각도 했다. 하지만 경제 관리를 하고부터는 아이들도 알뜰살뜰하게 챙기게 되었다. 합리적인 비용으로 아이들에게 좋은 영향을 미치는 물건들을 찾기도 하고, 그마저도 무리일 때는 '엄마 사랑이 최고지. 많이 안 아줘야지'라는 생각으로 마음으로 대신했다.

여자가 경제를 관리해야 하는 이유가 한 가지 더 있다. 여자의 진정한 독립은 경제적 자유로부터 나온다는 것을 말해두고 싶다. 아무리 내가 똑똑하고 남편에게 사랑받는 아내라도 경제적으로 자유롭지 못하다면 들러리 인생을 살 수밖에 없다. 결혼해서도 계속 경제활동을 한다면 그나마 괜찮지만 전업주부라면 내 인생의 담보는 없다. 내 시간의 대부분을 아이를 돌보고 살림을 하는 데 사용했다면 그동안 자신의 능력을 키우고 경험을 쌓아가고 있는 여자들에 비해선 뒤쳐질 수밖에 없다.

점점 사회적인 감각이 무뎌지는 것도 사실이다. 그럴 때 나를 지켜주는 것은 내 이름으로 된 통장이 필요하다. 남편 몰래 비자금을 조성하라는 이야기가 아니다. 가정 내에서 아내가 하는 일은 수십 가지가 되는데도 월급은커녕 누가 알아주지도 않는다. 사회에서는 그런 나를 아줌마라고 부른다. 가정만을 위해서 썼던 돈을 일부 떼어내 내 미래를 위해 투자해야 한다.

육아는 10년이면 족하다. 그 이후엔 아이들이 간섭만 하는 엄마를 오히려 귀찮아한다. 지금부터 경제적으로 독립할 수 있는 준비를 해나가야 한다. 나의 관심 분야를 찾고 공부하며 감각을 유지해야 한다. 결혼 후 여자의 일은 선택이라고 생각하겠지만 내 생각은 다르다. 아줌마들과의 수다도, 취미로 하는 수영도, 기분 전환을 위한 마사지도 한계가 있다. 일하는 자에게 휴식이라는 것도 존재하듯 항상 휴식만 취한다면 그것만큼 곤욕스러운 것도 없을 것이다.

남편이 유능한 사업가여도 가정의 경제는 여자가 관리해야 한다. 그리고 돈과 부자의 법칙에 관한 공부가 많은 도움이 된다. 살림해주고 아이 키워주는 도우미가 되느냐, 가정의 진짜 주인이 되느냐는 나에게 달려있다. 내 가정과 내 미래를 위해 공부하는 여자가 살아남는다.

남편은 존경받고
아내는 사랑받아야 한다

남편의 사랑이 지극할 때 아내의 소망은 조그마하다.
- 체호프

세상이 변했다. 아직도 정치 경제 분야에서 남녀 격차가 남아 있지만 여성의 목소리가 안팎으로 커지고 있는 것은 사실이다. 다보스포럼을 주최하는 세계경제포럼(WEF)이 최근 펴낸 '세계 성 격차 보고서'에서 한국의 양성평등 수준이 세계 115위라고 발표했다. 이런 낮은 수치는 정치 경제 분야에서의 격차 때문이다. 사실 가정에서는 경제권이나 결정권이 여자에게 있는 경우가 많다. 그러나 불평등한 요소에만 사로잡힌 여자들의 자격지심이 오히려 역차별을 낳기도 한다.

평등이라는 것은 A와 B가 조건이 같을 경우 같은 대우를 해주는 것이다. 결혼자금 하나 없는 여자가 "젓가락만 들고 오라."고 말하는 남자를 원하면서도 관계에서는 평등을 주장한다면 그건 어폐가 있는 것 같다.

한 달 전 결혼을 앞두고 있는 30대 중반의 남자 후배가 답답한 마음에 전화를 해왔다.

"신부가 무엇이든지 자신의 생각대로 일을 진행하려고 해요. 여자 말을 잘 들어야 행복한 결혼생활을 할 수 있다면서 제 의견은 무시한답니다. 결혼준비에 관한 일도 저보다는 주변에 아는 언니나 친구와 상담을 해요. 결혼은 저와 하는 건데 전 마치 꼭두각시가 된 기분입니다."

어떤 상황인지 긴 이야기를 듣지 않고도 짐작이 갔다. 나중에 이야기를 더 들어보니 예비신부는 가족이나 주변사람들로부터 결혼 준비 기간에 서로 마찰이 생기는 일이 많다는 이야기를 듣고 처음부터 예비신랑보다는 주변의 조언을 구하고자 했던 것이다. 하지만 그를 더 스트레스 받게 한 것은 신부가 결혼하기 위해 직장도 관두고 모든 경제권을 본인이 갖겠다고 말한다는 것이다. 그리고 양쪽부모님께 평등하게 용돈을 드리자고 했다고 한다. 아직 한 가정의 가장보다는 혼자인 삶이 익숙한 후배는 이런 변화에 적응이 안 된다며 하소연했다. 주변으로부터 너무나도 많은 정보와 조언을 들은 신부와 천천히 자신들만의 페이스를 찾아가고 싶다는 신랑의 마찰이었다. 마음 같아서는 "당장 헤어져!"라고 말하고 싶었지만 남의 혼삿길을 막을 이유는 없었다.

결혼해서 불평등하게 돌아가는 상황을 미연에 막기 위한 신부의 마음도 십분 이해가 갔다. 하지만 평등한 대우를 받기 위해 남편의 의견을 묵살해버리고 강요하는 것은 예비신랑에게는 평등한 것은 아니다. 사실 아무리 여자들이 평등을 외쳐도 가족부양의 책임감을 느끼는 쪽은 아내보다는 남편이라고 생각한다. 물론 여자가 능력이 뛰어나고, 남자가 집에서 살림을 자처한다면 말은 달라지겠지만 말이다.

하지만 출산을 직접 경험하게 되는 여자가 아이를 돌보는 것이 자연스러운 상황이다. 그런 상황에서 남자는 자연스럽게 가족부양의 의무감이 들고 그 무게를 사랑으로 극복해 나가게 된다. 그런 이유로 여자의 경제활동은 선택이고 남자의 경제활동은 의무가 되는 것이다.

물론 결혼을 하고 출산을 하다 보면 여자가 자연스럽게 직장을 관두기도 하고 특히나 육아를 하다 보면 육아에 집중하기 위해 육아휴직을 내기도 한다. 하지만 상황에 맞게 부부간에 상의해야 하는 일을 한쪽에서 일방적으로 정한대로 행동해야 한다면 남편에게는 부담으로 다가오는 것이 당연하다. 이제는 가장이 되었으니 열심히 돈을 벌어 처자식을 먹여 살려야 한다는 의무감이 그를 엄습했을 것이다. 모든 일에는 워밍업이 필요하다.

끓지도 않은 물에 라면을 넣으니 맛있는 라면이 될 리가 없다. "결혼을 해서 가장이 되었으니 돈을 벌어오세요. 그 돈은 내가 관리할게요."가 아닌 "함께 힘을 합쳐서 잘살아 봐요."나 "당신과 결혼하게 되어 정말 기뻐요."라고 말하는 것이 먼저다.

여자의 역할만을 강조하는 것도 아니고 여자만 잘해야 한다는 것도 아니다. 남녀는 기본적으로 같은 조건의 사람들이 아니다. 성별이 다른 것은 물론이고 성향이나 역할도 다르다. 그래서 결혼식을 준비할 때의 비용이나 관련된 절차에서는 평등함의 의식이 필요하지만 결혼생활에 있어서는 사랑과 이해의 전제하에 분담과 협동이 필요하다. 그래서 나는 평등의 관점에서가 아닌 역할의 관점에서 서로를 바라보아야 한다고 생각한다.

나도 한때 극단적인 여성주의자였다. 모든 상황에서 평등을 외치고 조금이라도 내가 불리한 상황이라고 생각되면 하나하나 따지며 바로잡아야 하는 성격이었다. 그런데 어느 순간 이렇게 하는 내 모습이 자격지심으로 똘똘 뭉친 여자로밖엔 보이지 않는다는 사실을 깨달았다. 어차피 우리 가정을 위한 건데, 내 적수가 남편이라고 생각했던 것은 잘못된 것이었다.

어느새 내 기분은 남편의 기분이 되고, 내 행복은 남편의 행복이 되었다. 그러니 남편에게 좋은 말로 다독여주는 것은 당연한 일이었다. 두 배, 세 배로 나에게 돌아올 것을 알기 때문이다. 그후로 남편에게 "당신은 정말 최고야. 세상에서 제일 멋져."라는 말을 자주 해줬다. 그런 말을 들으면 들을수록 남편은 점점 더 멋진 남자가 되어가는 느낌이었다. 그리고 자신을 인정해주는 나에게 더 잘해주려고 노력하는 것이 보였다. 어차피 같은 편인 남편을 질책해봤자 나만 손해라는 진리를 깨달은 것이다. 내 유일한 과업은 같은 팀 선수인 남편을 열심히 응원하는 일이었다.

남자는 본질적으로 인정받고 존경받기를 원한다. 물론 그것은 여자도 마찬가지다. 하지만 가정 내에서 존경받는 아내와 사랑받는 남편의 모양보다는 그 반대가 적절하고도 예뻐 보이는 것은 사실이다. 굳이 나눌 필요 없이 서로의 역할을 알고 존중해주고 응원해주는 것이 부부가 아닐까?

친한 친구가 외국인 남자친구의 집에 초대되어 갔을 때의 일이다. 선물로 무엇을 살까 고민하던 그녀는 거봉 한 상자를 샀다. 그녀가 들기에 그리 무거운 것은 아니었지만 그녀는 집 앞에서 남자친구에게 전화를 걸었다.

"이거 무거운데 좀 나와 주면 안 될까?"

그녀를 맞이하기 위해 이런저런 음식을 준비하고 있던 남자친구는 무겁다는 그녀의 말에 헐레벌떡 나왔다. 그런데 그녀의 손에 들려 있는 것은 아담한 거봉 한 상자였다. 말이 상자이지 커다란 포도 네 송이가 들어가는 정도의 크기였다. 아무 말 없이 포도를 건네받은 남자친구는 그날 만남 이후 그녀에게 헤어지자는 통보를 했다. 그녀를 맞이하기 위해 바쁜 준비를 하고 있었던 그는 그런 그녀의 행동을 이해할 수 없었기 때문이다.

이 이야기를 듣고 심각한 상황이라기보다는 웃음이 나왔다. 남녀의 차이라기보다는 문화의 차이였다. 남자친구로부터 여자로서 사랑받고 대접을 받고 싶었던 그녀의 마음과는 달리 남자친구는 자신을 배려하지 않는 그녀의 모습에 화가 났던 것이다.

그녀는 평소 남자친구에게 대접받기를 강요했다고 한다. 데이트 비용은 당연히 남자친구의 몫이고, 그것을 당연히 여겨 고맙다는 말조차 하지 않았다. 이런 그녀의 태도에 작은 포도상자는 그에게 상실감을 안겨주었을 것이다. "그녀는 마치 날 노예처럼 대한다."라고 생각했다고 남자친구는 말했다.

여자가 누군가에게 사랑받고자 하는 마음은 당연하다. 하지만 사랑받기 위해서는 그 사람을 존중하고 더 나아가 존경하는 제스처를 취해야 한다. 남자는 존경받을 때 비로소 그 여자를 위해줄 수가 있다. "나를 사랑해주세요."라는 말보다는 "당신이 나를 보호해주고 있다는 느낌이 너무 좋아요."라고 말한다면 남자는 내가 그녀를 보호해주고 있다는 느낌에 자신감이 생긴다. 남자는 그럴 때 더더욱 그녀를 보호해주고 싶고 사랑하고 싶다는 생각이 든다고 한다. 나와 함께 할 사람으로서의 인간적인 존경을 말하는 것이다. 그럴 때 우리는 사랑받고 싶은 우리의 본능을 채울 수가 있다.

나는 종종 출근하는 남편을 위해 영양이 있는 다과를 준비해 준다. 과일과 견과류 등을 정성껏 담아준다. 그것은 남편에 대한 나의 사랑과 존경의 표현이다. 그리고 감사한 마음을 가진다.

나에게 해준 것이 없어 많이 부족하다고 말하는 남편이지만 나와 함께 한 배를 타고 인생을 항해하는 그 모습이 고맙게 느껴진다. 때로는 바위에 부딪히기도 하고 폭풍우에 시달리기도 하지만 여기까지 함께 잘 왔지 않은가. 시행착오가 없는 성공은 없다. 한 배를 탄 우리는 난관을 극복해가며 함께 성장해가는 부부이기 때문이다. 오늘도 나는 말한다.

"당신이 정말 최고야!"

04
남편을 유혹하는 팜므파탈

아내는 신혼과 같은 사랑을 원하고 있지만
남자는 현실에서 오직 의무와 책임만이 강요되는 가정생활을 하면서
권태는 그렇게 여자들을 우울증에 빠지게 하는 것이다.

– 프란체스코 알베로니

남녀가 함께 길을 걸을 때 둘의 시선은 동시에 예쁜 여자에게 가 있다. 여자는 그 여자의 스타일을 보고, 남자는 그 여자의 얼굴과 몸매를 1초도 안 되는 찰나의 순간에 파악한다. 그것이 남녀의 다른 본능이다. 여자는 나보다 나은 여자의 스타일을 신속히 벤치마킹해서 더 나은 여자로 업그레이드되고자 함이고, 남자는 낯선 여자에 대해 본능적으로 감지하려는 행동이다. 나만 바라보겠다고 눈물까지 보이며 프러포즈를 했던 내 남편은 다를 거라고 생각하고 싶었지만 그것은 여자들의 비현실적인 바람일 뿐이다.

나는 결혼을 일찍 한 편이었다. 물론 어머니들 세대의 사람들은 그 나이가 결혼하기에 딱 좋은 나이이고 출산도 늦게 하면 엄마에게도 아이에게도 좋지 않다고 말씀하시기도 한다. 하지만 결혼은 종족번식만을 목적으로 하는 것은 아니지 않은가.

"엄마 지금이 어떤 세상인데, 아이 낳는 게 결혼의 목적은 아니야."하며 말하곤 했다. 속옷 한 장 빨아 보지 않은 내가 결혼생활은 소꿉놀이 정도라고 생각하고 시작했으니 결과는 불 보듯 뻔했다. 그나마 아이가 태어나기 전에는 새로운 경험과 새로운 공간에 대한 재미가 있었다. 나를 영원히 지켜주고 사랑해줄 남자가 있고, 그 안에서 행복한 미래를 꿈꿀 수 있기에 나는 행복했다.

신혼 초, 친구가 집들이 겸 집에 놀러 온 적 있었다. 그 친구는 누가 봐도 예뻤고 특히 그녀의 긴 다리는 남자의 시선을 사로잡기에 충분했다. 친구가 집에 들어온 순간 나는 친구보다 남편의 얼굴을 먼저 보았다. 아니나 다를까. 남편의 시선은 그녀의 다리에 가 있었고, 예상과는 한 치도 어긋나지 않은 남편의 행동을 보고 어이가 없었다. 본능적으로 시선이 간다 해도 티 안 나게 보기 힘들 걸까? 남자의 본능을 이해하고 끓어오르는 배신감을 '매너 없는 남자' 정도로 포장해버렸다. 그런 것에 배신감을 느끼는 내 자신이 초라하게 느껴졌기 때문이다.

"나 다 봤어. 당신이 K 다리 보는 거 말이야. 보고 싶더라도 좀 티 안 나게 보면 안 돼?"

"내가 언제 봤다고 그래. 오히려 다리가 참 못생겼다고 생각하고 있었는데……."

나를 두 번째로 어이없게 만드는 그의 항변이었다.

생각해보면, "다리가 예뻐서 좀 쳐다봤는데 미안해."라고 말했다면 더 기분 나쁠 상황이었다. 나는 그렇게 할 말을 잃었다. 하지만 어이없는 일로만 마무리 지을 수는 없는 노릇이었다. 세 살 같은 남편에게 다시는 이런 일이 없도록 원포인트 레슨을 해줘야 했다.

"나는 당신이 친구 다리 본 것에 화난 게 아니야. 봤는데 안 봤다고 거짓말 하는 거에 화가 난 거지. 다리가 예쁘면 쳐다 볼 수 있는 거지. 여자인 나도 보고 싶은데 말이야……. 하지만 다음부터는 내가 눈치 채지 못하게 봐줬으면 좋겠어."

속에도 없는 말을 했다.

결혼했다고 해서 남편이 아내의 마음을 완벽하게 알게 되는 것은 아니다. 여자들이 멋진 남자에게 끌리듯이 남편도 예쁜 여자를 보면 끌리게 마련이다. 건강한 젊은 남녀라면 누구나 그렇다. 오히려 그렇지 않다는 것이 비정상으로 보이기도 한다. 결혼이 가정을 만들어 또 다른 세대를 창출하는 사회적 제도인 것이지 사람의 감정마저 본능마저 없애 버릴 수 있는 것은 아니다. 다만 우리는 결혼을 함으로써 도덕심을 발휘하고 서로의 입장을 이해하며 맞춰 살아가는 것이다. 호르몬으로 인해 남편의 눈이 돌아갔다 하더라도 그것을 적절한 방법으로 제지해주는 그런 여자의 여유는 남자에게 예쁜 다리보다 더 매력적으로 다가가지 않을까?

후배 S는 누가 봐도 완벽한 여자다. 얼굴부터 몸매에 이르기까지 어느 것 하나 빠지지 않는다. 거기다 샴푸광고에나 나올 법한 풍성하고 빛나는 머릿결은 그녀를 그야말로 팜므파탈로 만들어준다. 그런 그녀를 보고 남자들은 그녀와 밥 한 번, 차 한 번 마셔보는 게 소원이라고 한다. 하지만 정작 그녀가 사귀는 남자를 보면 '생각보다는 아닌데……'라는 생각이 든다. 그녀보다 키가 작기도 하고 얼굴은 평범하기 그지없는 남자들이었다. 물론 남자의 외모로 그 사람을 평가하는 것은 아니지만 이미 그녀에게 대쉬하는 남자들 중에는 겉보기에 그럴싸한 남자들이 많이 있었기 때문이다. 어느 날 그녀의 연애 과정들을 지켜보고 있던 나는 그녀에게 물었다.

"너 정도면 경제적으로도 훌륭하고 외모도 멋진 남자들과 연애할 수 있을 것 같은데……. 너보다는 부족해 보이는 남자들하고

만 만나는 이유가 뭐야? 게다가 네가 사귀었던 남자들이 너한테 그렇게 잘해주는 것 같지도 않고 말이야."

그녀는 머뭇거리다 곧 솔직한 심정을 이야기해줬다.

"그냥 너무 잘생긴 남자를 보면 부담스러워. 나보다 더 예쁜 여자 만나면 그냥 내가 차일 것 같아."

그녀에겐 두 살 많은 언니가 있는데 어릴 때부터 언니와 비교당하며 자랐다. 언니를 따라가기 위해 공부도 열심히 했지만 주위에 시선은 항상 언니에게 가 있었다. 그런 상황은 그녀로 하여금 '날 좋아하는 사람은 없어. 나는 사랑받을 자격이 없어'라는 자격지심을 가지게 했다. 그녀를 본인의 아름다움도 볼 줄 모르는 사람으로 만들었던 것이다.

멋진 남자는 부담스럽다는 그녀는 외모와는 달리 자신감이 없었다. 마법에 걸려 오랫동안 성에 갇혀 살던 공주가 나중에는 본인이 공주였던 사실도 망각한 채 결국 본인을 흠모하는 거친 사냥꾼과 결혼하게 되는 스토리가 떠올랐다.

남자는 나이가 젊으나 많으나 예쁜 여자를 좋아한다고 한다. 한 TV방송 프로그램에서 나이 지긋한 중년 남성이 처음 만나게 될 여성을 기다리는 장면에서 "고와요?"라고 질문을 했다. 그 말은 "예뻐요?"의 중년 버전이었다. 하지만 곱고 예쁘기 만한 여자들의 매력은 얼마나 갈지 의문이 들었다. 아직 결혼 전인 남자 후배에게서 이런 말을 들은 적이 있다.

"요새 성형수술로 예쁜 여자는 많은데 사상이나 가치관이 따라주지 않아서 장기적으로는 그다지 매력이 느껴지지 않아요."

우리는 외모 관리와 함께 마음 관리도 해야 한다. 어떤 상황에서도 작아지지 않는 우리의 자존감을 곧추 세우고 당당해져야 한다. 우리는 우리의 신체와 정신을 아름답게 디자인해야 하는 의무를 가지고 있다. 관리를 위해 붙이는 마스크 팩을 마음에도 붙여줘야 한다. 내 마음에 상처가 있다면 나 스스로가 돌보고 내가 나 자신을 먼저 아끼고 사랑해줘야 한다. 나에게서 사랑받지 못하는 내 마음은 다른 사람 앞에서 작아질 수밖에 없다.

"남편이 출근하면 그 남편은 내 남편이 아니라고 생각하세요."

어느 날 사우나에 갔을 때 나이 지긋하신 분이 새댁으로 보이는 내게 해주었던 말이다. 그땐 왜 그래야 하는지 이유를 알지 못했었다. 머리로는 이해할 수 있었을지라도 인정하고 싶지 않았던 것 같다. 하지만 그건 현실이다. 인정하고 싶지 않은 것과 인정해야 하는 것은 다른 문제이다. 내가 글을 쓰고 있는 동안에도 또는 직장에서 업무를 보고 있는 이 시간에도 남편들은 길가는 예쁜 여성을 쳐다보고 있고, 더 나아가서는 그 여성들과 대화를 이어나가고 있을지도 모른다. 남편을 전적으로 신뢰하면 안 된다는 이야기는 아니다. 그런 현실을 받아들이고 우리가 더 나은 팜므파탈이 되기 위해 노력하면 된다.

여자의 진짜 매력은 외모에서만 오는 것이 아니라는 것을 기억하자. 당당한 여자가 아름답다는 말이 있다. 나 자신을 소중히 여기고 내 인생을 소중히 여기는 여자는 남편의 진정한 팜므파탈이다.

05
생활에 감초가 되는
부부만의 시간을 가져라

진실하게 맺어진 부부는 젊음의 상실이 불행으로 느껴지지 않는다.
왜냐하면 같이 늙어 가는 즐거움이 나이 먹는 괴로움을 잊게 해주기 때문이다.
– 모로아

2년 전 나는 남편에게 회사를 그만두게 했다. 첫 번째 이유는 독박육아에서 벗어나고자 함이었고, 두 번째는 부부의 시간을 갖고자 함이었다. 로버트 기요시키의 《부자 아빠 가난한 아빠》를 읽고 나서 남편이 회사를 관두어야 하는 세 번째 이유가 생긴 셈이었다. 터무니없고 철없는 발상처럼 들릴지언정 내 직관을 믿고 싶었다. 부부는 서로가 어떤 생각을 갖고 살아가는지도 모르고 생활비보다 조금 더 나은 돈을 벌어 아이들을 먹이고 입히는 그런 생활이 나에겐 큰 의미로 다가오진 못했다.

주변에서는 책 한 권으로 남편의 회사까지 관두게 하다니 대단하다고 말하기도 했고, 앞으로 뭐 먹고 살 거냐고 나무라기도 했다. 그 좋은 직장을 그만두게 했으니 앞으로 남편의 행보에 대한 책임감이 나를 엄습하기도 했다. 하지만 더 중요한 것은 남편이 나의 생각을 따라주었다는 것이 고맙게 느껴졌다.

"세상에 정말 재미있는 일들이 많은데 왜 우리는 이러고 살아야 하지? 부부끼리 얼굴 볼 시간도 없고, 스트레스 받으며 육아하는 것이 행복하지가 않아."
"3년 안에 뾰족한 수 없으면 회사 그만두는 거다. 알았지?"

그로부터 3년이 지난 뒤 남편은 예고도 없이 회사에 사표를 냈다.

"나 회사 관뒀어. 내일부터 안 나가도 돼."
"거짓말! 정말이야? 고마워……."

그렇게 보란 듯이 회사를 박차고 나와 우리는 낮에도 같이 아이를 키우는 행복한 부부가 되었다. 같이 장을 보고 집안일을 하며 내 입장에선 참 행복한 시간이었다. 혼자 육아를 해야 한다는 부담감과 남편 없이 하루의 대부분을 혼자서 아이를 돌보는 것은 나에게 있어서는 생각보다 큰 불행이었기 때문이다.

그러나 집에서 같이 있으면 항상 데이트 하고 같이 아이들 보는 재미에 즐거울 것만 같았는데 시간이 흐르면서 생활의 효율이 떨어지는 것 같았다. 집안에서는 집에서만의 일이 있다. 점점 반복되는 살림에 찌들어가고 아이들 우는 소리에 골머리가 아팠다. 어떤 때는 집안일에 대한 책임감이 반으로 줄어 정신적으로 압박은 덜했지만 자꾸 미루게 되기도 했다. 항상 같이 있으니 애틋함도 덜 한 것 같았다.

"당신이랑 함께 하니 좋긴 한데 서로에게 집중할 수 있는 시간은 오히려 전보다 없는 거 같아. 둘이 깊은 대화를 할 수도 없고 말이야. 우리 나가서 맥주라도 한 잔 마시자."

그렇게 해서 우리는 동생에게 아이들을 맡기고 부부데이트를 했다. 공간이 바뀌니 연애하는 기분도 들었다. 더 이상의 설거지도 밀린 빨래도 놀아달라고 보채는 아이도 없었다. 오로지 서로만 바라볼 수 있는 시간이었다. 해방감이 들기도 하고 현실에서 벗어나 서로에 대한 이야기들을 할 수 있는 시간이었다.

"회사 나오니까 기분이 어때?"
"아직은 얼떨떨해. 그런데 자기랑 한 약속 지킬 수 있어서 기분은 좋다. 앞으로 잘 되겠지?"

"당신은 잘할 수 있을 거야. 어떤 일이 있어도 내가 그 옆에 함께 있을게. 아깐 짜증내서 미안해. 당신이 편해서 자꾸 나도 모르게 그렇게 되나 봐. 앞으론 안 그럴게."

드라마 속 연인들의 대화가 오갔다. 남편은 오로지 내 말에만 귀를 기울이고 내 마음을 이해하고, 나 또한 남편의 그런 배려와 사랑에 감사함을 느꼈다. 그러면서 경직된 마음이 눈 녹듯 녹아내렸다. 서로의 사랑과 신뢰를 확인하고 때로는 누구의 뒷담화도 하며 킥킥거렸다.

남편과의 시간은 삶의 긴장을 완화시키고 한 가정을 함께 이끌어나가는 파트너로서의 동지애를 느끼게도 해준다. 색다른 공간에서의 부부데이트는 긴 여정을 함께해야 하는 부부에게 꼭 필요한 시간이다.

친구 부부는 이혼 위기에 처해 있다. 밤낮으로 일만 하는 남편과는 대화는커녕 얼굴을 본지도 오래다. 남편은 가족들이 잠에서 깨기도 전에 출근을 하고, 모두가 깊이 잠든 한밤중에나 들어온다. 친구는 결혼을 왜 했는지 후회가 밀려오기도 하고, 무엇보다도 무척 외롭다고 했다.

결혼 전에는 외롭긴 해도 혼자라서 얽매일 것이 없어 자유로웠다. 그런데 결혼을 하니 혼자가 아닌데도 혼자일 때보다 더 외롭다. 그녀에게 남은 건 엄마로서의 책임감과 남편에 대한 분노뿐이다. 처음엔 열심히 일하는 남편을 보며 안쓰럽기도 했지만 이제는 다른 여자가 생긴 게 아닌가 하는 엉뚱한 불안감도 생긴다. 그렇게 대화가 단절되고 부부간의 스킨십은 당연히 뜸하다 못해 기억조차 나지 않는다.

남 얘기가 아니다. 요즘 결혼해서도 1년이 채 안 돼 헤어지는 부부도 많고 막상 결혼생활을 유지한다고 해도 부부간의 사랑은 없이 사는 부부들도 있다. 가정을 이루고 서로만 바라보며 행복하게 살 거라 다짐했는데, 그들은 행복과는 거리가 먼 사람들이 되었다. 물론 경기 침체 속에서 밥벌이하기 위해 열심히 일하는 건 가장으로서 안고 갈 수밖에 없는 당면과제이기도 하다.

하지만 가족을 위해 열심히 일했는데 가족은 전혀 행복하지 않다면 문제가 있는 것은 아닌지 다시 한 번 생각해볼 일이다. 아내의 잘못도 남편의 잘못도 아니라면 방향이 잘못된 것일 수 있다. 친구 부부는 부부라는 이름으로 합쳐졌지만 그 관계를 유지하는 방법은 몰랐던 것이다. 그 골이 너무 깊어져서 부부는 서로를 의심만 하며 대화조차도 시도해볼 수 없는 관계가 되어버렸다. 친구가 말했다.

"요즘은 내 말 들어주고 위로해줄 사람이 필요해. 전에는 결혼해서 바람피우는 사람들이 이해가 안 갔는데 요즘은 그 이유를 알 것 같아……."

가정을 위해 열심히 일하는 남편, 그 뒤에서 남편이 아닌 다른 사람으로부터 위로받고 싶은 아내. 뭐가 잘못된 건지는 모르겠다. 그 누구를 탓하기에 앞서 부부관계가 그렇게 흐를 수밖에 없었던 서로간의 소통의 부재도 생각해볼 일이다.

우리가 통제할 수 있는 시간은 과거도 미래도 아닌 현재다. 과거는 지나갔으니 묻어두고, 미래는 아직 오지 않은 시간이니 우리의 능력 밖이다. 미래를 위해 열심히 일하는 것도 좋지만 지금 내옆에 있는 사람을 돌아보자. 내가 미래를 위해서만 준비하고 있을 때 가족은 나의 사랑을 갈구할 수도 있고, 따뜻한 말 한마디를 가장 원하고 있을 수도 있다.

밖에서 사회생활도 잘하고 리더의 역할을 하며 인기가 좋은 남자가 있다. 하지만 밖에서의 모습과는 달리 그의 아내는 불만이 많다. 그는 오히려 집에서는 말도 별로 없고 늦게 들어오는 것은 기본이다. 그런 남자를 보면 결혼은 왜 했나 싶을 정도로 가정보다는 본인의 라이프스타일만 추구한다. 아내와 보내는 시간은 낼수도 없을 뿐더러 막상 낸다 하더라도 그 시간을 너무 아까워한다. 그런 남편 뒤에 아내는 아이를 챙기고, 가정을 유지하느라 애

쓰며 우울감에 빠진다.

밖에서 인기 좋은 남자는 가장 소중한 아내는 제쳐두고 다른 사람들을 우선시한다. 사회생활에 충실한 남자를 탓하는 것은 아니다. 그 시간 중의 조금이라도 떼어 아내를 위한 시간으로만 썼다면 아내는 우울감에 빠지지 않았을 것이다. 아내 또한 아이 세 번 챙겨줄 것을 남편에게 따뜻한 말 한마디 할 수 있는 여유가 있다면 부부관계가 최악의 상황으로 치닫진 않을 것이다. 물론 생활에 치여 지금 내 옆에 있는 사람을 바라봐준다는 것이 귀찮고 버거운 일처럼 느껴질 수도 있다.

누군가가 내게 말했다. 그래도 가장 소중한 사람은 내 옆의 배우자라고 말이다. 아이들이 자라서 자신들의 짝을 찾아 떠나고 나면 남는 건 내 남편, 내 아내뿐이지 않은가. 꾸준히 둘만의 시간을 가지는 부부는 서로를 바라보는 눈빛부터가 다르다. 그리고 어떤 일을 결정할 때 서로의 의견을 존중하고 상대방의 생각대로 맞춰주려는 모습이 많이 보인다. 평소에 감정을 공유하지 않은 부부가 갑자기 큰 결정을 내려야할 때 부부싸움으로 번지는 것은 당연한 결과이다.

아내도 남편도 마찬가지다. 둘만 바라보며 결혼을 했지만 그 후론 책임져야할 것들이 너무 많아져서 둘만 바라보는 것은 엄두도 안 나는 게 사실이다. 부부만의 시간을 시간과 경제적인 여유가 생기면 하겠다며 미뤄두기만 한다면 미래에도 결코 할 수가 없다. 미래에는 둘의 시간을 가로막는 또 다른 일이 생겨날 것이다. 특별한 사건이 일어나지 않는 이상 지금의 모습이 곧 미래의 모습이다.

가정의 중심인 부부가 행복해야 모든 것을 이루어낼 수 있다. 남편의 불만족과 아내의 우울감이 있으면 경제적으로 나아졌다고 해도 부부가 추구하는 행복으로 도달할 수가 없다.

가정에 있어 부부 파트너쉽은 모든 성공과 행복의 기초이자 바탕이 된다. 거창한 계획보다는 내 옆에 있는 배우자를 먼저 안아주는 것은 어떨까. 그리고 내 남편 또는 내 아내의 소리에 귀 기울여보자. 그런 시간은 일부러 만들지 않는 이상은 자연스럽게 생기기가 어렵다. 오늘 당장 그와 둘만의 시간을 가져보자. 잊고 있던 사랑이 샘솟을 것이다.

06

가정의 행복은
아내의 행복에서 나온다

여자의 아름다움의 대부분이 자신을 희생시켜
가정의 행복을 가꾸는 것이라면 그 아름다움은 마치 수증기처럼
온데간데없이 사라지게 될 것이다.

— 시릴 코널리

"암탉이 울면 집안이 망한다."는 옛말이 있다. 여자가 자신의 생각을 주장하거나 밖으로 돌면 가정의 행복은 깨진다는 말이다. 그래서인지 윗세대의 여자들은 결혼을 하면 묵묵히 가정을 위해서 희생해야 했다. 가정이 인생의 전부이고 남편과 자식들을 위해 헌신 봉사하는 것이 그녀들의 당면 과제였다. 하지만 그런 삶을 강요받은 그녀들도 나이 먹고 보니 그게 옳은 방법이 아니었다는 말을 하곤 한다.

나는 아토피로 고생하는 아이들 때문에 가사 도우미 서비스

를 자주 이용했다. 나물과 여러 가지 야채를 많이 섭취해야 하는 아이들을 위해 일손이 필요했다. 신선한 야채를 사다 놓으면 솜씨 좋은 이모님이 오셔서 음식을 해주셨다. 하지만 아무리 맛있게 열심히 만들어도 아이들이 고사리나 도라지 같은 음식을 좋아할 리가 없었다. 아이들에게 그런 음식을 해서 먹이는 것은 나의 큰 숙제였다. 먹지 않겠다고 떼쓰는 아이와 어떻게든 입으로 우겨넣는 내가 매일 전쟁을 치뤘다. '아토피가 다 나으면 내 인생을 살리라'고 다짐하며 힘든 상황을 견뎌야 했다. '아이들이 건강해지고 행복해질 때까지는 내 행복을 찾는 것은 사치야'라는 생각으로 일관하다 보니 어떤 일에도 흥미를 가질 수 없었다.

맛있는 음식을 먹어도 맛있지 않고, 간혹 친구들을 만나 웃고 떠들어도 그때뿐이었다. 나 이외에 모든 사람이 행복해보였다. 밤에 긁느라 잠 못 자는 아이의 등을 긁어주며 아이에게 마음에도 없는 말을 했다.

"너 때문에 엄마는 너무 힘들어. 엄마 힘들게 하려고 태어났지?"

정작 가렵고 힘든 건 아이인데, 그런 말을 하는 엄마를 보고 아이도 억지로 참는 것이 보였다.

"엄마, 이제 안 가려워. 그냥 엄마랑 안고 잘래."

아이에게는 화난 엄마여도 엄마 품이 최고다. 자신의 괴로움을 엄마 품에 묻고 잠들곤 했던 딸아이였다.

어느 날, 가사 일을 도와주시던 나이 지긋하신 이모님이 말씀하셨다.

"예나 엄마한테 할 말이 있는데요. 내가 맘에 안 들면 말해요. 얼굴을 찌푸리고 다니니 불편해서 일을 할 수가 없네."

서비스가 맘에 안 들어 인상을 쓰고 다닌다고 생각하신 모양이다.

"아니에요, 이모님. 제가 좀 힘들어서 그래요. 아이들 돌보는 것도 힘들고……. 이모님이 많이 도와주셔서 그나마 요즘은 많이 편해졌어요."

그래도 믿을 수 없다는 눈치였다. '내가 그렇게 인상을 쓰고 다녔나?' 하는 생각에 거울을 봤더니 슬프다 못해 인생 다 산 사람의 그런 얼굴이었다.

"예나 엄마가 있어야 이 가정이 있는 거예요. 내가 건강해야 아이들도 남편도 건강한 거예요. 집에서 이러고 있지 말고 나가서 기분 좋게 운동이라도 해요. 좋아하는 일도 찾아서 하고⋯⋯. 집 살림은 내가 많이 도와줄 테니까."

'하늘에서 천사가 나에게 내려온 걸까?' 하는 생각이 들었다. 그렇게 이모님은 오실 때마다 나에게 정신 차리라고 채찍질해주셨다.

물론 24시간 그런 모습으로 있는 것은 아니었다. 당시 영어 학원을 운영하던 나는 밖에 나가면 온 세상이 나를 위해 움직이는 것 같았다. 자녀의 영어교육에 대해 상담을 받고 간 엄마들한테 선물이라도 받으면 누군가에게 도움이 되었다는 생각에 보람차고 설렜다. 하지만 집에만 오면 저승사자가 날 데리러 올 것만 같았다.

그리고 아이들이 아픈 건 나 때문이라는 생각에 자책하며 울었다. 그런 이유로 아이들은 설레고 기쁜 엄마의 모습을 본 적이 없다. "힘들다. 지쳤다."라고 푸념하는 엄마의 모습만 보여줬다. 아이가 몸이 불편해 키우기 힘들다는 핑계로 나는 아이들에게 더 힘든 고통을 안겨주었던 것이다.

'내가 지금 뭘 하고 있는 거지? 아이가 무슨 죄가 있다고. 이렇게 푸념만 하는 사람은 내가 하나님이라도 도와주지 않을 거야.'

나는 그렇게 조금씩 일어나기 시작했다. 그리고 내가 건강해지고 행복해지리라 결심했다. 아이들 입으로 넣어주던 몸에 좋은 음식을 내 입으로 넣고 힘든 아이들 앞에서 "웃으며 잘할 수 있을 거야. 금방 다 나을 거야."라고 말해줬다. 그리고 푸념 대신 매일 기도를 하고 비타민을 챙겨 먹었다. '아이들이 건강해지고 나는 나의 꿈을 찾아 행복하게 일한다'라고 계속 긍정적인 상상을 했다. 또 '요즘 아토피를 가진 아이들이 많다는데 왜 이렇게 나만 불행해야 하지? 이런 불필요한 고통은 이제 그만두자'고 생각했다.

자꾸 같은 상상을 반복해서 하니 내 잠재의식은 그것을 이미 현실로 받아들이고 있었다. 아이들은 정말 건강해졌고, 나는 나의 일을 찾아 행복하게 매진하기 시작했다. 잠재의식의 힘을 알고 그것을 인생에서 적용한다면 더 나은 인생을 살 수 있다고 깨달았다.

어른들이 스트레스 해소를 위해 술을 마시듯이 아이들도 신체적인 에너지를 풀어주어야 한다. 요즘은 유아 때부터 영어 학원을 다니는 등 아이들이 맘껏 뛰어놀지 못하는 것이 사실이다. 하지만 아이들은 흙을 밟으며 자연 속에서 이것저것을 경험하며 자라야 한다. 그래서 나는 주말이면 아이들을 데리고 가까운 산으로 등산을 가고 자연체험을 많이 시키는 편이다.

어느 주말 날씨가 추워 아이들과 밖에 나가기가 걱정 되서 자주 가는 키즈카페에 갔다. 집에만 있다 나온 아이들은 물 만난 물고기처럼 뛰어다녔다. 책 한 권을 들어 읽으려던 차 맞은편의 한 엄마가 눈에 들어왔다. 그 엄마는 노트북을 가지고 열심히 키보드를 두드리고 있었다. 무슨 일을 하는지는 알 수 없지만 자신의 일에 매진하고 있는 듯한 모습은 멋지다 못해 광채를 뿜어냈다. 무슨 일을 그렇게 열심히 하는지 궁금했던 나는 슬쩍 자리를 옮겼다. 마치 내가 스토커가 된 기분이었지만 궁금함을 참지 못했다.

그 엄마는 글을 쓰고 있었다. 가끔씩 엄마를 찾아와 하소연하는 아이들에게 대꾸를 해주는 것 이외에는 완전한 몰입을 하고 있는 모습이었다. 그 이후 그 엄마의 모습이 머릿속에서 떠나질 않았다. 내가 바라던 모습이었기 때문이었다. 아이를 낳기 전에는 사람들 앞에 당당히 서서 스포트라이트 받는 인생을 꿈꿨다면 지금은 엄마의 사랑이 필요한 아이들을 돌보며 내 일을 멋지게 해내는 그런 모습을 꿈꾸고 있었다.

그리고 2년이 지난 지금 나는 아이들과 함께 키즈카페에 와 있다. 그리고 이렇게 글을 쓰고 있다. 내가 상상했던 바로 그 모습이었다. 내가 늘 가지고 다니는 꿈을 적는 종이에 적어놓았던 '나는 좋은 엄마가 됨과 동시에 베스트셀러 작가가 된다'라는 꿈을 이루기 위해 매진하고 있는 중이다. 이제는 더 건강해진 아이들이 내 일을 열심히 하는 엄마를 보며 꿈을 키워나가고 있다.

"엄마의 꿈은 작가야? 내 꿈은 과학자인데……"

딸아이의 말이다. 그리고는 어느 날 선물이라며 이거저것을 그린 종이를 건넨다. 거기엔 이렇게 적혀있었다.

"꿈은 이루어진다. 상상은 현실이 된다."

항상 꿈에 대해 이야기하는 나를 보며 딸아이가 나를 위해 만들어준 격려의 편지였다. 그리고 가끔은 나의 책꽂이에 꽂혀 있는 책 제목들을 내 앞에서 읊어보기도 한다. 그런 딸의 모습을 보니 이것이 진짜 교육이라는 생각이 들었다. 책을 읽지 않는 엄마가 아이에게 책을 읽으라고 강요하고, 꿈이 없는 엄마가 아이에게 꿈을 찾으라 한다면 그것이 진짜 교육일까 싶다. 그래서 나는 아이 옆에서 책을 읽고 글을 쓴다. 처음엔 나에게 와서 훼방도 놓던 아이들이 이젠 엄마가 노트북을 열면 엄마의 시간을 존중해준다. 그런 아이들에게 이렇게 말해준다.

"예나랑 준혁이에게도 꿈이 있지? 아직 없다면 책을 읽고 찾으면 돼. 엄마는 이제 꿈을 찾았어. 꿈을 찾으면 행복한 사람이 되거든."

"엄마, 나도 꿈을 찾을 거야."

예전에 나는 상황 탓을 하며 행복하지 않다고 입버릇처럼 하소연하곤 했다. 그리고 꿈이 어느 날 갑자기 나를 찾아와주길 바랐다. '남들 다 갖는 꿈 나에게도 한 번쯤은 찾아오겠지' 하는 안일한 생각이었다. 그러나 가만히 기다리고 있는 나에게 꿈은 절대로 찾아와주질 않았다. 간절히 바라고 내가 원하는 나의 모습을 꿈꾸는 지금 나는 내 진짜 삶을 살고 있다. 꿈꾸고 실천하는 지금 나는 세상에서 가장 행복한 여자다.

07
현명한 여자는
잔소리도 엣지 있게 한다

아내를 눈으로 보고서만 택해선 안 된다.
눈보다는 귀로 아내를 선택하라.
- T. 풀러

여자는 하루에 6천~8천 개의 단어를 사용하며 말을 한다고 한다. 영국 의학협회 보고서에는 여자가 남자보다 턱이 아플 가능성이 네 배나 높다고 발표되어 있다. 그만큼 여자는 상대방에게 나의 메시지를 전달하기 위해 많은 말들을 한다.

특히 하루 종일 아이와 의사소통을 많이 한 여자들일 경우, 남편이 집에 돌아왔을 때 끊임없이 말을 하게 된다. 결혼 전에는 내가 말을 할 때면 따뜻한 눈길로 들어주고 조언까지 해주던 그가 지금은 가장 많이 하는 말이 "날 좀 내버려둬."이다. 아마 남자들이 집에 와서 여자의 끊임없는 말을 듣고 있노라면 가장 많이 하게 되는 말일 것이다.

　나는 어릴 적 잔소리를 많이 듣고 자란 편은 아니었다. 뭐든지 혼자 알아서 했고 엄마가 말씀하기 전에 해야 할 일을 다 끝냈기 때문에 잔소리를 들을 일이 별로 없었다. 그런 내가 결혼을 했으니 잔소리 따위는 당연히 나와는 동떨어진 일이라 생각했다. 남편에게 잔소리 같은 것은 하지도 않을뿐더러 오히려 잔소리는 여성의 매력을 반감시킨다고 생각했다. 그리고 나는 다른 여자들에 비하면 말이 그리 많은 편은 아니었다. 나에게는 중요한 말 외에 말하는 자체가 에너지 낭비였다. 하지만 그런 나도 남편을 보면 하고 싶은 말이 많다. 또 그만큼 듣고 싶은 이야기도 많다.

　"운전 그렇게 하면 너무 위험하잖아. 노란불일 때 멈춰야지. 애들 데리고 이렇게 운전할 거야? 진짜 당신이 운전하면 나는 이제 못 타겠어."

　스마트폰을 보면서 운전을 하는 남편을 보고 이야기했다. 남편은 또 시작이라는 듯 속도를 늦추고 스마트폰을 내려놓았다. 이미 화가 머리끝까지 난 나는 남편의 멈춤에도 불구하고 계속 이야기를 했고, 남편의 운전에 대한 이야기는 어느새 결혼이야기로 바뀌었다.

"결혼식 때 내 말 안 듣고 이상한 옷 입고 신혼여행 갔잖아. 그 땐 정말 창피했어. 그러더니 결혼해서도 이렇게 내 말을 안 들어 줄 줄은 몰랐어."

말을 하고 싶어서 하는 건 아닌데 나는 어느새 세상 최고의 잔소리쟁이가 되어있다. 말을 하면서 더 화가 났다. 나의 말이 확실하게 관철되지 않는다고 생각하니 나름의 부연설명을 덧붙여 가며 설교하기 시작했다. 그러다 남편이 한마디 했다.

"알았으니까 그만 좀 해."

같은 상황 속에서 반복된 말을 하는 내 자신이 지겨워져 말을 멈췄다. 이와 같은 상황은 운전할 때마다 거의 한 번씩은 벌어지는 상황이다. 남편은 나름의 변명이 있다. 내비게이션이 고장 나서 스마트폰으로 길 찾기를 본 것이고, 이 신호를 놓치면 또 얼마나 기다려야 할지 모르기 때문에 빨리 달렸다는 것이다.

이런 식의 소통이 안 되는 대화는 모든 상황에서 적용된다. 부부는 같은 꿈을 꾼다는 말이 맞는 건지 의문이 든다 나를 위해 모든 걸 다해주겠다던 남편이 나의 사소한 부탁 하나도 들어주질 않는 사람이 되었다. 동네 슈퍼아저씨에게 부탁해도 그보단 친절하게 응대해줄 것이라는 생각이 든다. 도대체 뭐가 문제일까?

"행복한 결혼은 약혼한 순간부터 죽는 날까지 지루하지 않은 기나긴 대화를 나누는 것과 같다."는 앙드레 모루아의 말이다. 이렇게 기나긴 대화를 나누어야 할 부부가 사소한 말들 때문에 대화가 점점 단절된다는 것은 있을 수 없는 일이다.

여자는 하고 싶은 말을 다 하는 것일 뿐인데 남자는 점점 길어지는 여자의 말을 잔소리로 치부해버린다. 답답한 아내는 아들을 가르치는 엄마처럼 하나부터 열까지 가르치기 시작한다. 남편은 그럴수록 더 듣기 싫어하고, 아내는 답답한 마음에 더 이야기에 열을 올린다. 그렇게 대화의 악순환은 반복된다.

"아이한테는 혼내기보다는 칭찬을 자주 해주고 마음을 알아주는 것이 좋대."

다양한 육아서를 보며 아이를 키우는 나는 도움이 되는 내용을 남편에게 이야기해주곤 한다. 그럴 때마다 남편은 당연히 알고 있다는 듯 건성으로 대답을 한다. 어느 날 남편이 좋은 육아정보를 알아내기라도 한 듯 나에게 와서 흥분하며 얘기했다.

"예나 혼내지 말고 칭찬을 많이 해주자. 회사 선배가 그러더라고……. 자꾸 혼내면서 키웠더니 사춘기가 되니까 반항한다고 말이야."

"그거 내가 당신한테 항상 하는 말이잖아. 지금까지 내 말을 안 들었던 거야?"

"아니, 들었는데…… 그게……."

어처구니가 없었다. 내 말이 남편에겐 잔소리로 밖에는 들리지 않았던 것 같다.

'입 아프게 들려줬던 그 수많은 이야기들을 어떻게 들었던 거지?'

생각해보니 어느새 여느 엄마들이 아들들한테 퍼붓는 잔소리를 남편에게 하고 있던 나였다. 남편이 하루 빨리 변화되었으면 하는 급한 마음에 남편의 기분이나 상황은 아랑곳하지 않고 주절거렸다. 변화가 필요한 시점이었다.

결혼 전 남녀는 서로의 얼굴과 표정, 말투 등 자신이 발휘할 수 있는 모든 매력을 발산해 상대에게 구애한다. 그러면서 남녀는 눈에 콩깍지가 씌게 된다. 상대방의 모든 것이 매력적이게 느껴지고 점점 서로에 대한 객관성도 잃어간다. 뚱뚱하게 나온 배도 어느새 포근하게 느껴지고, 괴팍한 성격은 나를 지켜줄 듬직한 남자의 포스로 여긴다. 그리고 앵두 같은 입술로 재잘거리는 여자의 말은 종달새의 소리처럼 사랑스럽다. 자신이 가지지 못한 여자의 섬세한 언어감각은 남자를 사랑에 빠지게 하는 최고의 매력으로 보인다.

하지만 함께 일상생활을 하다 보면 그 콩깍지는 자연스럽게 벗겨진다. 서로의 실체가 드러나는 시점이다. 여자는 본인의 콩깍지는 벗겨진 걸 알면서도 남편은 그러지 않으리라 생각한다. 그러면서 더 이상은 매력을 발산하며 구애하려고 하지 않는다. 대신 하고픈 말들을 자유롭게 내뱉는다.

정신분석학의 대화치료는 의사가 그저 들어주기만 해도 환자의 히스테리나 정신적 스트레스가 치유되는 치료법이다. 하지만 나의 스트레스 해소나 정신치료를 위해 남편을 마냥 내 앞에 세워두었다가는 남편은 나로 인해 또 다른 스트레스를 갖게 될 수도 있다. 남편은 잔소리를 하는 나에게 "스트레스는 받는 만큼 다른 사람에게 주어야 한대……. 난 어디 가서 풀지?"라는 말을 종종 한다.

프랑스 작가 앙드레 모루아는 이렇게 말했다.

"행복한 결혼생활을 위한 한 가지 방법은 끊임없이 교양을 쌓아 대화를 이어나가는 것이다."

남편이 양말을 뒤집어놓고, 창문을 모두 닫은 채 청소기를 돌리더라도 비난보다는 남편을 존중해주는 대화를 시도해야겠다.

사실 남편은 엄마 같은 아내, 상사 같은 아내가 아닌 사랑해 주고 픈 아내를 원할 테니 말이다.

"여자의 머리는 길다. 그 혓바닥은 더 길다."라는 스페인 속담처럼 여자의 말은 시대와 장소를 넘나든다. 세상 모든 남자들이 여자의 이런 특성을 알고 알아서 맞춰주면 좋으련만 그렇지 못하는 남자의 무능함을 탓할 것도 아니다.

우리는 남편의 비즈니스 파트너가 되어야 한다. 비즈니스 현장에서 늘어진 옷을 입고 짜증 섞인 말투로 업무를 하는 사람을 본다면 어떠한 기분이 드는가. 남편과 나는 한 가정을 경영하는 비즈니스 파트너이다. 육아, 살림, 경조사 등 현실적인 이야기부터 미래의 우리 가정을 잘 경영하기 위한 대화도 필요하다. 사실 대화가 단절된 부부의 미래는 발전이 없다고 볼 수 있다.

대화가 스트레스 해소의 용도가 아닌 서로의 신뢰를 쌓고 부부관계가 발전할 수 있는 장으로 만들어야 한다. 부부간의 대화도 비즈니스 미팅 현장이라 할 수 있겠다. 격식을 갖추고 형식적인 말들을 할 필요는 없다. 하지만 남편에게 듣기 좋은 말을 해주고 남편이 나의 요구에 응할 수 있게 하는 센스와 스킬이 필요하다. 어차피 남자는 여자하기 나름이다.

08
알면 행복,
모르면 불행인 결혼

부부라는 것은 쇠사슬에 함께 묶인 죄인이다.
때문에 발을 맞추어서 걷지 않으면 안 된다.
– 고리키

    결혼식의 주인공인 신부는 최고로 아름다운 모습으로 주례
사 앞에 선다. 그리고 옆에 멋지게 턱시도를 차려 입은 남자와 비
로소 백년가약을 맺는다. 우리는 부부로서의 계약을 맺는 것이다.
그 순간만큼은 '머리가 하얗게 새는 그날까지 이 사람 옆에 있을
거야'라는 애틋한 다짐을 해보기도 한다. 옆에 있는 새신랑도 나
와 같은 생각을 하는지 나를 보며 미소 짓는다. 그렇게 신랑신부
는 '새 출발'을 한다.

    식이 끝나고 남편은 어느새 나는 아랑곳하지 않고 결혼식의
이모저모를 신경 쓴다. 아까의 애틋한 감정은 기억나지 않는다.

'오늘 같은 날은 나만 바라봐줬으면 좋겠는데……' 하는 생각도 든다. 낭만적인 결혼식 후의 시간은 이미 현실이 되어버린 지 오래다. 신혼여행의 여행지 티켓을 확인하고 부모님과 축의금을 어떻게 나눌지에 대해 상의하느라 새 출발의 낭만은 어디서도 찾아볼 수가 없다. 이제 결혼한 부부로서의 새로운 일정을 짜 나가야 한다. 막연한 불안, 얼떨떨함을 동반한 행복한 신혼여행을 마치고 돌아와 보니 남은 건 피곤함뿐이다.

결혼식 한 달 전 다니던 직장을 그만두었던 나는 일찍 출근하는 남편을 보내고 신혼집에 혼자 남겨졌다. 예쁘게 새로 꾸며진 거실에 멍하니 앉아 있었다. 화려한 결혼식과 신혼여행의 모든 일정이 끝난 지금 나는 며칠 전의 나와는 다른 사람이 된 것 같다. 나는 변한 것이 없는데 내게 주어진 상황은 "넌 이제 그 옛날 소연이가 아니야. 이제 주부가 되었잖아."라고 말하는 것 같았다. 주부라는 단어를 떠올린 순간 소름이 돋았다. 나 빼고는 모두가 화려한 파티 뒤의 일상으로 돌아간 것처럼 느껴졌다.

내가 지금까지 알고 있던 주부의 이미지는 집을 예쁘게 꾸미고 맛있는 음식을 준비하는 그런 모습이었다. 드라마 속의 그런 주부가 나오는 장면을 상상하니 도저히 나와는 맞지 않았다. 새로운 직업을 찾아 준비하는 대신 결혼식을 하고 갑자기 집이라는 감옥에 갇히게 된 그런 기분이었다. "내가 도대체 결혼을 왜 한 거지?"라고 되묻고 되물었지만 대답은 "네가 다 원해서 한 거였잖아 그러니 어서 주부가 되어봐."라는 결론밖엔 나오지 않았다.

결혼하면 일도 하지 않고 남편과 매일 함께 영화나 보며 생활을 즐길 수 있을 것이라는 생각이라도 한 걸까? 현실은 나 혼자였다. 그렇게 다니기 싫었던 직장생활이 그리웠다. 모두가 일하러 간 이 시간에 나 혼자 덩그러니 남겨졌다.

'뭐가 잘못되어도 한참 잘못됐어.'

남편에게 전화를 걸었지만 바쁜 업무로 대화도 할 수가 없었다. '그래, 결혼은 했지만 원래의 나로 돌아가는 거야, 새로운 직장을 구하자'라며 밤낮으로 구직사이트에 접속 후 이력서를 보내던 어느 날 임신했다는 것을 알게 되었다.

'이렇게 내 인생은 끝나는 건가?'라는 걱정이 들었지만 그래도 얼마나 기쁜 소식인가 싶어 남편에게 전화를 걸어 임신소식을 알렸다. 드라마에서 보면 아내의 임신 소식을 들은 남편은 환희에 찬 표정으로 아내에게 뽀뽀를 해주고 너무 행복해한다. 하지만 남편의 반응에 너무 서운했다.

"어? 생각보다 임신을 빨리 했네? 축하해."

결혼한 여자 후배가 임신소식을 알린다면 이처럼 담담할까? 나는 "축하해줘서 고마워……."라고 말할 수밖에 없었다. 비교적 이른 나이에 결혼한 딸의 이른 임신 소식을 들은 친정 부모님도 담담한 목소리로 "축하해."라고 말씀하셨다.

"결혼에 대한 환상 따위, 난 안 키워!"라고 외치던 내가 어리둥 절한 모든 현실에 어안이 벙벙할 뿐이었다. 지금 생각해 보면 그 것은 환상 그 이상이었다. 무지해도 그런 무지가 있을까? 드라마 에서나 나오는 어렴풋한 결혼의 이미지만 가지고 있었다. 결혼식 이 결혼의 전부인 줄만 알았다. 미리 그것을 알았더라면 결혼식이 끝나고 혼자 덩그러니 소파에 앉아있지는 않았었을 텐데 말이다. 인생에서 가장 중요한 결혼생활을 아무런 준비와 공부 없이 시작 했다는 것에 대해 자괴감이 들었다.

하지만 역시 주위를 둘러보면 결혼을 준비하는 데에 있어 결 혼식을 위한 준비 말고는 별 다른 준비를 하는 것 같지가 않다. 어떤 웨딩드레스를 고를 것인지, 신혼여행은 어디로 가야 할지 등 마치 결혼식이 결혼의 전부인 듯했다. 불과 며칠이면 끝날 결혼식 과 형식적인 절차들의 준비를 마치면 그때부터가 진짜 시작이란 것을 안다면 나와 같은 시행착오는 겪지 않을 텐데 말이다.

'준비, 땅!' 하고 결혼생활이 시작된다. 막상 결혼을 해보니 나 의 의지와는 상관없는 일들이 많다. 그냥 잘 달리기만 하면 될 줄 알았는데 예기치 못한 장애물이 나를 가로막고 선다. 처음엔 완주가 목표였으나 이제는 달리다가 넘어지지만 않았으면 좋겠다. 신혼여행을 다녀온 뒤 나에게 해야 할 일의 목록을 알려주는 사람이 있으면 좋겠다는 생각이 들었다. 결혼을 비교적 일찍 한 탓에 딱히 조언을 구할 데도 없었다. 누군가는 "결혼 별 거 없는데, 그냥 살면 되지."라고 말할 수도 있다. 하지만 주어진 대로만 살았다가는 결혼에 대한 회의감과 인생에 대한 의미마저 상실할 것만 같았다.

결혼을 하면 동시에 나 한 사람에게 많은 역할들이 주어진다. 누군가의 아내가 되고 며느리, 엄마가 된다. 예를 들어 새로운 직장에 들어가면 새로운 업무에 관해 인수인계를 받고, 어느 정도 업무파악이 될 때까지는 간단한 일들을 하며 일을 배운다. 하지만 결혼은 한 번도 연습해본 적 없는 아내의 역할, 며느리 역할, 엄마의 역할로 우리를 기다린다. 부정하고 싶어도 우리는 결혼을 한 순간 그 역할의 굴레에서 벗어날 수가 없다. 준비하지 않은 채 진행되는 현실은 시행착오의 연속이라는 결과만 가져올 뿐이다.

결혼을 하면 나는 예쁨 받는 며느리가 되고 싶지만 그 앞엔 대접받고 싶은 시어머니가 계신다. 화성에서 온 남자, 금성에서 온 여자, 목성에서 온 시어머니라는 말이 있다. 여자는 시어머니가 되면 전혀 다른 존재가 된다고 한다. 서로의 다른 목적과 원인으로 부딪치게 마련이다. 회사에서도 상사와 부하직원의 입장은 다르기 마련인데 시어머니와 며느리의 입장은 천지차이다. 그런 입장차이로 대립갈등이 생길 수가 있다.

또 아내의 역할은 말할 것도 없다. 이해할 수 없는 화성에서 온 남편과 타협점을 찾아야 할 때가 수도 없이 많다. 사랑스러운 아내라고 봐주기를 바라는 것은 나만의 생각일 뿐이다.

세계에서 가장 높은 에베레스트 산 정상에는 '1953년 5월 29일 에드먼드 힐러리'라고 적힌 깃대가 꽂혀 있다. 에드먼드 힐러리는 가장 험난하고 높은 에베레스트 산을 처음 등반했지만 많은 시행착오가 있었다. 그의 등반에 대해 연설하던 중, 청중 가운데 한 사람이 그에게 질문을 던졌다.

"그렇게 힘든 산이라면 두 번 다시는 등반하시지 않을 겁니까?
"그렇지 않습니다. 저는 다시 오를 생각입니다. 첫 번째 등반은 실패로 끝났지만 다음번에는 반드시 성공할 테니까요."

어떤 분야에서 성공을 이루려면 과정상에서 많은 시행착오를 거치기 마련이다. 시련 없는 성공은 진짜 성공이 아니라고 할 정도로 시련은 오히려 성공을 위한 귀중한 선물이기도 하다. 하지만 결혼생활은 이와는 다르다. 결혼생활의 실패가 인생의 실패라고 말할 순 없지만 준비하지 않으면 시행착오의 연속을 낳게 된다.

왜냐하면 결혼생활에는 정상은 것은 없기 때문이다. 오히려 보이지 않는 정상만을 향해가다 더 소중한 것을 놓칠 수 있게 되는 것이 결혼생활이다.

"결혼해서 와이프와 아이들을 위해서 열심히 일만 했어요. 하지만 남는 것은 바람피우는 아내와 아빠를 외면하는 아이들뿐이네요."라고 말하는 한 남자가 있다. 돈 잘 벌어다 주는 것이 본인의 역할인 것 같아 앞만 보며 살았는데 현실의 결과는 생각과는 달랐다는 것이다. 경제적인 안정도 중요하지만 무엇보다 외로움을 느꼈던 아내의 마음을 헤아려주고 돌봐주었어야 했다. 미리 알았더라면 그에게 지금과 같은 불행은 없었을 것이다.

"무지는 모든 악의 근원."이라는 말이 있다. 결혼생활에 대한 아무런 공부 없이 또는 계획 없이 결혼생활을 시작한다면 행복으로 가는 시간은 점점 멀어지기만 할 뿐이다. 결혼은 알면 행복, 모르면 불행이다. 웨딩드레스나 고르며 시간을 보내는 안일한 신부가 되어서는 안 된다. 신혼집의 벽지와 함께 남편 공부, 아이 공부, 시어머니 공부도 같이 해야 한다. 내가 내 자신을 먼저 알고 결혼에 대해서 공부한다면 행복의 근간인 가정을 누구나 천국의 꽃밭으로 만들 수 있다.

Chapter
5

결혼 후
여자의 진짜 인생이
시작된다

결혼 전에는 미처 몰랐던 것들

01
결혼 후
여자의 진짜 인생이 시작된다

좋은 결혼생활은 개인의 변화와 성장, 사랑을
표현하는 방식에 있어서의 변화와 성장을 가능하게 해준다.
- 펄벅

결혼을 앞두고 있는 후배들과 결혼에 대해 이야기를 나눈 적이 있다. "언니, 결혼하면 어때요?"라는 질문에 나는 갑자기 말문이 막혀버렸다. 나는 "결혼 안 하면 어때?"라고 되묻고 싶었다. 그녀들의 궁금증을 해소시켜주기 위해서라도 무언가 기발하고도 자극적인 대답을 해줘야 하는 건지 고민했지만 이내 이런 말들이 흘러나오고 있었다.

"결혼 별 거 없는데? 혼자 하던 거 같이 하고, 아이 낳고 기르고 ……. 맞다. 아이는 기관에서 길러주고……."

두서없는 말들이 이어지고 있었다. 후배들이 나에게 한 질문을 내 자신에게 묻고 싶었다. 나도 결혼 전에 초롱초롱한 눈으로 선배언니들에게 결혼생활에 대해 묻곤 했던 기억이 났다. 결혼식이 끝나고 그런 질문들을 자문해볼 새도 없이 이렇게 시간이 흘렀다는 것이 놀라울 따름이었다.

집에 돌아온 후, 그 질문은 나에게 풀지 못한 시험문제처럼 느껴졌다. 후배들의 질문은 마치 결혼을 하면 인생에 큰 변화가 찾아오고, 극단적인 불행이 찾아오지는 않는지 궁금해하는 것 같았다.

결혼한 여자들의 반은 빠르면 결혼 전 일을 관두거나 일과 육아를 병행하다 지쳐 다니던 직장을 그만두게 된다. 그리고 전업주부라는 길을 걷게 된다. 그때부터 모든 조건, 학력과 외모 나이 상관없는 누구 엄마로 불리게 된다. 아이를 등교시킨 후 엄마들은 삼삼오오 카페에 둘러앉아 브런치를 먹는다. 주요 화젯거리는 내 아이의 장·단점, 남편 자랑, 시댁 흉보기다. 그 누구도 꿈에 대해 이야기를 하거나 미래에 대한 이야기를 하지는 않는다. 이야기가 끝나고 나면 너무 허무해서 그런 모임에 잘 나가지 않던 나는 어느 날 우연히 엄마들의 무리에 끼게 되었다.

"우리 애는 아침에 양말을 안 신으려고 해. 아침마다 양말 신기려면 얼마나 힘든지 몰라."

"밥 안 먹는 것 보단 낫지."

그렇게 30분이 지나자 엉덩이가 들썩거리는 나는 참지 못하고 입을 열었다.

"아이가 다 크고 엄마 손이 필요 없게 되면 그땐 뭐 하실 거예요?"
"뭐라도 하고 있지 않을까요? 정 할 거 없으면 커피숍이라도 하던지……. 그리고 고등학교 졸업할 때까지 챙겨줘야지. 엄마가 정보 없으면 애만 손해이지 않나요? 뭐 할 시간이 어디 있어요? 애들 챙기기도 바쁜데……."
"예나 엄마는 뭐 할 거예요?

'저의 진짜 꿈을 찾아 가야죠'라고 말하고 싶었지만 할 수가 없었다. 따가운 눈총을 받을 게 뻔했기 때문이었다. 바쁘다는 핑계를 대고 일어났지만 시간이 벌써 정오를 넘겼다. 아무도 떠날 기색이 보이지 않았다. 엄마들의 오전 시간은 그렇게 한탄하고 불평하며 지나간다. 그 시간에 무언가 건설적인 일을 하면 훨씬 기분도 좋아지고 만족감도 커질 텐데 안타까운 생각이 들었다.

요즘은 전업주부인 엄마들도 두세 살이 지난 아이를 기관에 보내기 시작한다. 이유는 엄마 자신만의 시간을 갖기 위해서다.

거기다가 덧붙이지자면 아이가 집에만 있으면 심심해서 안 된다는 이유이다. 처음에는 한두 시간 놀다오라는 차원이지만 하루하루 시간이 늘어 4시, 5시에 하원해서 오는 아이가 부담스럽게 느껴진다.

엄마들도 적응의 동물이라 그런가보다. 처음에는 한두 시간 아이와 떨어질 생각에 눈시울이 붉어지기도 하지만 이내 혼자 보내는 여유로운 시간에 흠뻑 빠져버린다. 아이가 기관에 완벽한 적응을 하고 나면 엄마에게는 그 시간이 오롯이 자신만의 시간이 된다. 아이를 보내고 커피를 마시고 집에 돌아와 집안일을 하고, 좀 쉬다보면 아이 올 시간이 된다.

물론 중간에 운동을 한다든지 취미생활을 할 수도 있겠다. 하지만 이런 생활 속에서 좀처럼 나의 만족감은 찾을 수가 없다. 채워지지 않는 만족감으로 아이에게 짜증낸다. 인생의 변화가 필요한 시점인데도 똑같은 현실에서 벗어나는 것은 좀처럼 쉬운 일은 아니다. 어느새 나 자신에게 엄마라는 굴레를 씌우고, 내 인생의 성장에는 잠금장치를 해놓는다.

헨리포드는 말했다.

"스무 살이건 여든 살이건 배우기를 멈추는 사람은 늙은 사람이다. 배움을 계속하는 사람은 나이에 관계없이 젊음을 유지한다.

인생에서 가장 위대한 것은 마음속의 젊음을 유지하는 것이다."

혹자는 아이를 잘 키우는 게 여자의 인생이라고 말할 수도 있다. 아이를 잘 키워놓고, 하고 싶은 일을 하면 된다고 말한다. 하지만 현실적으로 아이를 24시간 돌보는 엄마는 없다. 그렇다 하더라고 엄마도 사람이기에 그 모든 시간을 아이에게만 헌신하며 보낼수도 없는 노릇이다. 아이가 학교에 들어가기 전, 4세에서 7세까지 엄마들에게 많은 시간이 주어진다. 4년이라는 시간이 주어지는 셈이다. 우리는 그 시간을 미래를 위해 준비하는 데 써야 한다. 끊임없이 배우고 탐구해서 제2의 인생을 준비해야 한다.

다음은 화장품 회사인 메리케이사 로비에 새겨져있는 시이다. 제2의 인생에 대해 많은 생각을 하는 나에게 멋진 영감이 되어주었다.

나는 은빛 날개 위로 날아오르는
예감을 받았다.
그것은 수많은 놀라운 일들을
성취하게 되는 꿈이다.

당신이 하늘 아래 그 어느 곳에서

운명에 도전하게 될지 나는 모른다.

내가 아는 건, 그곳이 아주 높을 곳일 거라는 것뿐!

내가 아는 건, 그것이 아주 훌륭할 거라는 것뿐!

여자가 가정을 지킨다는 명목으로 가정에 올인하게 되면 살림과 육아가 전부가 될 수밖에 없다. 물론 내 아이를 훌륭하게 키워내는 일은 세상에서 가장 가치 있고, 고귀한 일 중 하나이다. 하지만 그 생활이 힘들다면 억지로 내 인생을 희생할 필요는 없다. 육아는 보육시설의 도움을 받을 수 있고, 살림은 지혜롭게 해나간다면 요령껏 나만의 시간을 만들어 낼 수가 있다. 여느 엄마들처럼 나도 아이가 유치원에 가고 나면 운동을 하거나 네일 아트를 받았다. 하지만 그 즐거움은 그때뿐이었다. 마음에 채워지지 않는 큰 구멍은 취미생활로는 채워지지 않았다.

진정한 행복은 기존의 안락함이나 편안함을 벗어 던지고 나를 이겨내야 비로소 쟁취할 수 있는 것이다. 편함도 무언가에 몰두하고 정성을 기울이고 난 뒤에야 비로소 가치 있게 느껴진다. 활력 있는 신체를 가진 나이에 취미생활만 고집하는 것은 '나는 늙었다'라고 얘기하는 것과 다름없다.

《여자에게 일이란 무엇인가》에서 전업주부의 애환이 나온다.

"집에 있으면 행복할 줄 알았어요. 그런데 '엄마와 나'라는 이름의 주부강좌까지 들어가며 집안일에 몰두했는데, 하나도 즐겁지 않았어요. 학부모회의 극성엄마들은 절 미치게 만들더군요. 그들은 집안일을 행복해하며 쿠키를 굽고 저녁식사를 준비했죠. 그러나 전 마치 덫에 빠져 집에 처박혀버린 기분이었어요."

집이라는 정글에 갇혀 눈에 보이는 것은 소파 색깔과는 맞지 않는 쿠션, 시들어가는 화분이다. 아침을 준비하면 금방 저녁이 된다. 어떤 여자들에게는 깨끗한 집에서 아이들에게 깨끗한 옷을 입히며 그것이 행복이라고 할 수도 있다. 하지만 내가 소파와 매치되는 쿠션을 고르기 위해 인터넷 쇼핑을 하고 있을 때 어느 누군가는 광채 나는 모습의 커리어 우먼이 되어 내 앞에 나타날 수도 있다. 그 모습을 보고 주눅 들거나 위축되지 않을 자신이 있다면 괜찮다. 하지만 내 자신이 초라해지는 그런 기분은 감출 수가 없다.

출산 후 아이에게 전념해야 하는 시간은 10년이다. 그 이후부터 우리 자신의 인생을 살아야 한다. 내가 가정에 내 인생의 시간과 에너지를 바쳐 산 동안 어떤 이는 큰 사업을 이루었고, 또 어떤 이는 한 분야의 달인이 되었다. 지금 당장 가정과 아이를 내팽개치고 집 밖으로 뛰쳐나오라는 것은 아니다. 가정이 영원한 나의 보금자리라고 느껴지겠지만 가장 안전한 곳이 가장 위험한 곳이 될 수도 있는 것이다.

꿈은 여유 있는 사람들이 사치스럽게 꾸는 것이 아닌 생존을 위해 필요한 것이다. 지금 당장 꿈이 없다고 불안해할 필요도 없다. 다만 우리 안에 우리의 명령을 기다리는 꿈의 존재를 스스로 깨달아야 한다. 결혼한 우리는 이제 막강파워를 자랑하는 여자이면서 아내이자 엄마가 되지 않았는가. 내가 원하는 나의 진짜 인생을 시작해야 하는 시간이다.

02
내가 먼저 행복해지는
습관을 찾아라

우선 무엇이 되고자 하는지 자신에게 말하라.
그리고서 할 일을 하라.

– 에픽테토스

우리나라는 OECD 가입 국가들 중 자살률 1위를 기록하고 있다.

치열한 경쟁의 사회에서 너나할 것 없이 명문대 입학, 대기업 입사라는 목표를 가지고 인생의 대부분을 보내고 있다. 뚜렷한 목적이나 방향 없이 사회나 선생님 부모님이 요구하는 길을 걷기 위해 끝없는 스펙 전쟁을 치루며 벌어지는 비극적인 결과이다.

회사 생활 10년 이상 된 과장 부장급들의 사람들도 퇴근 후 영어점수를 따기 위해 영어학원에 간다. 물질적 풍요와 문화적 발전이 있다 한들 내 삶은 여전히 하루 벌어 하루 먹고 사는 것에 지나지 않는다. 결국 하루살이를 위해 우리는 그 수많은 시간들을 길 잃은 양처럼 보내고 있다. 때로는 그것에도 끼지 못하는 자신을 한탄하며 비관하여 목숨을 끊는 소식을 접할 때면 안타까움을 자아낸다. 또 사회적 기준에 부합하지 못하는 사람은 스스로 인생의 낙오자로 느끼기도 한다. '내 인생의 나는 어디 있는 걸까? 무엇을 위해 사는 것일까?'라는 질문을 나 역시도 스스로에게 던지곤 했었다.

대학 입학 전 1, 2년을 치열하게 보내지 못한 대가는 생각보다 크다. 대학의 순위에 따라 향후의 인생이 결정되기 때문이다. 명문대가 아닌 다른 대학의 타이틀은 나를 평생을 따라다니며 괴롭힌다. 누가 꼬집어 말하진 않지만 그 이름표를 가장 의식하는 것은 나다. 사회 내에서의 자존감은 낮아진지 오래고, 곧 그것이 스스로를 바라보는 기준이 된다.

나는 학창시절 공부를 꽤 잘하는 편이었다. 주입식 교육에 익숙해져 있던 나는 시키는 공부만 하면 되는 기존의 교육방법이 잘 맞았다. 잘 맞았다기보다는 적응을 잘했다는 표현이 맞다. 그래서 무조건 암기하면 되는 영어 등의 외국어 과목은 항상 만점을 받았다. 창의력을 발휘하기보다는 무조건 달달 외워버리는 것이 나의 주된 공부 방법이었기 때문에 수학에는 큰 흥미를 느끼지 못했다. 수학문제가 어려우면 그것을 이해하고 해결하기보다는 암기하려고만 해서 좋은 성적을 받지 못했다.

그러다가 대학 입학 전 치열하게 몰입해야 하는 시기에 나는 방황을 시작했다. 어렵고 힘든 공부를 왜 해야 하는지 몰랐기 때문이다. 한마디로 인생의 커다란 그림이 없었다. 물론 그 나이에 인생대계를 계획한다는 것은 흔한 일은 아니지만 구체적인 목표가 없었던 나는 소소한 고통들을 이겨내지 못했다.

그 당시엔 꿈은 가만히 있으면 찾아와주는 특별한 사람들의 전유물이라고 생각했다. 그나마 꾸준히 해왔던 영어공부로 대학 졸업 후 유수대학의 비정규직 교직원으로 취업했으나 꿈이 없는 나에게는 그곳이 더 나은 인생을 위한 발판이 되지는 못했다. 퇴근 후 친구들과 어울려 술을 마시고 다음날엔 지각을 일삼았다. 근태가 좋지 못한 비정규직 직원이 인정받았을 리 없었다. 그리고 순간의 즐거움이 끝나고 나면 더 큰 결핍이 나를 괴롭게 했다.

그러던 중 지금의 남편을 만나 도피성 결혼을 했다. 계획 없이 돌파구적인 결혼생활은 나에게 불만족만 안겨줄 뿐이었다. 나 자신에 대한 불만족은 짜증과 불평불만을 자아냈다. 마치 행복하게 잘 살고 있던 나에게 결혼이 큰 장애가 되는 것처럼 느껴졌다. '결혼만 안했더라도 인생을 즐겁게 살고 있었을 텐데……'라며 상황을 탓하기에 급급했다. 문제는 내 안에 있다는 것을 알면서도 그것을 해결하려 하기는커녕 묵인하며 시간을 흘려보냈다.

난 어느새 스스로에게 '나는 언제 행복했었지? 나는 언제가 가장 행복할까?'라는 질문을 던지고 있었다. 맛있는 것을 먹을 때, 성적이 잘 나왔을 때, 자고 있는 아이의 천사 같은 얼굴을 보았을 때 등 가지각색의 답변이 떠올랐다.

자신이 처한 환경이나 상황에 따라 우리는 순간적인 만족에 일희일비하곤 한다. 행복의 기준 또한 누구나 다르다. 누구나 표현하는 것 말고 행복이라는 단어에 정답이 존재할지 궁금해졌다. 행복의 의미에 대해 검색해보았다. '복된 운수' 또는 '어느 정도 긴 시간동안 자신의 생활에 대해 만족하는 느낌 또는 흐뭇함'이라 지칭되어 있었다.

그러나 나는 일상의 소소한 기쁨들 이외에는 전반적인 만족을 가지고 있지 않았다. 결혼한 여자라면 누구나 가질 수 있는 행복, 가정의 행복도 표면적인 기쁨에 불과했다. 물론 나 자신에 대한 만족감이 커도 가정의 행복이 깨지면 그것만큼 불운한 것도 없을 것이다.

하지만 그것은 생각하는 기준의 차이일 뿐이다. 가정의 행복과 나의 행복은 서로가 필요충분조건이기 때문이다 내가 행복해야 가정이 행복하고, 가정이 행복해야 내가 행복하다. 더 이상 내 자신의 행복 추구권을 묵인하는 것은 핑계가 될 수 없었다. 때 늦은 나 자신과의 대화를 시작해야만 했다.

"네 안의 열망은 무엇이니? 너를 행복하게 만드는 것은 무엇이니?"

끝없는 대화가 계속되었다. 그러면서 나는 내가 좋아하는 것들을 찾기 시작했다. 찾으면 찾을수록 그것은 외부에 있는 것이 아닌 내부에 있다는 것을 알게 되었다. 나의 꿈을 딱히 하나로 정의할 순 없지만 꿈을 찾는 과정 자체가 나에겐 행복이었다.
어느새 내 안의 열망이 말했다.

"네가 이미 알고 있잖아. 어렸을 때 책을 보고 글을 쓸 때의 뿌듯함과 만족감, 영어공부의 즐거움, 나로 인해 변화하는 인생들을 보며 느꼈던 희열."

내 안에서 깨워주길 바라며 선잠을 청하고 있던 누군가 부스스 일어나는 것이 느껴졌다. 행복은 어딘가에서 나에게 찾아오는 것이 아닌 내 안에 있다는 것을 알게 되었다. 행복은 무작정 바라는 게 아닌 이미 행복하다고 느낄 때 찾아온다. 글을 써서 행복한 건지 행복해서 글을 쓰게 된 것인지는 모르겠다. 하지만 나는 그 행복을 이미 느끼고 끌어 당겼다. 그러면서 동시에 책을 쓰기 시작하였다.
행복도 불행도 습관이라는 것을 알고 있는가? 불행한 사람들은 늘 불행을 이야기한다. 불행을 꿈꾸는 셈이다. 반면 항상 활력이 넘치고 옆에만 있어도 행복에너지가 전달되어지는 사람이 있다. 그런 사람들은 늘 꿈과 행복을 이야기한다.

난 요즘 양자물리학에 관한 책에 심취해있다.

이 세상의 모든 물질은 미립자로 구성되어 있다. 사람도 그렇고 우리가 느끼는 감정이나 생각도 결국 미립자로 이루어져 있다. 내 앞에 현실은 내가 그것을 바라보는 관점대로 움직인다. 예를 들어 두 개의 컵에 똑같은 물을 담아놓는다. 그리고 한쪽에는 사랑이라는 단어를 써 붙이고, 다른 하나의 컵에는 증오나 미움이라는 부정적인 단어를 써 붙인다. 그리고 며칠이 지난 후 그 물을 관찰한 결과, 사랑 글자를 써 붙인 컵의 물은 아름다운 결정체를 형성하고 있었고, 반대의 컵에는 괴이하고도 불특정한 결정체의 모양을 하고 있었다. 이것은 우리가 그것을 바라보는 감정 상태에 따라 미립자들이 서로 반응한다는 것을 알 수 있는 실험이다. 감정이 없는 물도 미립자로 인해 나의 생각을 받아들인다.

하물며 사람의 성공이나 행복은 어떠하겠는가. 내가 처한 환경이나 상황에 부정적인 에너지를 넣어주면 우리의 인생은 불행으로 흐를 수밖에 없다. 또한 작은 일에 가치를 부여하고 꿈에 에너지를 불어 넣어주면 우리는 어느새 행복한 사람이 된다. 돈이 행복의 기준이라면 이 세상의 모든 부자들은 다 행복하겠지만 그들 또한 불행한 이유가 있다.

내 안의 잠자는 거인을 깨우고 내 주변의 미립자들에게 행복과 감사에너지를 전달해보자. 그것이 사람관계이든 일이든 꿈이든 사랑이든 상관없다. 행복과 불행은 모두 내가 만드는 것이다. 난 꿈을 찾아 매진하며 진정한 나를 발견하고 행복했다. 나 자신이 나를 불행하게 만들고 나 자신이 나를 행복하게 만들었다. 이제 나는 행복해지는 습관을 가지려 한다. 나의 행복 미립자들은 이미 나를 위해 움직이고 있다.

03
아내의 보물지도는
가정의 미래다

가정에서 행복해지는 것은 온갖 염원의 궁극적인 결과이다.

– S. 존슨

아직 세상물정 모르는 젊은 남자들은 단정하게 묶은 머리, 차분한 외모를 가진 여자를 보면 현모양처 스타일이라고 말한다. 현모양처는 그야말로 지혜로운 엄마, 좋은 아내라는 뜻이다. 언뜻 그 말은 당당하게 살고자 하는 요즘 여자들에게는 그리 귀감이 되는 말은 아닌 것 같다. 하지만 누군가 나에게 현모양처 스타일이라고 말한다면 나도 모르게 살짝 머리카락을 넘기게 된다. 왠지 내 자신이 청순해지는 느낌이 드는 것은 사실이다.

나의 친정엄마는 누가 봐도 현모양처 스타일이다. 난 그런 친정엄마를 밖에 나가면 자랑삼아 이야기하고 다니곤 했다. 왈가닥이었던 나는 엄마가 항상 아빠와 우리들을 살뜰히 챙기시는 모습에 안정감을 느꼈다.

실제로 엄마는 자식 넷을 고운 손으로 열심히도 키우셨다. 중학교 때 엄마는 나에게 예쁜 몸매를 가지라고 수영복 모양의 비싼 보정 속옷을 사주셨다. 그리고 아빠의 와이셔츠는 항상 하얀 눈처럼 깨끗했다. 엄마는 이런 모습의 가정이 한 폭의 아름다운 그림이라고 상상하셨다고 한다. 아름답고 깨끗한 집에서 예쁜 옷을 입고, 건강한 자녀들을 키우며 내 몸 같은 남편을 챙기며 사는 꿈을 꾸셨단다. 엄마에게는 그것이 인생의 꿈이었고 행복이었다.

그런 엄마의 그림 속의 한 명의 주인공인 나는 그저 행복했다. 그런 내가 이제 한 가정의 엄마이자 아내가 되고 보니 더 이상은 내가 그리던 모습대로만 살아지지 않는다는 것을 알았다. 이제는 내가 내 가정을 위해 꿈을 꾸고, 마음속에 아름다운 그림을 그려야 하는 장본인이 되었다는 것을 깨달았다.

어릴 적에 율곡 이이의 어머니인 신사임당은 현모양처였다고 배웠다. 사실 신사임당은 우리가 생각하는 그런 기준의 현모양처가 아니었다고 한다. 남편과 떨어져 친정에서 계속 작품 활동을 하는가 하면 그런 아내를 보기 위해 오히려 남편이 찾아왔다고 한다. 자기 인생을 당당하게 살아가는 현대 여성 못지않다. 율곡

이이가 이름을 널리 알리자 그녀의 예술가적 명성이나 능력은 현모양처라는 이름으로 덮여졌을 뿐이다. 그 당시 남자들의 기준으로 현모양처라는 타이틀을 가졌지만 사실은 누구보다 자신의 인생을 멋지게 살아낸 인물이었다.

내가 결혼을 이야기할 나이가 되어가던 무렵부터 엄마의 한결같은 조언은 시작되었다.

"27살에는 결혼해야지. 그때가 여자 나이로는 금값이야."

내가 무슨 금도 아니고, 어디로 팔려가는 것도 아닌데 그렇게 빨리 결혼을 해야 하는 건가? 결혼에 대해 무지했던 나는 속으로 반신반의했다. 엄마의 말에 동의하지 않으면서도 한편으로는 마음의 준비를 하고 있었던 것 같다. '엄마 말이 맞다면 결혼하려면 1년 밖에 안 남았는데……'라며 나도 모르게 엄마의 말에 설득되어 불안한 마음을 갖기도 했다.

그로부터 1년 후인 27살 가을에 엄마 핑계를 대며 결혼을 했다. 주관 없이 엄마 말만 듣는 마마걸은 아니었지만 결혼도 빡빡한 현실 돌파구로 하나의 좋은 대안이라는 생각이 들었다.

결혼하고 나는 엄마를 따라 하기에 바빴다. 엄마가 골라주신 엄마 취향의 가구들과 고풍스러운 벽지를 바른 집에서 앞치마를 두르고 살뜰하게 살림을 했던 엄마 흉내를 냈다. 그러나 나는 행복하지 않았다. 나는 그저 엄마 인생을 따라하고 있었던 것이다.

"엄마 나 결혼 괜히 했나 봐. 별로 행복하지가 않아."
"얘는 배부른 소리하네. 남편 능력 있고 자상하겠다, 뭐가 문제야?"

어쩌면 내가 그렸어야 할 내 가정의 큰 그림을 엄마에게 맡기고 있었던 것은 아니었는지 생각해보았다. 결혼해서 한동안 내 인생 또는 내 가정의 큰 그림을 그리지 못했다. 왜 그래야 하는지 이유조차 알지 못했다. 그저 순간순간을 되는대로 살았다. 아이가 울면 아이를 달래기에 급급했고, 남편과의 불화는 성격 차이로 인한 것이라고 치부해버렸다. 그리고는 내 머릿속에 파고드는 부정적인 생각이 나를 뒤엎도록 방치했다.

불행한 기분에 사로잡힐 땐 '이것이 인생이고 결혼생활이다', '남들도 다 이렇게 사는 거 아니겠어?', '좋은 일도 많으니까 그냥 참자'라고 생각했다. 결혼생활의 의미에 대해 그 누구에게도 올바른 답변을 들을 수가 없었다. '결혼생활이 참고 인내해야 하는 것이라면 결혼은 왜 하지?'라는 의문이 들어도 순간적인 소소한 기쁨들로 덮여버리곤 했다.

이제 엄마 인생이 아닌 내 인생을 살아야 했다. 굳이 힘들고 불행한 생활을 유지할 이유가 없었다.

어느 날 아이들을 유치원에 보내고 오랜만에 주어진 여유에 시간을 만끽하고 있었다. 책장에 꽂혀 있던 책 한 권이 내 시야에 들어왔다.《보물지도》라는 책이었다. 오랫동안 책꽂이에 꽂혀 있었지만 관심을 두지 않았던 책이었다. 종이에 꿈을 적고 내가 바라는 모습의 그림이나 사진을 붙여 벽에 걸어놓고 바라보면 그 모든 것이 현실이 된다는 내용이었다. 예전 같았으면 읽어도 시무룩하게 지나쳤을 내용이었지만 생활의 갈증을 느끼고 만족을 느끼지 못하는 나에겐 오아시스처럼 느껴졌다.

난 책의 내용대로 종이에 꿈을 적고 벽에 걸어 매일 바라보았다. 어두웠던 마음의 방에 스위치가 켜졌다. 종이에 적는 순간 모든 것이 이미 이루어진 것처럼 느껴지고, 금방이라고 이루어질 것 같다는 생각이 들었다. 난 그때부터 보물지도를 가진 엄마가 되었다. 꿈꾸는 능력도 실력인지 지금은 60개의 꿈리스트가 생겼다.

보물지도를 가지며 내 인생이 많이 달라졌다. 아이의 잘못된 점과 마음에 안 드는 점을 걱정하고 한탄하기보다는 아이가 잘했던 것들 좋은 점들을 상상하게 되었고, 남편과의 갈등도 꿈 얘기를 하며 풀어나갔다. 아름다운 세상에서 서로가 마음에 안 든다고 투정만 부리기에는 너무 아까운 시간들이다. 남편에게 내 꿈 얘기를 들려주니 남편도 자신의 꿈 얘기를 하며 들뜨고 행복해했다. 꿈을 좇는 여자의 가정은 행복할 수밖에 없다. 아내이면서 엄마인 여자의 꿈속에는 행복한 가정이 언제나 일 순위이기 때문이다.

영국의 괴짜 부호 리처드 브랜슨 버진그룹 회장의 어머니는 항상 그에게 "후회 없이 살아라."라고 충고했다.

브랜슨 회장은 "때때로 많은 사람들이 지나간 실패를 돌아보느라 시간을 낭비한다. 그 에너지를 재빨리 새로운 프로젝트로 옮겨가는 것이 중요하다."면서 "어머니는 늘 후회하며 뒤돌아보지 말고, 재빨리 다음 것으로 넘어가라고 가르치셨다."고 말했다.

리처드 브랜슨 뿐만 아니라 세계의 성공한 부호나 기업가들 뒤에는 훌륭한 엄마의 가르침이 있는 경우가 많다. 자식이 인생을 어떻게 살아야 하는지 큰 이정표를 만들어놓고 보물지도를 그려나간 엄마들의 모습이다.

엄마의 언어나 가치관이 가정에 미치는 영향은 절대적이다. 그것은 엄마로서만이 아니라 아내로서도 마찬가지다. 어릴 때부터 참 긍정적이셨던 엄마 덕분에 난 매사에 긍정적이고 적극적이다. 참 감사한 일이다. 엄마는 나에게 긍정적으로 살라고 말씀하시진 않지만 긍정적으로 사시는 엄마 모습을 보고 모든 일의 시작은 긍정에서 온다는 것을 배웠다. 특히 자기 자신을 먼저 긍정하는 것은 어떤 지식을 쌓는 것 보다 중요하다.

결혼 후 심한 아토피를 가지고 태어난 아이들을 보며 고통의 시간을 보내야 했다. 남들 다 먹는 음식은 우리 집에선 찾아 볼 수도 없었고, 밖에 나가면 맛있는 것을 사달라고 울부짖는 아이들을 달래느라 지쳤던 시간들의 연속이었다.

밤에 긁느라 잠 못 이루는 아이들 옆에서 전쟁을 치르곤 했었다. 아이들의 아토피만 낫는다면 그때 나만의 인생을 살 것이라고 다짐했다. 하지만 상황에 의지할수록 내가 바라는 시간들은 좀처럼 내게 찾아오지 않았다.

나는 보물지도에 '아토피 완치'를 적었다. 그로부터 1년 반이 지난 지금 아이들은 여느 아이들과 다름없이 건강하게 생활하고 있다. 사실 생각해보니 아이들 아토피 때문에 힘들다는 얘기만 했지, 얼른 나았으면 좋겠다고 생각하지 않았던 것 같다. 그리고 사람들을 만나면 아이의 아토피가 심하다는 이야기를 하며 동정표를 구하고자 했다. 음식을 많이 가려서 먹이는 나를 보고 엄마가 예민하다는 이야기를 듣다보니 그런 말을 미연에 막기 위해 아이가 아프다는 이야기를 먼저 꺼내곤 했다.

그러나 보물지도를 그리게 된 후부터는 아이가 다 나았다고 생각하기 시작했다. 전에는 사는 대로 생각했다면 이제는 생각대로 살고자 한다.

나는 이제 엄마의 꿈이 아닌 나의 꿈을 꾼다. 그리고 내 아이들과 남편을 위해 꿈의 목록이 적힌 보물지도를 꾸준히 그리며 상상한다. 성공적인 내 가정의 미래와 꿈을 위해서다.

두 사람이 성공에 관한 대화를 나누고 있었다. A가 말했다.

"무조건 열심히 살면 성공 할 수 있어."

그러자 B가 반박했다.

"그렇지 않아. 열심히 사는 것만으로는 성공할 수 없어. 그렇다면 매일 열심히 사는 농부들은 모두 성공했겠네."
"성공한 사람들에겐 한 가지 공통점이 있어. 그것은 종이에 꿈을 적었다는 거야."

누구나 가정의 행복과 성공을 바란다. 하지만 입 밖으로는 "아이 성적이 좋지 않아 큰일이야.", "남편 월급이 쥐꼬리라 아무 것도 못 해." 등의 말들이 나온다.
이제 아내이면서 엄마인 우리 여자들이 꿈을 적어야 한다. 꿈을 적는 순간 내 입에서는 부정적인 말들은 사라지고, 꿈을 이루어가는 데에 도움이 되는 언어로 채워지게 된다.

'김밥 CEO'라고 불리는 김승호 대표는 자신이 적어 놓은 꿈들을 매일 100번씩 필사했다고 한다. 이처럼 적어 되뇌는 것은 우리 생각에 현실적이지 못한 것까지도 이루어 내게 만드는 힘이 있다.

결혼했다면 좋은 아내가 되고 좋은 엄마가 되는 것은 누구나의 바람일 것이다. 그렇다면 당장 오늘부터 꿈을 생각하고 종이에 적자. 이루질 것이다. 무늬가 아닌 진짜 당당한 현모양처가 되어보는 것이다.

04
결혼은
인생의 종착역이 아니다

아내가 없는 남자는 몸체가 없는 머리이고,
남편이 없는 여자는 머리가 없는 몸체이다.

– 장 파울

　찍어내는 듯한 공장 결혼식을 마치고 나면 여자에게 주어지는 호칭은 바로 '유부녀'이다. 결혼 전 친구들과 농담을 하며 유부녀라는 단어를 넣어서 장난을 치곤했었는데 이제 장난이 아닌 현실이 되었다. 유부녀라는 단어를 들으면 그 안에는 누군가에게 귀속되어진 느낌과 함께 도발적인 느낌도 있다. 마치 완벽한 보금자리가 생겼기에 자신감이 충만해 보이기까지 한다.

　세상의 모든 것에는 음양이 존재한다. 앞이 있으면 뒤가 있고 위가 있으면 아래가 있다. 어디 그뿐이겠는가. 하늘과 땅, 남편과 아내 등 항상 그에 대응하는 요소들이 있다. 난 책을 열심히 읽기 시작하기 전까지는 실패는 실패일 뿐이라고 생각했다. 그래서 어떤 것을 도전하다가도 시련의 벽을 만나면 바로 돌아서버리곤 했다. 실패 뒤에 성공의 씨앗이 숨어 있다는 것을 몰랐던 것이다.

또 누군가를 사랑할 때는 어떠한가. 극도의 사랑을 느낄 때 우리는 증오의 감정도 함께 느낀다. 그것을 애증이라고 하였던가. 이러하듯이 모든 일에는 두 가지 요소가 함께 존재한다는 것은 자명한 사실이다. 하지만 생각보다 많은 여자들이 결혼하면 인생의 모든 문제가 해결될 것 같은 느낌을 갖는 것은 사실이다. 결혼식 후의 삶은 일상의 연속선상일 뿐인데 말이다. 결혼한 여자들은 지금이 결혼 전의 일상과 같다면 좋겠다고 한다. 그만큼 결혼생활은 예상할 수 없는 복잡한 일들이 많기 때문이다.

얼마 전 택시를 탔다. 밤길이라 주의를 기울이고 있던 나는 운전석에 여자 기사님이 앉자 계시는 것을 보고 안심했다. 백미러로 보이는 외모가 이런 밤에 손님들을 태우고 운전을 하고 다니기에는 좀 위험할 것 같다는 생각이 들었다. 마음이 통했는지 기사님이 나에게 말한다.

"여자 택시 기사 많이 못 보셨죠? 나도 옛날에는 가사도우미가 해주는 밥 먹고 봉사활동이나 하러 다녔었는데 이제는 생업으로 일을 해야 하는 신세가 되어버렸네요."

남편이 직원이 50명은 되는 중소기업 사장이었는데 회사가 부도나고 엎친 데 덮친 격으로 남편은 암에 걸려 투병중이라는 것이었다.

"남편이 벌어다 주는 돈으로 편하게 살아서 이 나이에 할 줄 아는 것은 그나마 운전밖에 없으니 택시를 하게 되었어요. 이럴 줄 알았으면 남편이 건재할 때 뭐라도 하나 배워놓을 걸 후회가 되요."

이제 막 결혼을 하고 풋풋한 미래만을 꿈꾸고 있었던 나와는 동떨어진 고리타분한 인생스토리쯤으로 들렸다. 하지만 내가 10년, 20년 뒤에는 어떤 삶을 살고 있을지 생각할 필요가 있었다.

누구나 다 알고 있는 '유비무환'이라는 말이 있다. "편안할 때는 위태로움을 생각하고, 생각했다면 준비가 있어야 하며 준비가 있으면 근심할 일이 없다."는 뜻이다.

결혼을 하면 나의 경제활동은 선택이 되고, 배우자가 나를 먹여 살려줄 거라는 생각은 부끄럽지만 여자라면 누구나 한 번쯤 가져본다. 그러나 그런 생각은 나를 점점 세상과 동떨어지게 만든다.

서울의 한 국숫집 할머니 이야기가 TV에 방영된 적이 있었다.

달랑 탁자 4개뿐인 이 국숫집은 한결같이 연탄불로 진하게 멸치 국물을 우려내서 국수를 말아낸다. 10년 넘게 국수 값을 이천 원에 받으면서도 면은 얼마든지 더 준다.

한 남자가 사업에 실패해 음식점을 돌며 음식을 구걸하던 중, 할머니 국숫집에서 국수를 먹고 냅다 도망쳤다. 그런 남자를 보고 할머니는 "그냥 걸어가! 뛰지 말고, 괜찮아!"라고 말했다. 배려 깊은 할머니의 말에 남자는 그만 털썩 주저앉아 울고 말았고, 눈물과 국수 힘으로 파라과이에서 사업에 성공했다. 남자는 혼자 나와 국수를 먹고 도망이라도 칠 수 있지만 집에 있는 아내는 자식들과 얼마나 처절한 생활을 하고 있었을지 생각이 들었다.

사랑 많은 남편과 결혼해서 살던 할머니도 나이 마흔에 4남매를 남기고 먼저 간 남편을 따라서 연탄불을 피우고 죽으려고 했지만 그 연탄불로 다시마 국물을 우려서 국숫집을 열었던 것이다. 혼자 자식들을 키우며 살아오셨을 세월을 생각하니 남일 같지가 않다.

결혼을 하면 행복해야 하는 의무와 권리가 있다. 고생길을 걷고자 결혼할 사람이 어디 있겠는가. 하지만 상황이 뜻대로 되지 않는다면 이야기는 달라진다. 삶에는 수많은 변수가 있다. 모든 일이 계획대로 착착 진행이 된다면 오죽 좋겠냐만은 현실은 우리에게 안일하게 소파에 앉아 초콜릿이나 먹게 하는 자리를 평생 내어주지는 않는다.

"자식에게 무언가를 줄 수 없다는 것은 가장 큰 선물이다."라는 말을 들은 적이 있다. 인생의 모든 출발점은 결핍으로부터 온다. 배고파 봐야 음식의 소중함을 알고, 돈이 없어봐야 돈의 소중함을 안다. 그 결핍은 어떤 일에 대한 도전과 성공에 대한 갈망으로 이어진다.

나는 결혼 전 무슨 일에건 의욕이 넘치는 여자였다. 원하는 공부까지만 시켜주신다는 부모님의 말에 독립의 필요성을 절감했다. 그렇게 혼자서 돈도 모으고 내 인생을 독립적이면서도 의미 있게 가꿔 나가고자 했다.

의미 있는 인생 설계의 큰 부분을 차지했던 것은 바로 나를 책임져줄 멋진 신랑감을 고르는 일이었다. 한 가지만 빼놓고 다 좋았다. 나를 책임져줄 남자를 고른 탓에 나는 점점 내 삶의 의미가 상실되는 듯했다. 점점 그에게 의존하는 나를 발견했다. 경제활동은 선택이니 어떤 일을 할 때 크게 적극성을 가지지 못했다. 조금 힘들면 육아와 살림 핑계로 일을 놓았다. 꼭 해야 하는 일이 아닌 취미가 되어버리는 것이었다. 그럴수록 나의 정체성은 미약해지는 것만 같았다.

여자로서 버젓이 자기 분야에 성공을 한 사람들을 보면서 부러워하기만 했다. 나의 의지를 발동시킬만한 강력한 동기가 있어야 했다. 그런 생각을 항상 해서 그런지 어느 날 남편은 나를 조용히 불러 이야기했다.

"미안해. 투자했던 돈을 다 날려버렸어."

정신이 번뜩 들었다. 그러나 앞으로 어떻게 해야 할지 막막했다. 나름 독립적으로 살아왔다 자부하지만 경제적인 귀속은 정신적으로도 남편에게 의지하게 만들었다. 아이러니하게도 남편의 실패는 내가 바랐을지도 모르는 상황이었다. 누군가가 나에게 '네가 원하는 독립의지의 상황을 선물해 주었으니 이제 네 꿈을 맘껏 펼쳐 보시지' 하며 말하는 것 같았다.

지금은 다시 재기하기 위하여 고군분투하고 있는 남편을 위로하며 책을 쓰고 있다. 성공의 씨앗을 숨겨둔 실패를 맛본 남편과 함께 나도 내 인생의 성공을 거머쥐고 싶다.

나는 단순히 미래에 대한 불안으로 책을 쓰는 것은 아니다. 물론 예측불허 불안한 미래 앞에 나의 정신적 공간을 만들어놓는 것은 나에게 비빌 언덕이 될 것이다. 누군가의 아내이자 엄마가 아닌 원래의 나의 모습을 간직한 한 여자, 한 사람으로서 살고 싶기 때문이다.

가정은 나의 보금자리이자 첫 번째 방이다. 그러나 우리에겐 독립적인 방이 하나 더 필요하다. 그곳은 나 자신과 만나고, 첫 번째 방에서의 고단함을 풀어줄 수 있는 곳이기도 하다. 두 번째 방에서 온전한 나를 찾을 때, 첫 번째 방도 더 소중하고 의미 있는 공간이 된다.

내 마음이 하는 말에 귀 기울여보자. 나의 심장이 뛰게 하는 일은 나에게 소중한 두 번째 안식처가 되어줄 것이다.

결혼도
커리어다

진정한 사랑은 영원히 자신을 성장시키는 경험이다.

― M. 스캇 펙

일하기 참 힘든 세상이다. 명문대 생은 물론 소위 외국물을 먹었다 하는 유학파들도 막상 마음에 드는 직장을 구하기가 어렵다. 꿈과 직장은 별개라는 것은 이미 오래 전의 일이다. 먹고 살기 위해 일하고, 또 일하기 위해 먹는다. 공부를 왜 해야 하는지 모르고 앞만 보고 달려 왔더니 남은 건 또 다른 스펙을 요구하는 치열한 현실이다. 사회에서 필요한 스펙을 쌓으니 사회는 또 다른 스펙을 요구한다.

영화 〈열정 같은 소리 하고 있네〉의 여주인공은 어렵게 신문사에 취업했다. 신문사의 부장은 그녀에게 열정적으로 일할 것을 요구한다. 너나 할 것 없이 사회가 요구하는 스펙을 위해 고군분투했지만 회사는 이제 그 이상의 것을 원한다. 대학을 나와 취업을 했지만 회사에서는 이제 열정을 요구한다. 열정도 사회가 원하는 보이지 않는 스펙이 된 것이다.

목표나 꿈 없이 남들 다 가는 대학에 가고 취업을 했다고 절로 열정이 생기는 것은 아니다. 대부분의 젊은이들은 이런 인생의 커리큘럼을 모르고 사회에 나오기 십상이다. 누군가 처음부터 인생의 적나라한 과정들을 알려줬더라면 나조차도 그런 방황은 하지 않았을 거라는 아쉬움이 든다.

나의 어릴 적 꿈은 외교관이었다. 영어를 비롯한 각종 외국어를 좋아했고 잘했기 때문에 나름 설정한 꿈이었다. 그저 TV에서 멋지게 외국어를 구사하는 외교관들이 멋져보였다. 얼마 지나지 않아 그와 비슷한 동시통역사라는 꿈을 설정했다. 꿈이라기보다는 누가 나에게 나중에 뭐가 되고 싶냐고 물으면 대답할 거리가 있어야 했다. 누가 시키지도 않았는데 좋아하는 과목과 꿈을 연관시켜야 한다는 강박관념이 있었던 것 같다. 그리고 나를 지탱해 줄 밥벌이와 꿈이 동일한 것인 줄 알았다. 사실상 내가 가야 할 길을 보고 배울 롤모델이 없었다. 그래서인지 외국어를 좋아하는 것은 여전했지만 그것이 정말 내가 이루고자 하는 모습인지 확신이 없었다.

대학교 2학년 때 정확한 목표 없이 학교에서 주관했던 교환학생 프로그램에 참여했던 적이 있다. 누구보다 의욕이 넘치고 가슴속의 정체불명의 열망이 있었다. 프랑스에 가서 무조건 열심히 프랑스어 공부를 했다. 열심히 하기만 하면 비슷하게나마 내가 원하는 여자가 되지 않을까 생각했다.

워낙 사람을 좋아하고, 사람들과 어울리는 것을 좋아하는 나인지라 세계의 여러 나라에서 온 친구들과 다른 문화와 생각을 주고받으며 파티를 즐기고 만나는 시간 외에는 프랑스어 공부에 집중했다. 프랑스에 온 유학생들이라면 꼭 한 번쯤은 가봄직한 에펠탑이나 몽마르트 언덕엔 가보지도 못할 정도로 한마디로 무식하게 프랑스어 공부에만 매달렸다. 문화와 예술의 나라 프랑스에 가서 책상에만 앉아 있었다니 지금 생각해보면 그런 바보가 없었던 것 같다.

인생에 대한 큰 그림 없이 겨우 프랑스어 언어 자격증을 취득하고 한국으로 돌아왔지만 뾰족한 수가 없었다. 나에겐 꿈이 없었던 것이었다. 미래에 대한 방향성을 가지지 않고 무조건 열심히만 했던 결과였다. 대학 4학년 때 나에게도 취업을 고민해야 할 시기가 찾아왔다.

평소 예쁘장하고 조신한 이미지를 가지고 있었던 친구 몇은 승무원 학원을 다니고, 그 외에 친구들은 뚜렷한 목적 없이 취업

준비생답게 토익학원을 다녔다. 어느 날 교수님과의 면담이 있었다.

"교수님, 저는 프랑스어 교수가 되고 싶어요. 그러려면 프랑스로 가서 공부를 계속 해야겠죠?"

"평생 보들레르시나 연구하며 살고 싶나? 물론 그 일도 좋은 일이지만 내가 봤을 때 소연이 너는 그 일에 맞지 않을 것 같은데?"

의외의 말씀이었다. 평소 불어 실력에 자신이 있었고, 그런 나를 교수님도 지지해주실 거라 믿었다. "교수님, 무슨 근거로 저를 그렇게 판단하시나요?"라고 묻고 싶었지만 그러지도 못했다. 오히려 혼자서 먼 타국에서 외롭게 공부해야 할 생각에 두려웠던 나는 좋은 핑계거리를 찾아 홀가분한 마음이었다.

난 곧장 꿈의 씨앗을 뿌려보지도 못하고 어렴풋한 계획을 접었다. 그 후에도 진로탐색을 하다 조금이라도 까다로울 것 같다는 생각이 들면 지레 겁을 먹고 시작도 못 하기를 반복했다. 딱히 길을 찾지 못하고 아무런 준비도 안 하는 상황에서 부모님 보기가 민망했다. 그래서 엄마한테 이렇게 얘기하곤 했다.

"엄마, 나 변호사 할까 봐."
"그래, 해봐. 못 할 일이 어디 있어? 넌 똑똑해서 잘할 거야."

그리고 엄마는 친구들을 만나면 딸이 변호사의 꿈을 가지고 있다고 자랑하셨다. 엄마에게 꿈이 없다고 말할 순 없었다. 그렇게 낮엔 꿈을 찾는 척하고 밤엔 친구들과 어울려 술을 마시기를 반복했다. 술을 마실 땐 언제 그랬냐는 듯 즐겁기만 했다. 하지만 다시 아침이 되면 채워지지 않는 허무함과 피곤함으로 다시 진로탐색을 할 뿐이었다.

그렇게 방황만 하다 대학 졸업식을 앞두고 나의 정체모를 열망은 어느새 필리핀행 티켓을 사게 했다. 그리고 무작정 필리핀으로 떠났다. 한국 사람들에 대한 동경이 있는 필리핀은 나에게 마음 편히 영어회화 실력이나 늘리며 힐링하기에 좋은 곳이었다. 그리고 얼마 지나지 않아 필리핀 튜터들과 자연스럽게 친구가 될 수 있었다.

필리핀에서의 6개월간의 체류 후, 현지 친구들과도 아쉬운 작별을 해야만 했다. '캐나다로 가서 정통 영어를 하자'라는 생각이 들었기 때문이었다. 어학연수 성공스토리대로 되도록이면 캐나다 현지인들과 사귀고 어울렸다. 하지만 여전히 내가 원하는 것이 무엇인지 갈피를 잡을 수 없었다. 그렇게 계속 시간만 흘려보낼 순 없다는 생각에 한국으로 돌아와서 바로 취업을 했다. 그나마 영어를 사용할 수 있는 일이라는 이유만으로 선택한 길이었다. 그렇게 나는 목적도 없고 꿈도 없이 시간을 보내야만 했다.

그러나 사회생활마저도 회의감을 느껴 이내 계획에 없던 결혼을 선택했다. 결혼을 하자마자 바로 임신을 하고, 출산을 경험했다. 그때의 나에게는 새 생명은 부담이면서도 소중한 존재였다. 꿈이 없는 나는 아이에게 좋은 모습을 보여줄 자신이 없었다. 내 자신이 한없이 작게만 느껴졌다. 아직 내 인생을 다 살아보지도 못했는데, 옆의 순수한 아이는 나만 바라보고 있는 것 같았다. 친정 엄마는 그런 나에게 말씀하셨다.

"그게 네가 선택한 너의 인생이야. 하고 싶은 일이 있어도 아이 다 키워놓고 시작해도 늦지 않아. 자식농사도 중요한 일이다."

나는 울며 겨자 먹기로 아이를 키웠다. 막상 꿈은 가지고 있지도 않은 내가 아이와 가정을 핑계로 다른 일을 시작하지도 못했다. 엄마인 내가 정지해 있으니 아이도 정지된 것 같았다. 결국 나는 팔을 걷어붙이고 진짜 엄마가 되어보기로 결심했다.

아이와 함께 하는 소중한 시간들을 우왕좌왕하면서 보낼 수만은 없었다. 나의 이 경험들이 내 인생의 소중한 자산이 되기를 바라며 아이에게 책을 읽어주고 나도 책을 읽었다. 그리고 영어로 말을 걸어주고 아이가 잠들면 언어에 대한 감각을 잃지 않기 위해 영어공부를 했다. 더 이상 꿈이 없다며 자책만 하고 있을 수는 없는 노릇이었다. 이제는 내 인생만이 전부가 아닌 한 아이의 인생을 책임지는 엄마라는 역할을 비로소 깨달았기 때문이다.

예나가 유치원에 다닐 때의 일이다. 어느 날 같은 반 친구의 생일파티였다. 생일인 친구 엄마가 먹거리를 준비해서 다른 엄마들과 친구들을 초대했다. 아이들은 놀고 엄마들은 모여서 커피를 마시기로 했다.

30대 후반인 유진이 엄마는 워킹맘이라 그날도 참석하지 못했다. 대신 가사도우미가 유진이를 데려다주고 생일파티가 끝난 후 데리러 왔다. 사실 유진이 엄마의 얼굴을 한 번도 본 적이 없었다. 하지만 유진이는 엄마가 없어도 항상 씩씩하다. 오히려 하나부터 열까지 옆에서 챙겨주고 친구랑 싸우고 울면 엄마가 대신 해결해주는 친구들보다 더 똑똑하다는 느낌도 들었다. 엄마 없이도 더 먹고 싶은 게 있으면 당당하게 "이거 더 주시면 안 될까요?"라며 예의도 덧붙였다.

생일 파티가 끝나고 온 유진이 엄마는 엄마들과 가볍게 인사만 하고 유진이에게 가서 이것저것 대화도 하고 안아주고 뽀뽀도 해줬다. "우리 유진이 오늘 친구들하고 잘 놀았어? 유진이 덕분에 엄마도 오늘 일 잘했어. 너무 고마워."라고 다정하게 묻기도 했다.

다른 엄마들과의 수다에 빠져 아이가 오면 오히려 귀찮다는 듯 대충 대답해주는 엄마들과는 달리 딸에게만 집중하는 모습이 인상적이었다. 전업주부들 사이에서 워킹맘은 소위 '날라리 엄마'라고 불려진다. 아이를 제대로 챙길 시간이 없다는 것에 대한 부러움이 섞인 단어이다. 그러나 아무리 두 가지 일을 하기가 힘들다 해도 워킹맘은 활력이 넘친다. 전업주부들은 그런 모습이 부럽기도 하지만 이내 '아이가 우선이지'라고 부러움의 감정을 안도의 감정으로 바꿔버린다. 하지만 '아이가 다 크고 나면?'이라는 질문은 마음속에 항상 물음표로 남아 있는 것이 사실이다.

엄마들의 어떤 위치가 옳다고 판단할 수는 없다. 그것은 선택에 따른 문제이다. 워킹맘은 가정과 일이라는 두 가지 일 사이에서 힘들다는 구실이라도 찾을 수 있지만 월급도 없고, 누가 알아주지도 않는 전업주부들은 힘들다는 핑계도 댈 수가 없다.

나는 아이를 키우면서 직장에 다니진 않았지만 개인적으로 영어 가르치는 일을 했다. 어린아이를 돌보면서 하기에 좋겠다는 판단에 시작한 일이었다. 아기 띠를 매고 수업 준비를 하기도 했고, 모유 수유를 하다 더 먹으려 하는 아이를 떼어 놓고 수업하러 뛰어간 적도 있었다. 나의 작아져만 가는 자존감은 살리고, 아이에게는 최대한 엄마의 부재를 느끼게 하지 않기 위해서였다.

그렇게 5년 정도가 지나자 친구 하나는 한 분야의 전문인이 되어 강의를 하러 다니고 있었고, 또 한 친구는 나의 한때의 꿈이었던 동시통역사가 돼 있기도 했다. 진작 내 인생의 큰 그림을 그리고 정확한 목표와 함께 살았더라면 나에게도 번듯한 커리어가 있었을 것이다. 하지만 친구들의 커리어 대신 나에겐 결혼 9년 차라는 경력과 아이가 있다. 그리고 그 친구들이 상상할 수 없는 경험들을 하게 되었다. 난 그 경험들로 강해졌다.

　이젠 더 이상 나약하게 우물쭈물하는 예전의 내가 아니다. 무적의 슈퍼우먼이 된 것이다. 결혼과 육아라는 세상에서 가장 값지고 스펙 있는 커리어를 가지게 된 셈이다. 이제 이 스펙과 함께 이루지 못했던 꿈을 찾아갈 것이다.

06
가족이 내 인생을
살아주는 것은 아니다

외부로부터 갈채만 구하는
자는 자기의 모든 행복을 타인에게 맡기고 있다.
- 데일 카네기

배우 안젤리나 졸리는 이렇게 말했다.

"내가 나 자신을 바보로 만들든 말든 남들이 무슨 상관인가?
그들이 나에 대해 어떤 생각을 갖든 두렵지 않다."

지금 우리는 무한의 자유를 허용하는 시대에 살고 있다. 누구
나 방향을 찾아 열심히 해나가면 목적한 것을 이룰 수 있는 세상
이다. 무한의 자유가 주어진 만큼 그에 따른 책임도 각자의 몫이
다. 물론 무한의 자유라는 이름 뒤에 아직은 여자에게 제약이 많

은 것은 사실이다. 특히 결혼과 출산 육아와 같은 문제와 겹쳤을 때는 여자는 일과 가정 사이에서 혼란을 겪게 된다. 가정을 택하면 경력이 단절되고, 일을 택하면 가정에 소홀해지고, 한창 손이 필요한 자녀에게 충분히 해주지 못한 것에 대한 죄책감이 여자를 괴롭힌다. 나이가 젊건 많건 여자라면 누구나 거쳐야 하는 선택이다.

나는 아직 결혼하지 않은 여동생이 있다. 흔히들 말하는 결혼 적령기의 나이이다. 결혼 적령기의 나이란 결혼하기에 적합한 연령이라는 뜻인데 그녀는 사회적으로나 개인적으로나 분명 적령기이다. 본인이 결혼을 원하며 또 주변에서도 그녀의 결혼을 기다린다. 최근 그녀의 주된 과업은 배우자감 고르기이다. 언니의 결혼생활을 옆에서 간접경험 하면서 이런 저런 생각을 많이 하는 것 같았다.

어느 날, 남자친구와 우리 집에 와도 되냐고 전화가 왔다. 아무런 준비도 안 되어 있고 또 격식을 좋아하는 나는 썩 내키지 않았지만 굳이 거절할 이유는 없었다. 간단하게 차와 다과를 준비하고 동생 커플을 맞이했다. 이제 난 언니로서 아주 민첩하게 남자친구의 모든 점들을 관찰해야만 했다. 생김새, 말투, 목소리 옷 입은 스타일, 동생에게 대하는 태도 등 내가 동원할 수 있는 모든 통찰력과 직관을 발휘해야 하는 시간이다. 누구보다도 그 사실을 잘 알고 있는 동생은 오히려 남자친구에게 테스트가 될 만한 질문들도 던지며 나를 보고 음흉하게 웃음지었다. 그렇게 비밀 인터뷰를 마치고 다음날 동생에게서 전화가 왔다.

"언니, 내 남자친구 어때?"

"매너는 괜찮아 보이는데 바람기가 좀 있어 보여. 하지만 너한테는 잘하는 거 같아. 그런데 지금은 연애 초기이니까 당연히 너한테 잘하겠지."

동생은 그 후로 그 남자친구와 헤어졌다고 한다. 나의 말 한마디가 그렇게 큰 영향을 미치게 될 줄 알았더라면 한 번 더 생각을 하고 말했을 텐데 말이다.

사람은 누구나 다른 사람으로부터 인정받길 원한다. 일을 잘한다고 인정받길 원하고 새로 산 물건이 좋아 보인다고 인정받길 원한다. 동생은 항상 다른 사람으로부터 남자친구에 대한 평가를 갈구한다. 본인의 생각보다는 다른 사람의 생각에 휘말리는 것이다.

미국 퍼스트 레이디 미셸 오바마는 자신의 저서 《비판에 담담하게 시선에서 자유롭게》에서 이렇게 말했다.

"만약 지금까지 살아오면서 누군가 나를 잘못 묘사하거나 나쁘게 부를 때마다 약해졌다면 난 결코 프린스턴을 졸업할 수도, 하버드에 갈 수도, 지금 그의 옆자리에 앉아 있을 수도 없었을 것이다."

결혼은 다른 사람이 아닌 내가 해야 하는 나의 몫이다. 세상에 반은 남자고 그 중에는 좋은 남자도 많다. 좋은 남자의 기준은 사람마다 경험이나 가치관 기호에 따라 다를 수밖에 없다. 내 배우자를 고르는 일에 있어서 모든 사람들의 기준에 맞추다 보면 제대로 된 배우자를 선택할 수가 없다.

물론, 배우자를 고르는 데 있어서 절대적인 기준은 있다. 폭력적이라거나 바람기가 너무 많다던가 하는 것들 말이다. 물론 그런 남자들도 누군가와 결혼을 하여 가정을 꾸릴 수 있다. 하지만 만약 내 동생이 새로운 인생의 출발선에서 돌이킬 수 없는 치명적인 조건을 가지고 있는 남자와 결혼을 한다면 좋아할 언니는 없을 것이다. 예를 들어 배우자감을 고를 때 그런 치명적인 단점을 보는 안목이 없어서 사람들에게 평가나 조언을 구하는 것은 괜찮다. 하지만 다른 사람이 또는 내 가족이 내 인생을 살아 주는 것은 아니다. 그것은 비단 결혼에 관한 이야기뿐만이 아니다.

우리는 인생을 살면서 수많은 선택을 한다. 인생은 선택의 연속이라고 말해도 과언이 아니다. 무엇을 먹어야 할지, 어떤 옷을 골라야 할지에 관한 선택에서부터 결혼을 해야 할지, 말아야 할지, 한다면 누구랑 해야 할지 등의 수많은 선택의 기로에 서 있다.

나는 사춘기 때 한마디로 방황하는 청소년이었다. 좋게 말하면 내 주관이 뚜렷해 부모님의 안락한 보호보다는 내 인생을 내가 원하는 방향으로 살고자 했다. 그것이 부모님 눈에는 속 썩이는 자식으로 비춰졌을 것이다. 하지만 사춘기가 지나고 사람들의 시선, 부모님의 시선에서 자유로울 수가 없었다.

그래서 그때부터 나는 어떻게 하면 부모임의 입맛에 맞는 딸이 될 수 있을까 고민하며 지냈다. 부모님이 좋아할 만한 직장에 들어가야 했고, 부모님이 좋아하실만한 직업을 갖고 싶었다. 누가 시키지도 않은 일이었지만 다른 사람의 시선을 의식하며 때로는 가짜 꿈을 꾸며 그 꿈이 내 진짜 꿈인 양 살기도 했다. 지금은 그런 결핍이 내 인생을 더 잘 살아보고자 하는 절박감으로 소중한 밑거름이 되었다는 것을 안다. 더 나은 인생을 위한 시행착오라고 생각하고 현재를 잘살면 그만이다.

하지만 중요한 것은 그러한 시행착오들을 내가 책임질 수 있느냐 하는 것이다. 나의 경험과 사고 안에서 판단하고 선택한 것은 죽이 되든 밥이 되든 내가 책임져야 한다.

우리에게 주어진 정확한 인생의 목적지는 없다. 다만 인생의 항로를 경험함에 있어 성장하게 되는 나 자신이 인생의 목표가 아닐까 한다. 내 인생에 주인의식을 가지고 주체적으로 살아야 한다. 그렇지 않으면 다른 사람의 인생도 아닌 내 인생도 아닌 중간에서 머뭇거리며 살 수밖에 없다.

마라톤 용어 중에 '페이스메이커'라는 말이 있다. 선수가 끝까지 완주할 수 있도록 옆에서 함께 달려주는 역할을 하는 사람이다. 페이스메이커는 마라톤 선수보다 훨씬 실력이 좋은 경우가 많다고 한다. 하지만 선수가 아닌 보조 역할을 한다. 내 인생 레이스의 선수가 되고 싶은지, 페이스메이커가 되고 싶은지 자문해보았으면 한다. 성공의 첫출발은 내가 내 인생을 사는 데서부터 시작한다. 그것은 일, 사랑, 결혼, 사람과의 관계 등 모든 것의 출발점이다.

남녀가 음식점에 왔다. "우리 뭐 먹을까?"라고 남자가 물으니, 여자는 "아무거나."라고 대답한다. 물론 어떤 음식도 생각나지 않을 때가 있다. 그럴 땐 "아무거나."라고 하지 말고 "오늘은 별로 입맛이 없네. 그래도 한 번 골라볼까?"라고 말해보면 어떨까?

언어 습관이 우리 잠재의식에 미치는 영향은 생각보다 크다. 그런 언어는 우리를 "아무거나."라는 생각에 가두고 우리를 지배한다. 그것은 상대방에 대한 양보나 배려와는 다른 것이다. 사소한 선택을 해보는 습관은 큰 선택을 할 때도 나를 붙잡아준다. 아무거나 먹고 아무나 만나며 아무렇게나 나이 먹어가고 싶지 않다면 이제는 선택을 할 때다.

세상에는 우리가 볼 수 있는 것은 물론 볼 수 없는 다양한 것들이 존재한다. 그만큼 선택할 수 있는 폭이 다양하다는 것이다. 때로는 수많은 다양성들로 인해 혼란스러울 수 있다. 하지만 그만큼 선택의 즐거움 또한 클 것이다.

원하지 않는 것도 선택이다. 무언가를 원하고자 한다면 세상을 많이 보아야 한다. 눈으로 보고 많은 경험을 해볼수록 세상에 대한 나의 욕구는 늘어가고 선택의 욕망도 커진다. 견물생심이란 말도 있지 않은가. 별 생각이 없다가도 어떤 것을 직접 보면 나도 모르게 그것을 원하게 된다. 원했으면 어떻게 가져야 할지 선택하면 된다.

"두드리면 열릴 것이고, 구하고자 하면 구할 것이다."

내가 내 인생의 선택을 하는 것은 다른 사람에게 절대로 내어주어서는 안 되는 나만의 권리이자 의무이다. 그것이 설령 가족이라 할지라도 말이다. 엄마나 언니의 인생이 아닌 내 인생을 살아야 한다. 주체적인 선택의 연속은 우리를 크나큰 행복과 만족으로 이끌어준다.

다양한 남자를 만나자. 그리고 한 남자를 사랑하며 함께 인생을 성취하자. 세상 모든 여자들의 주체적이고 행복한 결혼생활을 응원한다.

07
남편을 내 인생
최고 서포터로 만들어라

부부라는 사회에서는 일에 따라 각자가 상대를 돕고 혹은 상대를 지배한다.
따라서 부부는 대등하면서도 다르다. 그들은 다르므로 대등한 것이다.

– 알랭

    결혼해서 살다 보면 소소한 일들로 기쁘기도 하고 불행을 느
끼기도 한다. '난 정말 행복한 여자야'라고 생각하다가도 '내가 미
쳤지, 이 사람이랑 결혼한 거 정말 후회돼'라고 하기도 한다. 결혼
한 지 30년 된 부부도 하루에도 몇 번씩 천국과 지옥을 오간다는
데 이제 막 새살림 차린 부부들은 오죽할까. 어제가 오늘 같고 오
늘 같을 내일로 무기력해지기도 하지만 한 번씩 찾아오는 소소한
감동들은 우리를 또 하나의 큰 기쁨으로 인도하곤 한다.

그런 드라마 속에 내 옆에 한 명의 짝이 있다. 바로 남편이다. 그의 존재는 때로는 나에게 불행을 안겨주기도 하지만 나에게 큰 안도와 만족감을 주는 존재이기도 하다. 그렇다면 그런 이중성을 가진 존재인 남편과 어떻게 지내야 하는 걸까. 누구나 그에 대한 대답은 알고 있을 것이다. 결혼하기 전 서로 다른 문화와 생각으로 각자 다른 삶을 살아왔기에 어쩌면 당연한 일일 것이다. 그리고 특히나 서로 다르게 자라온 가정환경은 각자의 인생에 지대한 영향을 미친다.

결혼 후 남편과의 너무나도 다른 가치관으로 많이 힘들었던 적이 있다. 나는 사과를 사과라고 부르는데 남편은 그것을 포도라고 불렀다. '어쩌면 이렇게 모든 게 나와는 맞지 않지? 10개 중에 4개라도 비슷한 부분이 있다면 어떻게든 살아보겠지만 이건 너무하잖아'라고 생각하며 남편이 나와 같아지기만을 바랐다. 하지만 그런 일은 좀처럼 일어나지 않았다. 남편이 나와 같아지기를 원할수록 남편은 그곳에서 점점 더 멀어지는 것만 같았다. '도대체 뭐가 잘 못된 걸까? 남들 다하는 결혼생활이 나에게는 왜 이리도 힘든 걸까?' 하며 신세한탄을 일삼았다.

"오빠는 도대체 왜 그래? 그걸 그렇게 하면 어떻게 해? 정말 나랑은 안 맞아. 오빠랑 못 살겠어."

남자들은 운전하는 도중 다른 사람이 저지르는 실수를 마치 나는 한 번도 안 그랬던 것처럼 질책한다. 말이 질책이지 그 좁은 공간에서 퍼붓는 분노와 욕설은 여자들을 심히 분개하게 만든다. 다른 운전자로 인해 화가 난 남편과는 달리 나는 남편의 행동에 분노한다.

남편과 함께 차를 탔다. 서로가 안 맞는다고 집에서 으르렁대기만 하고 있을 수는 없는 노릇이다. 남편의 말대로라면 운전대를 잡기만 하면 여기저기서 난폭 운전자들이 달려든다. 이상하게도 그렇다. 어쩌면 멀쩡한 운전자들을 남편이 난폭하게 만드는 것일 수도 있겠다.

"당신 미쳤어? 방어운전은 기본이야. 그렇게 한다고 저 사람이 반성할 것 같아? 그리고 여기서 그렇게 욕하면 그걸 듣는 사람은 나잖아. 정말 불쾌하거든?"

"난 잘못한 거 없어. 저 사람이 잘못한 거지. 자기는 저 사람 편이야? 내 편이야?"

유치원생 아들과 대화를 한다면 이것보다는 덜 유치하지 않을까 싶다. 이런 식의 반복된 대화는 내 인생의 행복을 모조리 앗아가는 것 같았다. 순식간에 행복한 하루가 불행한 하루로 변해버린다. 사랑하고 기뻐하기만 해도 모자란 이 시간에 그런 반복적이고 부정적인 대화들은 내 인생을 좀먹는 것처럼 느껴지기도 했다.

특별한 방도가 필요했다. '이대로는 살 수 없어'라고 생각해도 이혼할 자신이 있는 것도 아니었다. 그리고 희한하게도 싫다며 남편을 밀어내는 내 모습에서 점점 남편의 닮은꼴을 보고 있었다. 남편 없이 혼자 운전을 할 때 앞차가 조금이라도 운전에 능숙하지 않은 모습을 보이면 나도 모르게 욕설을 퍼붓고 있었으니 말이다. 어느 순간부터 어차피 하나가 되지 못할 거라면 남편을 나에게 이로운 존재로 만들어야겠다는 생각을 했다. 나도 완벽한 여자가 아니니 남편도 나름의 고충이 있지 않을까 하는 생각에서였다.

'생각의 방향을 조금만 바꿔서 다름을 인정하고 저 사람을 내 인생에 도움이 되는 사람으로 만들면 어떨까'라는 생각을 했다. 그 후로 신기하게도 먼저 변한 것은 남편이 아니라 남편에 대한 나의 태도였다.

"저 사람은 운전을 저 따위로 하지? 깜짝 놀랐네."
"베스트 드라이버인 당신이 참아. 정말 짜증난다."

예전 같으면 반대편 운전자 편에 서서 남편에게 면박을 주었다면 이제는 남편 입장에서 편을 들어주는 나다. 남편이 해야 할 말을 먼저 앞장서서 해버리니 남편은 분노 정지 버튼을 누르고 묵묵히 운전을 한다. 오늘 나를 위해 이롭게 운전해 주실 남편님이기에 남편의 기분을 배려해줄 수밖에 없다.

그러고 보니 남편은 운전을 참 잘하는 것 같다. 다행히도 남편은 나를 목적지까지 안전하게 모시고 함께 즐거운 시간을 보냈다. 본인을 배려해준 것을 알았는지 운전 이외의 상황에서는 나를 극히 배려함이 느껴졌다. 여전히 나의 가방을 들어주고, 하이힐을 신은 내가 많이 걷지 않도록 짧은 동선을 연구하는 든든한 남편이다.

사실 좋은 점이 더 많은데 나와 맞지 않는 부분을 확대 해석해 나 혼자 천국과 지옥을 오갔던 것은 아니었을까 생각했다. 절대로 하나가 될 수 없을 것 같던 우리 부부 사이도 이 순간만큼은 천국에 온 것 같다. 말 한마디로 편을 들어주는 걸로 이렇게 좋아할 줄은 미처 몰랐다. 언젠가 남편 때문에 속상하다며 나에게 하소연했던 이웃집 언니의 이야기가 생각났다.

"남편은 사람과 어울리는 것을 참 좋아해. 여자든 남자든 사람을 만나면 손을 잡거나 포옹을 하는 건 기본이야. 그것이 남편에게는 인사법인지는 모르겠지만 나는 그게 스킨십으로 보이는데 내가 비정상인 거니?"

자세한 정황을 들어보니 언니가 있는 자리에서도 남편은 여자 친구들에게도 스스럼없이 어깨동무는 기본이고 술자리 분위기가 무르익으면 껴안기도 한다는 것이다. 자리가 끝나고 결국 부부싸움으로 이어지기가 일쑤였지만 남편은 언니의 예민한 행동을 이해하지 못했다. 그렇다고 해서 같이 어울리지 않으면 언니가 없을 때 더 심해질 남편을 생각하니 불안해서라도 꼭 자리에 함께 가야 한다는 언니의 말을 들으니 보통 문제가 아니었다. 결혼 전에는 그런 사교적인 남편의 모습이 좋아 결혼까지 하게 되었으나 이제는 그런 모습은 참을 수 없을 정도로 힘든 모습이 되었다고 한다. 아내가 싫어하는 행동을 반복해서 하는 남편의 행동은 누가 봐도 답답한 상황이다.

하지만 돌려 생각해보면 아내의 속상함에도 불구하고 노력해도 그런 행동을 고칠 수 없는 남편도 전혀 이해할 수 없는 것은 아니었다. "언니 그냥 이혼해. 그런 남자랑 난 하루도 못 살아."라고 얘기하면 시무룩한 언니는 "그거 빼고는 난 다 만족해. 평소엔 정말 자상한 남편이고 그런 스킨십을 한다고 해서 특별히 다른 여자와 어떤 문제가 생겼던 것은 아니거든."이라고 말한다.

그렇다고 그런 문제를 방치하고 볼일은 아니었다. 문제가 있든 없든 이제는 한 여자의 남편이 된 이상 본인의 사교방식을 표현하는 방법이 잘못된 것은 분명했다.

"그럼 다른 여자와 한 번 악수할 거면 언니랑 열 번 포옹해야 한다고 말해봐. 아내인 언니를 존중하고 사랑한다면 그 정도의 요구는 들어줘야지. 안 그래?"

이런 제안은 남편의 라이프스타일은 인정하면서도 남편도 아내의 입장을 이해할 수 있게 되지 않을까. 다른 여자와 악수 한번 하기 위해 그 부부는 만날 때마다 포옹을 했다고 한다. 그런 부부만의 스킨십이 생활을 채우자 남편의 그런 습관은 자연스럽게 없어졌다고 한다. 어쩌면 남편은 그렇게 사람들과 어울리며 자신의 외로움이나 부족한 부분을 채웠던 것은 아닐까. 바로 옆에 자신의 외로움을 채워줄 수 있는 사람이 있는데도 불구하고 습관이 되어버린 자신의 행동반경에서 벗어나지를 못했던 것이다. 이제 그 남편은 만나는 사람들에게 오히려 "아내가 불만이 있다면 많이 안아주세요."라고 말한다고 한다. 물론 자신과 아내의 관계에도 만족하면서 말이다.

평소에 그 부부가 서로를 안아주는 행동을 할 때 마다 사랑한다는 감정이 샘솟았고 서로에게 큰 위안이 되었다고 한다. 남편 입장에서 보면 자신이 결혼을 했다고 해서 다른 사람을 대했던 방식을 일순간에 바꾸기는 어려운 문제다. 그런 상황에서 아내의 푸념은 오히려 귀찮은 것으로 여겨졌을 것이다. 아내의 불만은 남편만의 공간을 인정하지 않는 데서 온다. 남편이 자신만의 공간에 너불 수 있게 하되 나에게 이로운 존재가 되도록 상황을 만들면 어느새 남편은 그런 사람이 된다. 물론 그런 사고방식이 하루아침에 내 것이 되는 것은 어려울 수 있다. 하지만 첫술에 배가 부를 수는 없다. 부부는 그렇게 조금씩 하나가 되는 것이다.

　우리는 결혼 전 나만을 위해 살았고, 나만을 위해 성장해왔다. 나에 대해서만 알면 됐었고, 내가 원하는 대로만 하면 됐었다. 하지만 이제 우리는 가정이라는 한 배에 다른 한 사람을 태웠다. 두 명의 선장이 배에 탔고, 최고의 파트너쉽을 발휘해야 할 때가 온 것이다. 그 사람의 모든 것을 인정하고 받아주지 못한다면 나도 받아들여지기 힘들다. 남자들은 생각보다 더 많이 여자의 인정을 갈구한다. 남편의 공간을 인정해주는 똑똑한 아내가 된다면 남편은 그 이상으로 나의 충성스런 서포터가 되어주기 마련이다.

08
남편에게
사랑받는 여자들의 비밀

아내이자 친구인 사람이 진짜 아내이다.

– 윌리엄 펜

하늘에서 나를 위해 수호천사 한 명이 내려왔다. 그 수호천사
는 나를 위해서만 존재하고 나를 기쁘게 해주기 위해서 어느 날
나에게 왔다.

"이것 좀 해줘!"

"참, 예나한테 책 좀 읽어줄래?"

"잠깐만 이리 좀 와볼래? 빨리!"

다급한 목소리와는 달리 소파에 앉아 우아하게 커피를 마시

며 남편을 부른다. 아내의 부름에 만사 제치고 방에서 뛰쳐나올 남편을 위해 더욱 더 우아한 자태를 취한다. 이것저것 시키는 아내가 어부정한 자세로 남편을 부려 먹으면 그것 또한 예의가 아니라고 생각했다. 이 순간만큼은 슈퍼맨을 기다리는 위험에 처해 있는 공주가 되어야만 한다.

"도와주세요, 슈퍼맨! 전 지금 이제 막 내린 따끈한 커피를 마시는 응급상황에 처해 있어요. 어서 와서 제가 해야 할 일을 좀 대신해주시겠어요?"

"자기야, 시키는 건 좋은데 한 번에 한 가지씩만 얘기해. 남자들은 동시에 여러 가지 일을 잘 못한다는 거 알고 있지?"

수호천사 남편의 귀여운 푸념이다.

"미안해. 해야 할 건 많고, 정신이 하나도 없어서 그래. 나한테는 자기뿐인 거 알지?"

"그러시겠죠. 커피가 식으면 어쩌나 하는 걱정 때문에 정신이 없으시겠죠."

신혼 초에는 남편과 불화의 연속이었다면 지금은 남편 부려 먹는 재미에 사는 나다. 나의 부탁을 잘 들어주는 남편이지만 가끔찍 투정도 부린다.

"다른 여자랑 살았으면 몸은 편했을 것 같아. 하하하."

"몸을 많이 움직여야 건강에 좋대. 현대인들이 왜 병이 많이 생기는 줄 알아?"

"고마워, 내 건강을 위해 이렇게 신경 써 줘서."

"알았으면 됐어. 날 만난 당신은 정말 행운아야!"

살림을 잘 하지 못해도 돈을 벌지 못해도 아이 키우는 것이 엉성해도 남편에게 무한 갑질을 하는 여자들이 있다. '얼굴과 몸매가 연예인 급이 아닐까?'라고 생각할 수도 있고 '남편 성격이 워낙 자상한 타입이 아닐까?'라고 반문할 수도 있다.

결혼 전 남편은 나이에 비해서도 고지식한 성격이었다. 대학교가 나에겐 직장이었고, 그에겐 MBA과정을 공부하는 곳이었기 때문에 우리의 데이트 장소는 늘 대학교 내 빵집이었다. 잠깐의 시간을 내어 치즈 빵과 커피를 마시곤 했었다. 학교라는 장소도 장소이지만 아직은 연애 초기라 서로가 어색했다. 그날도 역시 잠깐의 틈을 내어 마주앉아 커피를 마셨다. 딱히 할 얘기도 없던 나 남편의 지갑을 만지작거렸다. 여자들끼리 하는 소장하고 있는 아이템에 대한 관심의 표현과 정보 공유 정도의 차원이었다. 그런데 남편은 그런 나의 행동이 불쾌했던지 지갑을 낚아채며 "버릇없이 뭐하는 거야? 다른 사람 지갑을 함부로 만지고 그래. 그리고 여자가 커피 값 정도는 계산해야지. 지갑도 안 가지고 나왔네?"라고 했다.

아무것도 들지 않은 내 손을 보니 민망하기 그지없었다. 지갑을 들지 않은 손보다는 남자친구에게 그런 소리를 듣는 내가 초라하게 느껴졌기 때문이다. 우리나라 소위 엘리트 코스를 밟았다는 남편은 콧대가 하늘을 찔렀다. 엘리트 코스를 밟지 못한 나의 자격지심일 수도 있다. 남편의 모든 행동이 거만해 보이기 짝이 없었다. '결혼하면 두고 보자, 당신은 내 손안에 있다'라고 마음속으로 다짐했다.

그렇게 난 지금의 남편과 결혼을 했다. 나의 1차 목표는 남편 사로잡기였다. 속설에 남자는 "잡은 물고기에게는 먹이를 주지 않는다."는 말이 있다. 우선 다 잡은 물고기가 되지 않기 위해 항상 어디로 튈지 모르는 아가씨의 면모를 잃지 않으려 노력했다. 아이와 함께 와자지껄 놀다가도 남편이 오는 소리가 들리면 남편의 시선을 사로잡을 만한 모습으로 연기 아닌 연기를 했다. 화장기는 없으면서도 예쁘고 자연스러운 실내 의상을 입었다. 그럴 때마다 남편의 반응은 예상대로였다. 마치 하루 종일 이런 상큼한 모습으로 아이를 돌보고 있었다는 듯한 모습에 남편은 매료되는 듯했다. 그리고 함께 외출을 하거나 남편의 친구들을 만날 때는 누구보다

돋보이기 위해 노력했다. 그럴 때면 남편은 나를 바라보는 사람들의 시선을 의식하곤 했다.

어느 날 남편의 친구들을 만나는 자리에 가게 되었다. 가장 마음에 드는 하이힐을 신고 세련된 메이크업을 하고 그에 맞는 의상을 입고 나가서 인사를 했다. 나의 목표는 남편 친구들이 아닌 남편의 반응이었다. 남편은 크게 표현은 하지 않았지만 난 남편의 미세한 어깨의 으쓱거림을 보았다.

남자들은 항상 자신을 서포트해주는 아내가 얼마나 아름다운지 잘 알지 못한다. 익숙함의 문제일 수도 있고, 매일 똑같이 반복되는 일상 속에서는 아름다움을 발산할 기회가 그다지 많지 않기 때문이다. 특히나 밖에서 아내를 바라보는 다른 사람의 호기심 어린 시선을 보게 된다면 남편은 곧 나를 숭배하기에 이르게 된다.

누군가는 나에게 결혼생활 참 피곤하게 한다고 할 수도 있다. 하지만 성공적인 결혼생활을 위해 이 정도의 노력은 꼭 필요하다. 남편에게 나의 아름다움을 정확하게 각인시켜 놓는다면 그 다음부턴 순리에 맡겨도 된다. 결혼은 연애의 끝이 아니다. 잘만 관리하면 영원한 연애의 시작이 될 수도 있는 것이 결혼이다.

결혼 9년 차인 나와 남편은 지금도 서로가 애틋하다. 남편이 나를 애틋하게 바라봐주니 나도 그런 남편에게 애틋함을 가질 수밖에 없다. 부부로서 9년이라는 시간은 짧다면 짧고, 길다면 긴 시간이다. 누군가는 자기계발을 위해 밤낮 가리지 않고 일을 하고 공부를 했다면 나는 남편을 사로잡기 위해 남편의 기호를 파악하고 연구했다. 내 인생의 처음이자 마지막 반려자를 위해 그런 시간을 투자했다는 것이 전혀 아깝지 않다.

남자는 거두절미하고 여자가 깜찍함을 발산할 때 매력을 느낀다. 아이를 낳아 엄마가 되었지만 남편에게 만큼은 깜찍한 여자가 되어야 한다. 내가 여자로서, 아내로서 당당할 때 나도 남편에게 나의 기호를 요구할 수가 있다. 아이에게는 낮고도 차분한 중저음의 목소리로 이야기한다면 남편에겐 귀여움이 섞인 살짝 높은 톤의 목소리도 좋다. 그러면 지치는 육아 속에서 남편은 잠깐의 오아시스를 만끽할 수도 있게 된다.

목소리 변조가 자유자재로 되지 않아 육아에 빠져 있는 난 가끔 남편을 아들 대하듯 할 때도 있다. 그럴 때 잠깐 실수했다는 제스처를 보이며 남편 앞에서 다시 목소리를 살짝 높여주면 그는 노력하는 내 모습에서 깜찍한 매력을 찾아낸다. 정말 누가 보면 "놀고들 있네."의 광경이다.

여자들은 밖에서는 온갖 웃음과 매력으로 사람을 대한다. 하지만 나와 함께 살고 있는 남편에겐 무뚝뚝하기 그지없다. 무뚝뚝한 아내 뒤에 무뚝뚝한 남편이 있는 것이다. 시간이 갈수록 관리를 하지 않으면 시들해지는 게 부부관계다.

"피곤한 일상 속에서 굳이 그렇게까지……."라고 말할 수 있지만 이것은 어디까지나 사랑받는 아내가 되기 위한 목표에 지나지 않는다는 것을 잊지 말아야 한다. 늘어진 티셔츠에 중저음의 목소리의 아내가 매력적일 수 없다. 나의 매력을 발산 하지 않은 채 남편에게 어떤 사랑을 요구하는 것은 이기적인 발상이다. 남편도 마찬가지다. 가는 것이 있으면 오는 것이 있는 것이다.

한동안 남편 사로잡기 놀이에 푹 빠져 지내던 나는 요즘 남편과 함께 책보는 재미에 빠졌다. 늘어진 티셔츠를 입고 중저음의 목소리로 책에 대해 대화를 나눈다. 의상이나 목소리에 좌지우지되지 않는 돈독한 관계가 되었다. 최소한 그렇게 믿고 싶다. 남편은 내가 무엇을 원하는지 그리고 내가 그를 위해 많은 시간 공들였다는 사실을 알고 있다. 부부일심동체라고 하였던가. 해석하기에 따라 다르겠지만 우리는 서로를 존중해주면서 하나가 되고 있다. 한때는 나와는 너무 다른 남편이 죽도록 미웠던 적도 있다. '차라리 없어져 버렸으면……' 하고 생각한 적도 있다. 하지만 지금은 항상 내 옆에 있어 주는 남편을 위해 기도한다. 항상 내 옆에서 건강한 모습으로 있어 달라고 말이다.

부부관계는 흐르는 시냇물과 같아서 꾸준히 보살피지 않으면 그냥 흐르는 대로 흘러가버린다. 어떤 목적이나 방향도 없이 흐르다 시들해지기도 한다. 남편이 먼저 나의 마음을 헤아려 알아서 잘해주면 그보다 편한 결혼생활은 없을 것이다. 하지만 영원히 함께 할 그를 위해 공을 들이면 내가 원하는 이상적인 부부관계를 만들 수 있다.

결혼 전에는 미처 몰랐던 것들

초판 1쇄 인쇄 2016년 3월 11일
초판 1쇄 발행 2016년 3월 16일

지 은 이 **염소연**
펴 낸 이 **권동희**
펴 낸 곳 **시너지북**
기   획 **김태광**
책임편집 **안혜리**
디 자 인 **이선영**
교정교열 **이양이**
마 케 팅 **김보람 신태용 이석풍**

출판등록 제312-2012-000040호
주   소 경기도 성남시 분당구 수내동 16-5 오너스타워 407호
전   화 070-4024-7286
이 메 일 synergybook@naver.com
홈페이지 www.wbooks.co.kr

시너지북은 독자 여러분의 책에 관한 아이디어와 원고 투고를 설레는
미음으로 기다립니다. 색으로 엮기를 원하는 아이디어가 있으신 분은
이메일 synergybook@naver.com으로 간단한 개요와 취지, 연락처
등을 보내주세요. 망설이지 말고 문을 두드리세요. 꿈이 이루어집니다.

시너지북은 위닝북스의 브랜드입니다.

※ 책값은 뒤표지에 있습니다.
※ 잘못 만들어진 책은 구입하신 서점에서 교환해 드립니다.